LINDA DA SILVA

Poussière d’étoile

EDITIONS LEMART

Préface

Chères lectrices, chers lecteurs,

Linda m'a confié trois femmes, avec comme mission de vous les présenter. Comment y parvenir sans rien dévoiler de son histoire ? Suzanne, Lise et Agnès. Ces trois femmes m'ont émue par leur… féminité, justement. Elles nous offrent de beaux tableaux sur la façon d'être femme, en donnant le meilleur de soi-même en fonction de ce que la société nous permet selon les époques.

Elles sont fortes et attentives aux autres. Avec ce courage d'agir en accord avec leurs valeurs. Elles sont aussi vulnérables et terriblement authentiques. J'aime l'audace et l'obstination de Suzanne, la persévérance et l'empathie de Lise, l'instinct et le courage d'Agnès.

En partageant son roman avec moi, Linda m'a glissé : « C'est une histoire romantique. » C'est vrai, mais pas que. Il y a beaucoup d'amour dans ses pages, je pourrais même écrire « beaucoup d'amours », car Linda explore cette émotion sous de multiples facettes et c'est une très belle part de la richesse de cette histoire. J'y ai également trouvé une esquisse, pleine de tendresse, de la femme qui fait de son mieux pour ouvrir les ailes au fur et à mesure que le carcan des hommes se desserre. Chacune, à sa façon, repousse les limites. Chaque fois par amour. Suzanne et Pierre sont l'apothéose de cet élan qui défie le temps, mais je dois me taire pour ne pas dévoiler leur histoire.

Et ce suspens ! Les passés et le présent semblent disparates et se tressent progressivement jusqu'à prendre tout leur sens, s'éclairant mutuellement.

J'invite avec confiance les lecteurs qui croiseront son chemin à entrer dans le monde de Suzanne, Lise et Agnès. Leurs amours sont à la fois la source de leur force et la condition de leur salut. Cela rejoint mes convictions profondes, et Suzanne et Pierre ne peuvent qu'émouvoir.

Je souhaite une très belle vie à ces poussières d'étoiles, elles le méritent.

Avec un rayon de lumière,

Emilie Riger Collins

Auteure de « Le temps de sécher un cœur » Prix Femme Actuelle 2018.

1. « La passion est encore ce qui aide le mieux à vivre. »

Émile Zola

1890 — Suzanne, vingt printemps tout juste, exerce en tant que femme de chambre depuis déjà deux ans dans une magnifique demeure, située à Ville-d'Avray, dans laquelle elle réside également. Ce charmant lieu fut d'abord un village rural et viticole, au cours des siècles, il a su conserver le cadre de verdure qui, avec ses étangs, fait aujourd'hui son attrait. La présence de la cour royale à Versailles, juste à côté, eut une influence décisive sur le paysage et le patrimoine de la commune. Dans ce bel endroit se trouve la Fontaine du Roy dont les eaux étaient réputées pour être les meilleures des environs de Paris et que Louis XVI réservait à son usage particulier. Site privilégié, il est choisi dès le XVIIème siècle pour la construction de maisons de plaisance. De nombreux artistes, peintres, écrivains, musiciens sont attirés par son charme et y viennent en villégiature.

La jeune femme a la chance d'œuvrer dans l'une des plus belles résidences de la ville. Elle fait partie intégrante d'une vaste équipe dirigée, entre autres, par Henri, un majordome discret et honnête. Il a la lourde tâche d'orchestrer le travail du personnel masculin, comme le jardinier, le cocher, ou l'homme à tout faire.

La cave à vin n'a aucun secret pour lui, et c'est d'ailleurs, à ses yeux, un privilège d'ouvrir quelques-unes des meilleures bouteilles au monde. La disposition de la table à dîner, le découpage des viandes et la fermeture de la maison à la fin de la journée font aussi partie intégrante de son travail.

Hélène, l'intendante, distribue les tâches d'entretien au personnel féminin. Les dépenses quotidiennes et les achats pour la cuisine font partie de ses attributions. En plus d'avoir la charge de toutes les clés de la maison, elle veille à ce que les propriétaires aient toujours à leur disposition des vêtements et du linge propres. Occupant un petit bureau tout près de la cuisine, Hélène est aussi responsable de Suzanne. Cette dernière s'occupe des chambres, et veille également à coiffer et vêtir les femmes de la maison pour toutes les occasions, petites et grandes. La garde-robe de ces dames fait également partie de ses nombreuses tâches. La qualité de celle-ci s'évalue non pas à la quantité de vêtements qu'elle contient, mais à l'adéquation des vêtements aux heures du jour et aux différentes circonstances mondaines qui adviennent dans la vie d'une femme. La toilette d'une dame d'un milieu aisé se décline ainsi : des robes de chambre, des robes d'intérieur, des robes consacrées aux sorties matinales, des robes de visites ; de nombreuses toilettes destinées aux dîners élitistes et aux soirées mondaines.

La femme de bonne famille respecte un déroulé précis, qui va du lever au coucher du soleil. Chaque stade de la journée a une toilette précise qui lui correspond.

Modeste et discrète, Suzanne est toujours accoutrée d'une robe noire et d'un tablier blanc. Elle recueille à l'occasion les confidences de ses maîtresses tout en se gardant bien de leur donner des conseils. Elle s'assure également que les draps soient toujours propres dans toutes les chambres à coucher.

Tous les employés séjournent dans une dépendance, au fond du magnifique parc arboré de la maison. Leurs journées débutent au crépuscule du matin. Et tout est prêt au réveil des propriétaires. Georges Delattre, le père de famille, est l'heureux propriétaire de la plus vaste et plus belle tannerie de toute la ville. Il est marié à Eugénie, une femme qui n'aime que les mondanités et les habitudes de la haute société. Sans emploi, sa passion est de dépenser l'argent de son mari. Rose, leur fille, occupe un emploi dans la tannerie de son père. Elle est chargée du nettoyage des peaux. Georges compte bien lui léguer l'entreprise un jour, mais souhaite qu'elle gravisse les échelons et qu'elle connaisse, sur le bout des doigts, chaque métier relié à son entreprise.

La famille prend son petit déjeuner tous les jours à la même heure, sept heures trente précises, aucun retard n'est admis. Tout doit être disposé sur la table et prêt à déguster. Alice, la fille de cuisine, reste constamment debout dans la grande salle à manger pendant la durée du repas, pour le cas où ils auraient une demande. Attablée, Rose se tourne vers son père, inspire profondément et engage la conversation sur le sujet qui la préoccupe depuis quelques semaines.

— Père, s'enquiert-elle timidement, estimez-vous que je pourrais bientôt œuvrer dans les bureaux à la tannerie ?

— C'est plausiblement prématuré, répond Eugénie, et…

— Je ne pense pas que vous ayez votre mot à dire à ce sujet, l'interrompt Georges tout en la fusillant du regard.

Il poursuit en se tournant vers Rose.

— J'envisageais d'évoquer ce sujet avec toi, j'admets qu'il est temps que tu commences à prendre en charge des tâches plus intellectuelles.

Il est tout sourire à présent.

Eugénie, contrariée, tamponne délicatement sa bouche avec son linge de table et continue de déjeuner, comme si de rien n'était. Il ne faudrait surtout pas faire montre qu'elle est froissée.

— Merci, père, j'en suis honorée, répond Rose satisfaite et heureuse.

— Nous en discuterons à nouveau durant la soirée, je te dévoilerai le nouveau poste que tu occuperas dès la semaine prochaine.

— Parfait. À ce soir mère, ajoute-t-elle en se levant de table.

Au fil des années, Eugénie est devenue une femme aigrie, jalouse de la beauté de sa fille. Pourtant, plus jeune, son élégance et sa noblesse ravissaient plus d'un homme. Les années ont eu raison de son charme. Sa grossesse a beaucoup abîmé sa frêle silhouette, c'est d'ailleurs pour cette raison qu'elle n'a jamais souhaité concevoir d'autres enfants. Georges aurait bien voulu avoir un fils. À l'époque, il aimait tellement Eugénie qu'il a cédé à son caprice de ne plus avoir d'enfants.

Travailleur acharné, Georges n'a jamais pris le temps de profiter de sa famille, seul leur confort lui importe. Ce qui, pour lui, n'a pas énormément évolué avec le temps. Eugénie passe ses journées à tenter de retrouver une éternelle jeunesse, en se coiffant et en se maquillant, qu'elle étale ensuite avec fierté à ses amies bourgeoises.

2. « Ce qui donne un sens à la vie donne un sens à la mort. »

Antoine de St Exupéry

1980 — Lise est une infirmière consciencieuse qui prodigue tous types de soins infirmiers à domicile, à des personnes vulnérables et malades. Dévouée, elle propose des visites régulières et quotidiennes à ses patients, ce qui lui laisse moins de temps pour s'occuper de son fils Patrick qui vient tout juste d'avoir douze ans. Depuis son divorce, sa mère Madeleine s'est installée chez eux, afin de lui donner un coup de main. Il faut dire que cela arrange aussi Madeleine qui est veuve depuis quelques années. Elle a perdu son mari Étienne des suites d'une longue maladie.

Ils partagent donc tous un appartement situé à Saint-Cloud. Lise effectue sa tournée dans plusieurs villes alentour : Sèvres, Meudon, Boulogne ou Ville-d'Avray. C'est dans cette dernière qu'elle retrouve, avec un plaisir non dissimulé, ses patients préférés Yvonne et Jean-Pierre qui résident dans une magnifique demeure, datant de la fin du XIXème siècle, entourée d'un immense parc arboré. Devenue beaucoup trop grande depuis le départ de leurs enfants et trop coûteuse à entretenir, ils viennent récemment de la mettre en vente. Lise adore se rendre à cet endroit, elle s'y sent bien tout simplement.

Elle aime déambuler lentement dans le parc menant à l'entrée. Le chant des oiseaux la rassure, les parfums émanant de ce magnifique jardin l'embaument dès le matin. Son regard se pose délicatement sur les nombreux rosiers. Elle sonne à la porte, et comme toujours, Jean-Pierre l'invite à entrer et à s'asseoir dans le petit salon où il écoute son émission de radio préférée sur RTL : *Les Grosses Têtes,* présentée par Philippe Bouvard qu'il admire et suit depuis ses débuts. À chaque visite, il lui résume celle du jour. Lise, qui aime beaucoup ce programme, est ravie que Jean-Pierre lui en fasse un résumé bien détaillé. Des questions de culture générale sont posées à un petit groupe d'invités, choisis pour leur humour et leur sens de la répartie. Jean-Pierre baisse le son du poste de radio.

— Bonjour, comment allez-vous ? interroge Lise en posant mécaniquement la main sur son front.

Jean-Pierre, âgé de soixante-huit ans, a connu les deux guerres mondiales, soldat lors de la seconde. Yvonne et lui se fréquentaient déjà à cette époque, ils se sont mariés juste avant qu'il ne parte au front.

— Ce n'est pas la grande forme, à vrai dire, je suis très fatigué, j'ai fait un malaise hier.

Lise l'aide depuis plusieurs mois à prendre en charge son diabète, qu'il se sent incapable de gérer seul faisant souvent des écarts alimentaires.

— Est-ce que vous suivez bien le régime alimentaire que je vous ai conseillé ? demande-t-elle sceptique.

— J'essaie, je vous assure, chaque fois que nous faisons les courses, j'oublie de noter ce que je peux manger ou non, et je ne sais plus quoi acheter.

Lise sort un calepin de son sac, ainsi qu'un stylo. Elle lui énumère la liste des produits qu'il doit manger en priorité afin d'éviter que son état s'aggrave ; une liste simple pour ne pas trop lui compliquer la tâche. Beaucoup de produits frais, fruits et légumes de saison. Éviter les produits laitiers, et surtout il est nécessaire de boire de façon régulière en changeant de temps en temps d'eau minérale.

— De plus, vous devez absolument avoir vos trois repas quotidiens, c'est indispensable, insiste-t-elle.

— Merci beaucoup, vous êtes une perle, je ne sais pas ce que nous ferions sans vous.

La jeune femme en profite pour effectuer un contrôle de sa glycémie et son injection d'insuline. Elle se dit que ce serait bien qu'il se concentre sur autre chose que sa maladie. En y réfléchissant, elle lui recommande de trouver une activité avec Yvonne, ce qui leur ferait beaucoup de bien et leur changerait les idées.

— À notre âge, que voulez-vous que nous fassions ? Du sport ? plaisante-t-il.

— Mais non, bien sûr, je pensais plutôt à un endroit où vous pourriez vous inscrire, peut-être pour danser ou sortir en ville.

— Pourquoi pas, après tout, cela nous occuperait un peu et nous penserions moins à nos douleurs, admet Jean-Pierre.

— Exactement. Yvonne est dans votre chambre ?

À la suite d'une intervention de la hanche, Lise s'occupe des soins postopératoires d'Yvonne. Elle peut réaliser des prélèvements biologiques prescrits par le médecin si besoin, mais le plus gros de son travail consiste à surveiller et à renouveler les pansements jusqu'à la cicatrisation définitive. En attendant, Yvonne s'aide de deux cannes anglaises pour se déplacer.

— Oui. Je vous attends ici, si ça ne vous dérange pas, ces escaliers sont de plus en plus difficiles à gravir pour moi.

Lise monte les immenses marches en marbre blanc dont la rampe en fer forgé souligne la courbe. Elle connaît bien les lieux. Cette maison est si grande qu'à ses débuts Lise s'y perdait. La chambre du couple présente de magnifiques moulures peintes de couleurs chaudes qui ornent le plafond. Une coiffeuse est soigneusement placée près de la fenêtre afin de récolter le plus de lumière possible lorsqu'Yvonne l'utilise. La tête de lit est d'époque, de couleur pourpre et dorée, une chaise assortie est placée près du lit.

— Comment allez-vous ? demande Lise en s'asseyant sur le bord du lit.

Yvonne tente de se relever sur son coussin, mais abandonne vite cette idée en soufflant.

— Je vais bien, merci, juste un peu fatiguée.

Lise installe confortablement Yvonne afin de pouvoir s'occuper d'elle et veiller de manière efficace à sa guérison. Elle change ses pansements, vérifie que ses bas de contention sont bien positionnés, lui préconise de se reposer, mais également de marcher un peu avec ses cannes, avant de la laisser et de l'embrasser tendrement sur le front.

En quittant la chambre, Lise traverse à nouveau le long couloir, son regard est attiré par une lumière aveuglante provenant d'une autre pièce. Intriguée, elle s'y dirige sans vraiment réfléchir. Elle pénètre dans cette chambre, décorée de la même manière que celle d'Yvonne, mais beaucoup plus spacieuse. À l'intérieur, de nombreux tableaux ornent le mur derrière le lit. Un très beau couple trône au centre de l'un d'eux, accompagné d'une jolie jeune fille au milieu. Un portrait de famille. Elle n'était jamais entrée dans cette pièce, elle en profite pour en faire le tour et s'y attarder. Elle est subjuguée par la décoration et par ce qu'elle ressent dans cette pièce. La chair de poule chatouille ses bras nus et froids, elle ressent une légère fraîcheur qui se propage tout le long de son corps. Elle ne comprend pas ce qui lui arrive, mais ressent un profond bien-être. Soudain, elle entend une petite voix.

« Délivre-moi. »

Lise regarde autour d'elle, paniquée, et ne voit personne. Elle s'approche de la coiffeuse et observe le miroir. Soudain, en y regardant plus longuement, elle contemple se dessiner derrière elle la silhouette d'une jeune fille qui paraît flotter et qui s'adresse de nouveau à elle.

« Délivre-moi. »

Elle se retourne précipitamment, personne derrière elle. Son cœur bat la chamade, elle se cogne contre la coiffeuse et manque de tomber à la renverse. Elle prend peur et sort de la chambre en courant. Elle dévale l'escalier et se précipite vers Jean-Pierre.

— Tout va bien, Lise ? Vous semblez paniquée, s'inquiète-t-il.

La jeune femme reprend son souffle et s'installe sur une chaise qu'il lui propose. Il en profite pour lui offrir un verre d'eau, qu'elle accepte volontiers. Elle réfléchit une minute, elle a peur qu'il la prenne pour une folle. Subitement, elle se lance.

— J'ai cru entendre la voix d'une femme dans l'une des chambres à l'étage, j'ai même cru la voir !

— Ne dites pas de sottises Lise, personne ne vit ici à part nous, répond-il en souriant.

— Je vous assure, vous n'avez jamais rien vu ou entendu ? insiste-t-elle.

— Je vous assure que non.

— Je dois être très fatiguée alors, finit-elle par admettre.

Puis, elle renchérit.

— D'ailleurs, qui sont les personnes sur les portraits de la vaste chambre au fond du couloir ?

— Ce sont les premiers propriétaires, Georges et Eugénie Delattre, ainsi que leur fille Rose.

— Quelle magnifique famille !

— Nous avons laissé ces tableaux, nous les trouvons également très beaux, ils sont un peu l'âme de cette maison.

Lise observe Jean-Pierre, elle a perdu son père et le considère comme un père de substitution. Elle s'est rarement autant attachée à ses patients, ce couple reste un exemple pour elle. Quelle chance elle a de faire ce métier et d'avoir l'opportunité de rencontrer ce type de personnes, douces et gentilles. Elle repart le cœur léger malgré ce qu'elle a vu dans cette chambre.

3. « L'amour est l'état où le bonheur d'une personne est indispensable au vôtre. »

Robert Anson Heinlein

2020 — Agnès, trentenaire, évolue dans le monde de la mode en tant que styliste. Depuis deux mois, elle a été engagée dans une célèbre maison de couture. Elle adore ce milieu et aime énormément son travail, elle s'y consacre corps et âme. C'est une *fashion victim*, comme on dit, tout sur elle est une marque ou vient de chez un grand couturier. Côté cœur, elle a toujours enchaîné les relations sans lendemain, jusqu'au jour où elle a rencontré, au *Café des Délices*, Mathieu, un avocat pénaliste. C'est bien la première fois qu'elle s'attache autant à un homme. Sa meilleure amie Céline est bien ravie de cette situation puisque le nouvel amoureux d'Agnès est un de ses proches amis. Il est très pris et voyage régulièrement, tout comme elle. Ils ne se voient pas très souvent, cependant ils tirent parti du temps qu'ils passent ensemble.

Elles profitent de leur soirée toutes les deux entre filles au restaurant.

— Alors ce nouveau poste de styliste, comment ça se passe, ma chérie ? s'informe Céline.

— Je suis tellement speed, mais le poste est super, je m'éclate ! Je suis très avantagée sur le salaire et les conditions de travail.

— Tant mieux, ça fait plaisir. Et avec Mathieu alors ?

— Que te dire de plus que tu ne sais déjà ? Je n'avais jamais ressenti ça, même si en même temps ça me fait très peur.

— Pourquoi as-tu peur ?

— Que ça ne dure pas ! Pour une fois dans ma vie, non seulement je n'ai pas envie de le quitter, mais j'ai aussi peur qu'il s'en aille.

— C'est ce que l'on nomme communément l'amour, chère demoiselle, répond Céline en formant un cœur avec ses mains.

Agnès paraît pensive tout à coup, elle n'arrive pas à se faire à l'idée qu'elle ait pu s'attacher autant à Mathieu. Elle est heureuse, pourtant elle a tellement peur que tout s'arrête d'un seul coup et de trop y croire, qu'elle serait même prête à tout foutre en l'air avant !

— Tu le penses vraiment ? s'inquiète Agnès.

— Ça saute aux yeux.

— Moi, amoureuse, qui l'eût cru ! lâche-t-elle en souriant.

— Est-ce que Mathieu est en ville ?

— Non, il rentre ce week-end. D'ailleurs, nous allons visiter une magnifique résidence que j'ai envie d'acheter pour y passer mes week-ends, voire y loger.

Céline est bouche bée. A-t-elle bien compris ? Agnès, la Parisienne dans l'âme, qui ne part jamais en week-end, hormis pour des fashion week ; qui en devient malade si elle s'éloigne trop de la capitale. Mais que lui arrive-t-il ? Céline simule un malaise, portant une main sur son cœur.

— Attends, je viens de faire un AVC ! Sérieusement ? C'est où ? Il vient avec toi ? s'étonne son amie.

— Ville-d'Avray dans les Hauts-de-Seine. C'est lui qui m'a proposé de m'accompagner afin de me donner son avis, ça me fait tellement plaisir !

— J'imagine oui, mais pourquoi tu veux déménager, tu n'es pas bien dans ton appartement parisien ?

— Si j'y suis très bien, je suis tombée par hasard sur une annonce sur Internet et je ne sais pas pourquoi, j'ai senti qu'il fallait que j'aille la visiter.

— C'est tout toi, ça ! ajoute Céline en posant la main sur la joue de son amie.

Agnès n'a pas pu résister à la tentation d'aller la visiter, elle est obnubilée par cette idée. Elle repense à sa vie ses dernières années, naviguant de relation en relation, ne voulant jamais se poser.

Depuis sa rencontre avec Mathieu, elle entrevoit son avenir autrement, même si elle a peur de tout gâcher. Elle se méfie lorsqu'il lui arrive de belles choses, elle pense qu'il y aura un

retour de bâton, elle le croit lorsqu'elle est trop heureuse. Il est difficile pour elle de pleinement apprécier ce petit bonheur, alors elle se plonge à corps perdu dans son nouveau travail, ça tombe bien, elle doit faire rapidement ses preuves.
Heureusement que son ami Jonathan, criminologue, la soutient également. Elle l'a rencontré au *Café des Délices* il y a quelques années, et ils se sont rapprochés tout naturellement. Ils discutent beaucoup et se voient très régulièrement. Elle sait qu'elle peut tout lui confier et qu'il sera toujours présent pour elle, dans les bons comme dans les mauvais moments. Elle le considère comme son frère, et lui aussi, très protecteur avec elle, est ravi de voir sa relation avec Mathieu évoluer. Ce qu'elle aime chez Jonathan, c'est qu'il dit ce qu'il pense. Il est parfois dur avec elle, mais elle est consciente qu'il fera toujours passer son bonheur avant tout, alors elle ne lui en veut pas. Elle n'a pas beaucoup de moments libres avec son nouveau job, alors lorsque Mathieu est en déplacement, elle passe le plus clair de son temps au restaurant où elle croise tous ses amis les plus proches.

Elle rentre enfin chez elle après sa soirée avec Céline, balance ses *Louboutin* dans l'entrée et s'affale sur son canapé quelques minutes, en laissant tomber son sac à main sur le tapis. Elle envoie un texto à Mathieu pour lui souhaiter une bonne nuit. Enfin, après avoir écrit cinquante versions de son texto bien sûr, comme chaque fois qu'elle lui envoie un message. Elle se lève et ouvre le frigo qui, comme d'habitude, laisse entrevoir un vide intersidéral. Elle se résigne à commander un repas japonais et sélectionne un DVD en attendant la livraison. Elle choisit *Love Actually*, qu'elle regarde pour la millième fois. Elle ne s'en lasse pas et pleure toujours autant devant les mêmes scènes. Surtout celle dans laquelle Mark, alias *Andrew Lincoln*, avoue son amour à Juliet, alias *Keira Knightley*, et qu'il sonne à la porte, muni de ses pancartes en lançant un chant de Noël… Qui n'a pas pleuré devant cette scène ?

Elle aimerait tellement qu'une personne lui déclare sa flamme ainsi, tout du moins d'une façon aussi romantique. Mais bon, on ne voit ça que dans les films. Elle termine son repas sur le pouce et file prendre une douche bien chaude.

Comme chaque soir, c'est une sorte de rituel, elle prépare ses vêtements pour le lendemain. Elle aime prendre son temps et tout mettre en place, pour se lever le plus tard possible le matin. En face de son lit trône un magnifique mannequin en fer forgé sur lequel elle dépose une très belle robe vert émeraude qu'elle mettra et dispose des escarpins noirs à côté.

Elle s'allonge avec un livre dans les mains et s'endort après seulement quelques pages.

4. « Le bonheur est une fleur qu'il faut toujours arroser avec beaucoup d'amour et de patience. »

Internaute

Suzanne peaufine le chignon d'Eugénie, duquel s'échappent quelques mèches disposées délicatement sur le côté de son front. Elle est vraiment très douée. Même si elle est bien consciente que la jeune femme portera une magnifique coiffe lorsqu'elle sera de sortie, elle y met du cœur à l'ouvrage chaque jour. Eugénie n'apprécie guère Suzanne, hormis pour son travail. Comme pour sa fille, elle est jalouse de son incroyable beauté. Dotée de grands yeux bleus et d'une chevelure noire, mise en valeur par de magnifiques reflets auburn, ainsi que d'une silhouette élancée, elle fait des envieuses dans la maison. Elle surpasse le charme fardé des femmes du monde qui ont besoin de bijoux et de soieries pour briller. Suzanne possède ce que d'autres cherchent à reproduire à coup d'artifices : la grâce et la pureté d'un très joli visage que la nature a bien doté.

Eugénie se lève, s'observe dans le miroir, mais ne prend pas la peine de remercier Suzanne. Elle s'adresse à elle tout en s'admirant, sans même se retourner.

— N'omets pas de me sélectionner et de me préparer une très belle toilette pour ce soir. Georges m'a enjoint de l'accompagner à un dîner de travail, il faut que je sois éblouissante, lance-t-elle de son air dédaigneux habituel.

— Bien sûr, Madame, je m'en occupe, répond la jeune fille en lui faisant la révérence.

Eugénie se tourne vers elle et continue.

— Porte une très grande attention à mes robes, je ne souhaite pas que tu me les abîmes. Elles ont une valeur inestimable, c'est le genre de toilettes que tu ne pourras jamais t'offrir !

— Cela s'entend, Madame, j'en prendrai le plus grand soin, vous pouvez me faire confiance, répond-elle d'un ton rassurant.

La maîtresse de maison prend un malin plaisir à rabaisser Suzanne et à lui montrer qu'elles ne sont pas de la même classe sociale. Une façon bien à elle d'asseoir son autorité, sachant qu'elle ne peut pas rivaliser avec son incroyable beauté. Eugénie s'éclipse pour effectuer quelques emplettes, comme à son habitude, et flâner avec ses amies dans un salon de thé.

Suzanne s'emploie ce jour à changer les draps des lits de Georges et d'Eugénie, qui font chambre à part depuis quelques années, ainsi que ceux de Rose. Pierre, le jardinier, conserve toujours un œil sur Suzanne depuis la baie vitrée de la grande salle à manger, d'où il peut parfois l'observer durant la journée lorsqu'il travaille dans le parc. Le jeune homme est épris d'elle depuis le premier jour où il est arrivé dans ce lieu. Il ne le lui a jamais avoué, il estime qu'elle mérite mieux que lui. Henri a bien perçu son manège, mais par pudeur, a préféré ne pas en converser avec lui. Pratiquement toutes les filles qui travaillent ici sont tombées sous le charme de Pierre et rêveraient d'être avec lui. Il n'a d'yeux que pour Suzanne, ce qui agace la plupart d'entre elles.

Hélène est très protectrice avec Suzanne qu'elle considère comme sa fille. Elle n'a jamais eu d'enfant et a toujours travaillé au service de la famille Delattre. D'ailleurs, la jeune fille vient très souvent prendre conseil auprès d'elle, comme le ferait une fille avec sa mère. Hélène, qui a suivi la conversation de Suzanne et Eugénie, s'approche de sa petite protégée.

— Elle ne peut s'empêcher de te rabaisser cette femme, lâche-t-elle visiblement agacée.

— Ne t'inquiète pas, tu sais que ça ne m'atteint guère. Je suis bien consciente qu'elle est malheureuse, c'est pour cette raison qu'elle se comporte d'une telle manière.

— Tu es vraiment trop gentille, tu es la douceur incarnée, ajoute-t-elle en la prenant dans ses bras.

— Je dois changer les draps et lui préparer une belle toilette pour ce soir, tu sais avec une belle robe que je ne pourrai jamais m'offrir, ajoute la jeune fille en faisant un clin d'œil.

— Allez, file demoiselle ! Je vais voir si Joséphine a besoin de moi en cuisine et faire quelques emplettes.

Avant de se mettre au travail, comme elle aime le faire chaque jour, Suzanne se dirige vers le phonographe installé dans la chambre de M. Delattre. Elle bénéficie de sa permission. La jeune fille le met en route afin d'écouter le son de ses instruments préférés : le piano ainsi que le violon. Elle pratique la danse classique depuis un peu plus d'un an et demi maintenant, quelques mois seulement après son arrivée, et excelle dans ce domaine. Elle soulève les draps au rythme des mouvements de son corps, en harmonie avec la douce musique. Elle enchaîne les positions. Première : talons accolés, pieds sur la même ligne. Seconde : talons éloignés de la valeur d'un pied et demi sur la même ligne. Troisième : le talon du pied placé devant se place au milieu du pied de derrière. Quatrième : les pieds sont écartés de la valeur d'un pied. Enfin, cinquième : talon avant contre la pointe du pied arrière. Elle est transportée dans un monde de douceur et de quiétude, dans lequel elle aime s'échapper lorsqu'elle travaille. Son rêve le plus fou serait de devenir une grande danseuse étoile et de pouvoir vivre de sa passion.

Elle sait que ce rêve demeure inaccessible, elle a déjà la chance de pouvoir assister à quelques cours, grâce notamment à la gentillesse et à la générosité de M. Delattre qui a entrevu ce talent en elle. Deux fois par semaine, il l'autorise à quitter son travail afin de suivre une heure de cours de danse classique dans la fameuse école de Mlle Lecuelle, *Poussière d'Étoile*, ce qui agace au plus haut point cette chère Eugénie, jalouse comme un pou. D'ailleurs, sa professeure de danse ne cesse de chanter ses louanges auprès de M. Delattre qui ne regrette pas son geste et qui paraît très fier d'elle.

Joséphine s'attelle à la préparation du dîner de ce soir. Elle a prévu une soupe aux morilles en entrée, puis un gigot de mouton braisé et en dessert des tartelettes aux fraises. Lorsque les Delattre ont terminé leur dîner et que tout est débarrassé, toute l'équipe dîne ensuite dans la grande cuisine, soit avec les restes, soit avec d'autres plats soigneusement préparés par la cuisinière secondée par Alice.

Rose rentre du travail avec son père. Eugénie arrive juste après eux. Ils s'installent dans la bibliothèque avant le dîner. Eugénie leur raconte sa journée avec ses amies, quant à Georges, il explique à sa fille ses futures tâches à la tannerie la semaine prochaine.

— Tu vas désormais œuvrer au bureau en ma compagnie, je t'enseignerai les rouages du métier, révèle-t-il en ouvrant son journal.

— Je suis enchantée, père. Merci de la confiance que vous m'accordez, je trépigne à cette idée. Quelles tâches m'incomberont ? s'enquiert-elle visiblement excitée.

— D'abord, tu vas uniquement m'assister. Nous passerons énormément de temps ensemble et tu devras bien observer la façon dont je travaille.

— Très bien, père.

— Tu as de la chance, tu vas passer beaucoup de temps avec ton père, ajoute Eugénie contrariée.

— Ce n'est pas le moment ! s'écrie Georges visiblement excédé.

La famille passe à table, Georges enjoint à Alice de féliciter Joséphine, qui se trouve en cuisine, pour ce délicieux repas. Le maître de maison, comme à son habitude chaque soir après le dîner, fume un cigare sur la terrasse, affalé dans son rocking-chair, tout en se délectant d'un bon livre. Rose retourne dans sa chambre se trouvant au deuxième étage qui lui est totalement dédié. Elle trépigne d'impatience à l'idée d'assister son père dans son travail. Elle en avait assez de la charge du nettoyage des peaux, une tâche très fastidieuse et épuisante. La tannerie se trouve près d'une rivière, ceci est indispensable compte tenu de la quantité d'eau que nécessitent les lavages. La jeune fille est très ambitieuse, et demeure tout à fait prête à reprendre les rênes de l'affaire familiale. Elle ne sort pas beaucoup et consacre tout son temps libre à la tannerie. Elle n'est pas insensible au charme de Pierre, cependant n'étant pas de sa condition et sachant que son père y serait opposé, elle n'a jamais tenté d'approche.

Rose reste assez docile, elle suivra au pied de la lettre ce que lui préconisera son père, pour qui elle a énormément de respect. Elle ne fera jamais rien qui puisse aller contre sa volonté. Elle l'admire et souhaite devenir comme lui lorsqu'elle prendra la tête de la tannerie.

Toute l'équipe dîne enfin dans la cuisine, le repas des Delattre s'est prolongé et ils avaient tous très faim. Hélène et Henri trônent en bout de table et tout le monde soupe autour d'eux. C'est généralement un moment de détente pour chacun, ils rient et se racontent leurs journées. Il y a celles qui travaillent à l'intérieur de la maison, et puis les hommes, hormis Henri, qui œuvrent en général plutôt à l'extérieur. Auguste, le cocher est toujours très occupé durant la journée.

Entre conduire Rose et Georges au travail puis les ramener le soir et être également à la disposition d'Eugénie pendant la journée, il ne chôme pas.

— Cela s'est bien déroulé avec Mme Delattre cet après-midi, Auguste ? s'enquiert Henri en dégustant son repas.

— Comme elle a coutume de le faire, elle a parcouru plusieurs commerces et ensuite j'ai pu me reposer un court moment lorsqu'elle se prélassait au salon de thé avec ses amies.

— J'aimerais déambuler également, ajoute Lucien, au lieu de tout réfectionner ici !

— Je veux bien échanger de temps à autre, mais je me ferais congédier dans la minute, je ne suis pas très habile pour rabibocher quoi que ce soit, s'amuse Auguste.

Hélène se tourne vers Pierre.

— Le jardin est magnifique, tu as bien œuvré aujourd'hui ! s'écrie-t-elle.

— En cette saison, c'est un véritable bonheur de s'en occuper, répond-il en regardant timidement Suzanne du coin de l'œil.

Elle doit être la seule à ne pas avoir remarqué que Pierre en pinçait pour elle. En même temps, elle est tellement candide, tant qu'il ne lui avouera pas les yeux dans les yeux, elle ne se doutera de rien.

— Je me suis promenée en début d'après-midi, effectivement les couleurs sont sublimes et le mélange des fleurs est joliment assorti, ajoute Suzanne.

Il n'en fallait pas plus à Pierre pour devenir écarlate.

— Je te remercie. Si tu le souhaites, je peux te faire découvrir le reste du jardin si tu as du temps demain. J'ai planté quelques tulipes et orchidées, ajoute-t-il timidement.

Henri paraît surpris, Pierre invite Suzanne à flâner dans le jardin, une grande première !

— Avec plaisir, je tâcherai de prendre un moment demain pour t'accompagner dans le jardin.

Lucie, la femme de ménage, et Alice se regardent et n'ont pas l'air enchantées de ce qui vient de se produire. Pourquoi ne le leur a-t-il pas proposé également ?

La soirée se termine et chacun retourne dans sa chambre. Pierre paraît pensif et est pressé d'être à demain pour montrer ses fleurs à Suzanne.

5. « Le passé est un fantôme, le futur un rêve, tout ce que nous aurons jamais est maintenant. »

Inconnu

Après sa visite chez quelques patients : Mme Bernard pour une prise de sang, M. Gardon pour lui préparer son pilulier avec le traitement de la semaine et Mme Ternel pour un pansement d'ulcère, Lise rentre enfin chez elle. Ses tournées sont vraiment épuisantes avec tous les soins qu'elle prodigue. De plus, cette journée a été particulièrement éprouvante, elle ne peut s'empêcher de penser à ce qui s'est passé chez Yvonne et Jean-Pierre. Elle est persuadée d'avoir vu et entendu une jeune fille, elle n'en démord pas. Mais pourquoi est-elle la seule à l'entendre ? Elle veut être délivrée, mais de quoi ? De qui ? Qui est cette jeune femme ? A-t-elle séjourné dans cette maison ? Toutes sortes de questions envahissent son esprit durant toute la soirée.

Sa mère, Madeleine, s'installe près d'elle sur le canapé et la sort de ses pensées.

— Ça va, tu as l'air ailleurs ? demande-t-elle remarquant sa fille pensive.

— Tout va bien, je suis juste fatiguée, tout s'est bien passé avec Patrick ?

— Très bien oui, à part que tu lui manques.

— Je sais maman, crois-moi si je pouvais faire autrement, je le ferais, tu le sais, souffle-t-elle.

— Ce n'était pas un reproche, je me doute que tu n'as pas le choix et pour être honnête, je suis très fière de toi. J'admire ton courage et ta force, il a beaucoup de chance de t'avoir.

— Merci maman, cela me fait beaucoup de bien ce que tu me dis, répond-elle en posant la tête sur l'épaule de sa mère.

Épuisée, physiquement et moralement, elle ne dîne pas et se couche directement.

Durant le week-end, Lise décide de faire quelques recherches à la bibliothèque, elle emmène Patrick pour passer un peu de temps avec lui et qu'il en profite pour parcourir quelques livres.

Elle emprunte divers ouvrages sur l'histoire des demeures afin de trouver comment une personne peut récolter des renseignements sur l'histoire de son lieu d'habitation. Elle tombe sur un livre qui parle de la conservation des hypothèques. C'est une institution administrative, chargée d'assurer le service public de la publicité foncière. Ils tiennent un registre officiel des propriétés immobilières, des actes authentiques concernant les immeubles et les maisons. Il suffit de s'adresser à celle du lieu où se situe sa résidence.

Celle qui concerne Ville-d'Avray est basée à Sèvres. Elle décide de s'y rendre dès lundi durant sa pause déjeuner. En attendant, elle compte bien profiter de cette journée en tête à tête avec son fils.

— Mon grand, qu'est-ce que tu as envie de faire aujourd'hui ?

— C'est vrai, c'est moi qui décide ? s'étonne-t-il.

— Bien sûr, je te laisse choisir, répond sa mère en lui caressant la joue.

— En fait, je voudrais juste qu'on se balade tous les deux et qu'on reste ensemble toute la journée.

— Tu es trop mignon, j'ai tellement de chance de t'avoir mon amour !

La journée et le week-end passent rapidement. Lise consacre à son fils ces deux jours, tout en culpabilisant de le délaisser durant toute la semaine. Elle a la sensation de rater tellement de moments avec lui, il grandit si vite. Depuis son divorce, la jeune femme s'efforce d'être présente pour lui, son ex-mari n'ayant plus jamais donné de nouvelles depuis son départ. Ce n'est pas qu'il lui manque, mais cela lui fait tellement mal lorsque Patrick réclame son père. Que peut-elle lui dire ? Lise n'a aucune idée d'où il peut bien être, il doit cuver quelque part entre ses parties de poker et ses escapades nocturnes chez ses maîtresses.

Après une longue hésitation avant de demander le divorce, sachant pertinemment qu'il ne donnerait plus signe de vie à son fils, elle n'avait plus d'autre choix. Il délaissait sa famille et dépensait tout leur argent dans ses parties de poker ou dans l'alcool. Persuadée d'avoir pris la bonne décision, elle a tout de même peur que son enfant en subisse les conséquences.

Ils se retrouvent tous les trois, avec Madeleine, pour le dîner. Pour leur faire plaisir, Lise commande des pizzas. Ils les dégustent en regardant la télévision avant d'aller se coucher.

***

Le lendemain matin, Lise commence sa tournée par M. Yvert avec une prise de sang pour un bilan avant chimiothérapie, puis Mme Glanisse, pour une prévention d'escarres, qu'elle installe dans un fauteuil. Elle profite ensuite de sa pause déjeuner pour aller récupérer les documents dont elle a besoin à la conservation des hypothèques. Pourtant, elle ne trouvera pas le temps de les lire avant le week-end.

Après un sandwich avalé à la hâte sur un banc dans un parc proche de chez Yvonne et Jean-Pierre, elle se dirige vers leur propriété. Jean-Pierre lui ouvre la porte avec un grand sourire et l'invite à entrer. Yvonne se trouve dans la salle à manger, elle a fait quelques pas ce matin et se repose. Une entrevue entre un certain François Mitterrand et une journaliste, Luce Perron, passe à la télévision. L'homme y annonce d'ailleurs sa candidature aux prochaines élections présidentielles.

— Comment allez-vous ce matin, Yvonne ? s'enquiert Lise.

— Beaucoup mieux. Merci encore pour vos soins et vos précieux conseils.

Yvonne se retourne vers le poste de télévision et pointe l'écran du doigt.

— Pensez-vous que ce Mitterrand va être élu ? J'apprécie cet homme !

— Je vous avoue que la politique et moi, ça fait deux, mais je le trouve sympathique, ajoute-t-elle en se frottant le menton.

Puis se tournant vers Jean-Pierre.

— Et vous, comment allez-vous ?

— Très bien.

— Vraiment ? s'étonne-t-elle en s'installant sur une chaise pour ouvrir sa mallette.

— Je vous ai écoutée. Nous avons fait quelques courses, merci pour votre liste d'ailleurs, elle nous a beaucoup aidés ! reconnaît-il.

— C'est une excellente nouvelle ! s'écrie Lise enchantée.

— Nous nous sommes également inscrits auprès de la ville pour des balades et des activités. Nous y sommes allés ce week-end et nous avons rencontré beaucoup de personnes comme nous, cela nous a fait beaucoup de bien de découvrir de nouveaux amis.

— J'en suis vraiment ravie pour vous deux, c'est un véritable bonheur pour moi de vous voir comme ça ! Au fait, vous n'avez rien remarqué de particulier à l'étage ?

— Comment ça ? l'interroge Yvonne perplexe.

Jean-Pierre lui explique que Lise a entendu une voix dans la chambre à l'étage lors de sa dernière visite.

— Vous êtes sérieuse ? demande-t-elle les yeux écarquillés.

— Oui vraiment, vous n'avez rien entendu ? insiste-t-elle.

— Rien du tout.

— Cela vous dérange si je monte à l'étage ?

— Allez-y, je vous en prie.

Lise progresse lentement sur les marches de l'escalier et se dirige vers la chambre. La jeune femme souhaite y retourner pour s'assurer qu'elle n'est pas devenue folle. Elle tremble de tous ses membres en pénétrant dans la chambre tandis que son regard parcourt toute la pièce.

S'approchant de la fenêtre, elle pousse les rideaux et contemple le parc arboré autour de la maison. Du gazon, des arbres et des fleurs à perte de vue. Était-ce seulement un rêve ? La fatigue et le surmenage ont peut-être provoqué ses visions. Tout à coup, un frisson parcourt ses bras, ainsi qu'une extrême fraîcheur.

Paraissant hésitante, elle se retourne doucement et contemple la jeune fille qui flotte face à la fenêtre. Sa main se porte sur sa poitrine, aucun son n'arrive à sortir de sa bouche. Sans pouvoir l'expliquer, aucune sensation de peur ne vient la perturber.

La jeune fille lui apparaît si belle et semble si jeune. Ses cheveux flottent dans l'air. Ses bras s'ouvrent lentement pour s'adresser à Lise.

« Délivre-moi. »

— Mais de quoi souhaites-tu que je te délivre ? balbutie-t-elle.

« Je suis enfermée dans cette demeure depuis des années, une seule chose peut me délivrer, aide-moi. »

— Comment puis-je te délivrer ? insiste Lise en s'approchant de la jeune fille.

Elle n'a pas le temps de répondre et disparaît aussi rapidement qu'elle lui est apparue. Lise pose les mains sur ses épaules glacées par la fraîcheur de la pièce, elle tremble et tente de se réchauffer. Elle ne réalise pas vraiment ce qui vient de se passer. Cela reste un moment étrange, lorsque le monde tel qu'on le pensait jusqu'ici se voit modifié. Lorsque les certitudes les plus intimes sont soudainement ébranlées. Lorsque de nouvelles idées vous font appréhender une autre réalité. Il existe des instants dans la vie où tout bascule, tout s'arrête, où la vie défile en un millième de seconde. Il y aura un avant, un après, et c'est ce que ressent Lise en ce moment même. Elle est sûre de ne pas avoir rêvé, elle a distinctement entendu sa voix et l'a contemplée face à elle. Tout ce à quoi elle croyait s'écroule en un instant. Y a-t-il donc vraiment une vie après la mort ? Est-ce bien un fantôme ? Elle s'assied quelques minutes sur le lit, ses jambes n'arrivant plus à la porter. Son pouls, qui s'est fortement accéléré, commence enfin à se calmer. Elle respire profondément et réfléchit. Vraiment intriguée. Son envie d'aider son prochain demeure plus forte que sa peur. Comment lui venir en aide ?

Lise retourne voir le couple et leur confirme avoir revu la jeune fille. Tous deux restent cependant incrédules. Elle décide de rentrer afin de lire les documents qu'elle a empruntés ce week-end.

Après son départ, Yvonne et Jean-Pierre ne comprennent toujours pas ce qui vient de se passer. Pourquoi maintenant ? Ils s'inquiètent beaucoup pour leur infirmière préférée et pensent qu'elle doit être surmenée. Ils ne voient pas d'autre explication. Chacun retourne vaquer à ses occupations et ils ont hâte de revoir Lise qu'ils considèrent comme leur propre fille.

6. « Je crée pour la femme que j'ai voulu être, la femme que j'ai été et, dans une certaine mesure, pour cette partie de moi qui a toujours été là. »

Diane Von Furstenberg

Agnès s'affaire dans son studio de création. Petite, la jeune femme a toujours aimé dessiner des robes, ainsi que des accessoires. Son rêve depuis ce moment-là était de travailler dans la mode, son souhait est exaucé. En pleine préparation d'une nouvelle collection, la jeune styliste se consacre uniquement à ce projet depuis des semaines. Aimant travailler les formes, les couleurs, les lignes, les matières, elle est vraiment très douée dans son domaine. Elle n'en est encore qu'à l'étape du dessin et prépare différents croquis, prévoyant les coloris, les impressions, les tissus ainsi que les différentes techniques de réalisation. Cela reste la partie la plus intéressante de son travail. Tout ce qui suit, le marketing, les défilés, tout cela n'est que fioriture. Rester dans l'ombre lui convient parfaitement.

Un petit coup de mou et un léger manque d'inspiration se profilent. Dans ces moments-là, elle aime se changer les idées, faire un peu de shopping et aller prendre un petit thé avec des macarons au *Café des Délices.* Elle se surprend à vouloir s'y rendre à pied. Son studio, comme un fait exprès, ne se trouve pas très loin. Les rayons du soleil lui donnent une sensation de bien-être sur le visage durant sa promenade. Paris est sa ville préférée, la ville où tout peut arriver, où beaucoup de nationalités se croisent, où tout est rendu possible. Après une bonne demi-heure de marche, la clochette de la porte tinte.

— Salut, Linda, comment ça va ? s'enquiert Agnès en allant la surprendre dans la cuisine.

— Très bien, et toi ? Comment avance ta collection ?

— Doucement, mais sûrement, j'ai un peu la pression de mon boss. Je m'accorde une petite pause et j'y retourne.

— Quel beau métier tu fais, je t'admire !

— Il n'y a pas de quoi tu sais, mais c'est vrai que réaliser son rêve n'a pas de prix, je ne t'apprends rien !

— Tu as tout à fait raison. Tiens, Céline m'a parlé de la maison que tu vas visiter demain avec Mathieu.

— J'ai hâte de me rendre sur place, les photos sur Internet m'ont vraiment donné envie de la visiter. Sans y avoir mis les pieds, je me vois déjà m'atteler à la restaurer et à la décorer.

— C'est incroyable, je ne t'aurais jamais imaginée quitter Paris, s'étonne Linda.

— À qui le dis-tu ! Je ne saurais t'expliquer pourquoi cette maison m'attire. Il faut absolument que j'aille la visiter.

— Tu me raconteras.

Agnès retourne au bar pour prendre un verre en compagnie de Martial, son barman préféré. Comme à leur habitude, ils discutent longuement. La visite prochaine de cette maison hante ses pensées jour et nuit, et monopolise ses conversations, ce qui amuse son ami. Agnès lui fait une visite guidée de son téléphone pour étayer ses propos. Elle s'impatiente d'y être et est heureuse que Mathieu se joigne à elle pour la découvrir ensemble.

De retour au travail, elle est encore plus motivée et inspirée, tant et si bien qu'elle ne voit pas le temps passer. Son ventre lui rappelle d'ailleurs qu'il commence à être creux. Agnès réalise alors qu'il commence à se faire tard. La table devant elle est remplie de dessins, elle n'a pas chômé. Elle les scanne et les envoie à son assistante Victoire qui lui est très précieuse. Agnès, souvent tête en l'air lorsqu'elle est concentrée dans sa phase de création, délaisse tout le reste, d'où l'importance d'une personne fiable et compétente à ses côtés.

Elle rentre chez elle et, après un repas frugal, s'endort rapidement.

***

Le lendemain matin, Mathieu passe à l'appartement de sa dulcinée. Elle lui propose de prendre le petit déjeuner tous les deux avant de se rendre à la visite. Il ne se fait pas prier et s'installe sur l'une des chaises de bar de la cuisine. Il la contemple préparer des œufs aux plats, ce qui la fait rougir. Mathieu, flatté, s'approche d'elle, déplace délicatement ses cheveux sur le côté, la serre fort en posant la tête dans son cou ; ce geste déstabilise tellement Agnès qu'elle en lâche sa fourchette qui tombe au sol. Mathieu en profite pour la retourner et pose délicatement ses lèvres sur les siennes, puis lui caresse la joue. Son cœur bat la chamade et la chair de poule envahit sa peau. Ils se regardent longuement dans les yeux avant qu'Agnès ramasse sa fourchette et termine sa préparation.

Mathieu se rassoit et ils prennent tranquillement leur petit déjeuner, tout en se racontant leur soirée de la veille. Il lui fait remarquer que ce serait plus pratique qu'il ait un double des clés de chez elle. Elle prétexte qu'il lui faut une autorisation de son propriétaire, ayant une clé pour une porte blindée. Mathieu ne paraît pas très convaincu, mais n'insiste pas. Ils se mettent en route.

Le jeune couple arrive devant la résidence à Ville-d'Avray et traverse un immense parc arboré décoré avec goût et passion, cela se sent. Ils se garent devant l'immense escalier extérieur qui mène à la grande porte d'entrée. La façade principale plein sud donne sur le parc boisé et fleuri de deux mille cinq cents mètres carrés. La façade nord, en limite de rue, est agrémentée de rosiers grimpants et de glycines odorantes.

Ils sonnent, l'agent immobilier les fait entrer. La porte s'ouvre sur une grande entrée agrémentée d'une immense bibliothèque, ainsi que d'un petit fauteuil d'époque pour s'installer confortablement pour lire. Cette entrée dessert d'un côté une grande salle à manger et de l'autre une cuisine. Ils se dirigent vers la salle à manger.

Celle-ci, d'un volume généreux avec accès direct au jardin, abrite une cheminée blanche à large foyer et manteau élevé. Y trônent également de belles poutres apparentes au plafond, un oculus entre la fenêtre et l'entrée. Les tourtereaux avancent lentement dans la salle à manger, ceinte de boiseries en soubassement, de moulures et d'ornements de bronze doré au-dessus des portes. Elle est carrelée de dalles de travertin à cabochons. Sur le même mur, deux portes : l'une ouvrant sur l'escalier, l'autre sur un salon. Ce dernier permet d'accéder aussi à l'escalier par un petit dégagement.

Agnès est émerveillée par ce qu'elle découvre, tout lui plaît. Mathieu essaie de lui faire comprendre discrètement de cacher sa joie, en vue d'une négociation du prix. Il ne perd pas le nord.

Ils montent ensuite au premier étage où se trouvent deux grandes chambres, un salon et une lingerie. D'un côté, un petit couloir qui dessert une salle de bains et un grand salon avec une cheminée monumentale, des poutres apparentes et de la tomette. Certaines parties sont couvertes de boiseries. De l'autre côté, un long couloir donne accès, par des portes à doubles vantaux, à deux belles chambres et à une lingerie. Lumineuse, munie de grands placards, cette pièce est située entre les deux chambres et communique dans chacune d'elles. De la moquette recouvre le parquet dans toutes les pièces. Elles comportent des boiseries en soubassement et des poutres apparentes. À l'extrémité du couloir, une porte vitrée ouvre sur la terrasse pavée donnant accès au portillon. Le deuxième étage comporte d'un côté un grenier, des toilettes et une salle d'eau ; de l'autre, deux chambres mansardées, moquettées, dont une avec une salle de bains privative. Les fenêtres sont cintrées, chacune étant pourvue de volets intérieurs.

Ils sortent ensuite pour visiter la dépendance, aménagée avec plusieurs chambres et une salle de bains, qui servait autrefois à loger les employés des propriétaires. Agnès pense déjà à la façon dont elle va l'aménager pour en faire son studio pour travailler.

Elle est subjuguée par tout ce qu'elle vient d'observer et serait prête à signer dès aujourd'hui. Mathieu la tempère et lui demande de réfléchir. Elle finit par confirmer à l'agent immobilier qu'elle reviendra rapidement vers lui.

— Elle te plaît tant que ça ? s'étonne Mathieu.

— Tu ne peux pas imaginer, je m'y vois déjà, je sais déjà tout ce je voudrais modifier. Je ne saurais l'expliquer, je sens qu'elle est faite pour moi.

— Je te comprends, c'est vrai qu'elle a un potentiel énorme et pour ne rien te cacher, elle est plus que correcte au niveau du prix. Je pense que tu peux même encore négocier un peu.

— C'est vrai, elle te plaît aussi ? s'enthousiasme-t-elle.

— Puisque je te le dis ! répond-il en la prenant par la taille.

— Parfait, je vais faire une proposition dès demain alors.

Mathieu est amusé, heureusement qu'il a tenté de la tempérer ! Ils quittent la demeure, satisfaits de leur visite. L'esprit d'Agnès vagabonde durant tout le chemin du retour. Elle imagine déjà comment aménager les différentes pièces et ne pense qu'à une seule chose : la prochaine fois qu'elle viendra.

7. « La réussite est le fruit du travail, du courage et de l'intelligence.»

Tayeb Benjelti

La famille Delattre termine son petit déjeuner. Georges et Rose se rendent à leur travail tandis qu'Eugénie passe la matinée à la maison, elle a invité quelques amies à déjeuner. Joséphine s'affaire à tout préparer pour que le repas soit irréprochable.

Suzanne a sélectionné une toilette pour Eugénie qu'elle a délicatement disposée sur son lit. Elle la coiffe d'une jolie natte, délicatement déposée sur le côté pour orner son épaule. Cette dernière profite de son déjeuner avec ses amies sur la terrasse et décide ensuite de se promener en ville. Auguste les conduit en fiacre. Il fait un temps magnifique. Les femmes sortent sans châle, s'exposant aux ardents rayons du soleil tout en veillant à préserver la pâleur de leur teint sous des ombrelles et des chapeaux aux larges bords. Pendant ce temps-là, ayant terminé sa besogne, Suzanne décide d'aller retrouver Pierre dans le jardin. Elle parcourt une bonne partie du parc avant de l'apercevoir.

— Notre balade tient toujours ? interroge Suzanne postée discrètement derrière lui tout en baissant la tête à son niveau.

Pierre, en plein entretien des fleurs dans le jardin, se retourne précipitamment, surpris par cette douce voix qu'il reconnaît à brûle-pourpoint...

— Euh… oui… oui… bien sûr, allons-y, avec plaisir.

Il se relève et nettoie son pantalon souillé par la terre.

— Tu peux parachever ce que tu as entamé, je ne suis pas pressée.

— Cela attendra bien notre retour, ne t'inquiète pas. Je vais te faire découvrir de splendides orchidées et tulipes plus en contrebas, répond-il en l'attirant par le bras.

— Je me languis de les contempler ! se réjouit-elle.

Suzanne, en sus de sa passion pour la danse classique, est fascinée par les fleurs, leurs couleurs, leurs parfums. Ils marchent côte à côte tout en évoquant les différentes variétés, le meilleur moment pour les planter et la manière de les associer. Pierre est également passionné par son travail et Suzanne sent qu'il sait de quoi il parle. Elle est enchantée d'en discuter avec lui. Ils se postent devant de magnifiques orchidées, elle est subjuguée. Elle les caresse, les sent. Elle, qui ne prend jamais le temps de se promener dans ce magnifique parc à sa disposition, est plus que ravie. Ils n'arrêtent pas de discuter, de rire. Elle n'avait jamais vraiment bavardé avec lui, elle le trouve très intéressant. Son regard posé sur lui a changé, elle découvre une autre facette du jeune homme, ce qui ne lui déplaît guère. Son petit cœur bat la chamade en l'écoutant étaler sa passion. Elle pensait être là depuis seulement une demi-heure, cela fait déjà une heure et demie qu'elle a quitté son poste. Hélène est à sa recherche.

— Tu es là Suzanne, soupire Hélène essoufflée d'avoir couru, j'ai besoin de ton aide. Georges vient de téléphoner, il souhaite organiser un dîner ce soir avec des investisseurs potentiels pour sa tannerie. Je dois aller faire des courses, je voudrais que tu viennes avec moi et ensuite nous seconderons Joséphine et Alice en cuisine. Lucie est en train de tout nettoyer à l'intérieur.

— J'arrive séance tenante. Je suis désolée Pierre, je me dois d'y retourner.

— Assurément, je comprends. Suis-je apte à vous prêter main-forte, Hélène ?

— Joins-toi à nous si tu le souhaites, deux bras de plus, cela peut toujours nous rendre service.

Joséphine a établi une liste de courses qu'elle a confiée à Hélène, les ingrédients pour un dîner succulent. Elle a prévu en entrée une bisque aux écrevisses, en plat principal des quartiers d'agneau à la broche et en dessert un pudding de semoule. Cela engendre beaucoup de travail à réaliser dans un temps limité, tout le monde se doit d'y mettre du sien pour soulager Joséphine et Alice. Suzanne et Lucie dressent une magnifique table rehaussée de chandeliers. Henri remonte quelques bouteilles de la cave, il les ouvre, ce qui permet au vin rouge de s'oxygéner et de s'assouplir, lorsqu'Eugénie rentre enfin.

— Que se passe-t-il ici ? s'étonne-t-elle en remarquant toute cette effervescence dans la maison.

— Madame, s'empresse de répondre Hélène, Monsieur a téléphoné il souhaite organiser un dîner avec des investisseurs potentiels vers dix-neuf heures.

— Vous m'en direz tant ! Il aurait pu me prévenir plus tôt, j'aurais acquis une toilette, je me serais préparée toute la journée ! souffle-t-elle profondément agacée.

— Je le conçois tout à fait, Madame.

Heureusement, Hélène sait que Suzanne a pris la liberté de lui préparer une tenue qu'elle a laissée dans sa chambre et qu'elle la coiffera dès qu'elle sera prête. Elle espère que cela la rassurera et qu'elle ne sera pas contrariée à l'idée que la jeune fille ait anticipé sa demande. La maîtresse de maison découvre une robe déposée sur son lit. Elle ordonne à Suzanne d'étaler de nombreuses autres toilettes, pour finalement enfiler la première qu'elle lui avait recommandée. Une somptueuse robe en velours ciselé dotée d'imposantes manches gigot, une jupe conique en tissu et articulée par des cerceaux qui permettent de lui donner du volume. Rien d'étonnant venant de la part d'Eugénie, qui fait tout pour contredire Suzanne même lorsqu'elle a raison. La jeune fille parachève sa coiffure. Tout est prêt, il ne manque plus que Georges et Rose qui rentreront du travail directement avec les convives.

Il est déjà dix-neuf heures, ils ne devraient plus tarder. Pour l'occasion, alors que traditionnellement seule Alice se poste dans la grande salle à manger debout à patienter, Suzanne et Lucie lui prêtent main-forte.

Tous les convives sont arrivés, installés dans le salon pour prendre un verre avant le dîner. Suzanne et Alice se chargent du service. Ils passent ensuite à table. Le dîner se déroule sous de bons auspices, Suzanne s'emploie à s'occuper de tout ce beau monde, aidée de Lucie, puis elles s'installent debout au fond de la salle en compagnie d'Alice. Henri se charge de servir les vins, ainsi que de couper la viande.

— Georges, vous disposez de très jolies employées, lance Victor l'un des convives.

— Je vous remercie, en effet, répond-il fièrement.

— Mais où diable les avez-vous dénichées ? Surtout cette Suzanne, c'est bien Suzanne la jolie brune aux yeux bleus ?

— C'est bien cela. Vous savez, nous avons employé l'intendante, qui elle-même a recruté le reste de la brigade.

— Je vous trouve chanceux, mon très cher Georges ! répond Victor tout en reluquant la jeune fille.

Eugénie fulmine sous son air posé. Elle force un petit sourire en direction des investisseurs. Elle n'en peut plus d'entendre tous ces compliments en direction d'une employée, alors qu'elle s'est démenée à choisir une tenue et qu'elle s'est apprêtée sans avoir reçu aucun compliment venant de leur part.

La discussion prend une tournure plus professionnelle.

— Rose, depuis combien de temps travaillez-vous avec votre père ? s'enquiert André, le second convive.

— Trois ans déjà, je n'ai pas vu le temps passer au fil des années, je connais tous les postes sur le bout des doigts, enchaîne-t-elle fièrement.

— Quelle excellente idée, cher Georges ! répond André admiratif en s'essuyant la bouche avec sa serviette de table.

— Je tiens catégoriquement à ce qu'elle gravisse les échelons en connaissant parfaitement tous les métiers de la tannerie, elle sera ainsi à même de mieux la diriger.

Georges met un point d'honneur à ce que la tannerie reste dans la famille, et n'ayant pas de fils, il n'a pas d'autre choix que de former son unique fille. Pourtant lorsque Rose était enfant, il ne l'avait absolument pas envisagé, il s'était résigné à ce que la tannerie soit un jour cédée à un étranger. Rose, par sa détermination et ses compétences a su lui prouver qu'elle pourrait tenir son rôle un jour. Elle a consenti à s'essayer à tous les métiers de son entreprise, afin de le convaincre. Elle a finalement réussi contre toute attente.

Les convives dégustent leur repas et l'un des investisseurs potentiels confirme son intérêt pour la tannerie.

— Nous sommes convaincus que votre tannerie représenterait un excellent investissement. Nous sommes intéressés pour en discuter. Seriez-vous disponible la semaine prochaine pour une rencontre à nos bureaux ? questionne Victor.

— Avec plaisir, je m'adapterai à vos disponibilités. Rose se joindra à nous, car je souhaite qu'elle comprenne comment les affaires se règlent.

— Très bien c'est entendu. Faisons cela mardi en huit à onze heures à nos bureaux, puis nous irons célébrer cela au restaurant.

— Parfait, répond Georges ravi de la tournure que prend cette soirée.

Hélène, qui connaît bien Georges depuis toutes ces années à son service, ressent la fierté dans son regard. Il a créé cette tannerie seul, sans l'aide de personne, et paraît ravi de la tournure des événements. Un employeur heureux engendre une vie plus facile pour ses employés, ce qui enchante Hélène. Cette soirée se termine sous les meilleurs auspices pour la famille Delattre.

8. « Il n'y a qu'un amour profond, sincère, inaltérable, c'est l'amour maternel.»

Alexandre Dumas fils

Lise rentre particulièrement tôt de sa tournée pour une fois aujourd'hui, elle souhaite faire la surprise à Patrick en allant le chercher au collège. Elle n'a pas eu la chance de pouvoir s'y rendre depuis très longtemps. Elle est tout excitée à cette idée. La jeune femme décide d'en profiter pour lui acheter un pain au chocolat, comme elle le faisait durant son enfance. Son fils est surpris, mais ravi de voir sa mère à la sortie, il avance rapidement vers elle et la prend dans ses bras. Ils marchent tous les deux vers leur appartement. Ils sont heureux.

— Comment ça se fait que tu aies pu venir me chercher ? s'étonne Patrick.

— L'une de mes patientes a reporté notre rendez-vous à la fin de la semaine, j'en ai profité pour venir te voir !

— On va pouvoir dîner ensemble ?

— Évidemment, et c'est moi qui vais cuisiner ce soir. Qu'est-ce qui te ferait plaisir ?

— Tu me ferais tes lasagnes ?

— Avec grand plaisir, mon grand !

Après quelques courses, ils dînent tous les trois avec Madeleine. Ils jouent à des jeux de société qui font leur bonheur pendant près d'une heure, en écoutant la radio qui passe les plus belles chansons de Daniel Balavoine : *Mon fils ma bataille, SOS d'un terrien en détresse, Le chanteur.* Patrick, qui n'a cessé de fredonner connaissant toutes les paroles par cœur, commence à être fatigué, mais lutte contre le sommeil pour profiter de la présence de sa mère. Il commence à dormir debout, Lise insiste pour qu'il aille se coucher, il se fait tard. Elle l'accompagne. Elle retrouve ensuite Madeleine affalée dans le canapé, le tapotant de la main pour l'inciter à s'asseoir près d'elle.

— Cela fait longtemps que je n'avais pas vu Patrick aussi heureux, admet Madeleine.

— Je n'en reviens pas, je ne pensais pas que cela lui ferait autant plaisir de me voir venir le chercher au collège, mon grand garçon !

— Comme quoi, on a toujours besoin de sa maman, peu importe l'âge, lance-t-elle en posant la main sur le genou de sa fille.

— Tu dis ça pour moi, plaisante-t-elle en souriant.

— C'est toi qui le dis. Je vais également aller me coucher, tu ne veux pas aller dormir tôt pour une fois ?

— Je voudrais lire quelques documents avant d'y aller.

— Bonne nuit.

— Bonne nuit, maman, à demain.

Lise continue la lecture des documents qu'elle a empruntés à la conservation des hypothèques. Elle n'est pas folle, non seulement elle a bien entendu une voix à nouveau, mais surtout elle a bien vu cette apparition. Elle désire absolument découvrir qui est cette jeune fille et comment elle pourrait l'aider. Sachant qu'elle n'est pas croyante du tout, elle a du mal à réaliser ce qu'elle a observé. Est-ce que cela veut dire que les fantômes existent ? Qu'il y a une vie après la mort ? Toutes ces questions fusent dans sa tête, mais la curiosité l'emporte, elle souhaite savoir pourquoi l'esprit de cette jeune fille hante cette maison.

Elle découvre peu à peu l'histoire de cette demeure. Les premiers propriétaires étaient M. et Mme Georges et Eugénie Delattre, ils avaient une fille Rose. Elle se demande si c'est elle qu'elle a aperçue dans la chambre. Elle continue sa lecture et découvre que la maison a été vendue pour une valeur dérisoire par rapport à ce qu'elle valait auparavant, en février 1891, alors que les propriétaires y étaient depuis plusieurs générations et que la maison n'avait pas quitté la famille depuis le début du XIXème siècle. Qu'a-t-il pu se passer ? Pourquoi la vendre, de surcroît à un prix inférieur au marché ? Les acheteurs se nommaient André et Evelyne Bernier, ils l'ont conservée plus de trente ans et ont eu trois enfants. Ils l'ont ensuite vendue à Émile et Sophie Delambre en 1923, puis cédée en 1946 à Jean-

Pierre et Yvonne Lebrun, ses patients. Ils ont eu un garçon et une fille décédée à l'âge de dix-neuf ans dans un accident de voiture. Lise se demande si finalement, ce ne serait pas leur fille dans la chambre. Elle décide de se renseigner sur les premiers propriétaires qui avaient également un enfant.

Comment trouver toutes ces informations ? Un ami de sa mère, retraité aujourd'hui, a travaillé dans la police en tant qu'enquêteur. Peut-être pourrait-il se renseigner pour elle ? Elle décide de lui en parler. Elle doit partir tôt le lendemain matin, sa mère ne sera pas encore réveillée, elle lui laisse un mot sur la table de la cuisine pour qu'elles se retrouvent pour le déjeuner dans un parc. Épuisée, elle finit par aller se coucher et s'endort aussitôt.

***

Le lendemain, Madeleine rejoint sa fille vers treize heures dans un parc non loin de ses prochains patients.

— Qu'est-ce qu'il y a de si important qui ne pouvait pas attendre ce soir ? interroge Madeleine en s'asseyant sur le banc près d'elle.

— Promets-moi de ne pas me prendre pour une folle.

— Mais enfin, qu'est-ce qui t'arrive ? s'agace-t-elle.

— Promets-moi, s'il te plaît ! insiste Lise en lui prenant la main.

— Très bien ! se résigne-t-elle en soufflant.

Lise lui raconte toute l'histoire ; la voix, la vision du fantôme et les recherches qu'elle a entreprises. Madeleine reste interloquée par ce qu'elle vient d'entendre et ne sait pas quoi répondre à sa fille. Elle prend quelques minutes de réflexion pour penser à ce qu'elle va lui répliquer.

— Je pense que la fatigue a joué un très grand rôle dans ce que tu as cru voir et entendre, finit-elle par répondre en posant délicatement la main sur sa joue.

— Je me suis dit la même chose, maman, mais quand j'y suis retournée cela s'est passé à nouveau. Je n'ai pas inventé tout ça, tout ceci est vraiment arrivé ! insiste-t-elle en s'affalant sur le banc.

— Admettons, mais qu'est-ce que tu comptes faire pour cette fille ? Tu ne sais même pas qui elle est.

— Justement, c'est là que tu interviens. Comment s'appelle ton ami retraité qui travaillait dans la police déjà ?

— Armand, pourquoi ?

— Penses-tu qu'il a encore des contacts dans la police ?

— Certainement oui, mais pourquoi ?

— J'aimerais qu'il se renseigne sur la vie des premiers propriétaires.

Elle sort un dossier de son sac et le tend à sa mère.

— Tiens, je t'ai noté tout ce que j'ai sur eux.

— Tu joues au détective maintenant ? Tu n'as pas assez à faire avec ton fils et ton travail ? s'insurge Madeleine.

— Je sais, tu as peut-être raison, mais après ce que j'ai vu et entendu, je ne peux pas rester sans rien faire !

Lise paraît soulagée d'avoir amorcé une recherche sur les premiers propriétaires. Elle espère sincèrement qu'elle trouvera des réponses à ses questions et qu'elle pourra aider cette *apparition.* Elle s'étonne elle-même de son engagement vis-à-vis de cette jeune fille, mais c'est plus fort qu'elle, c'est devenu viscéral. Même si sa famille reste sa priorité, plus rien d'autre n'a d'importance à ses yeux que cette recherche. Elle le sent, elle est en mesure de faire quelque chose.

9. « La mode passe, le style reste.»

Yves Saint-Laurent

Agnès s'isole depuis une semaine dans son studio pour continuer à travailler sur sa nouvelle collection. La seule à qui elle confère le droit de la déranger c'est Victoire, qui en profite pour lui rappeler de se restaurer ! Elle réfléchit à un thème qui pourrait être original pour l'aider à affiner ses croquis. Agnès aime le luxe, tout ce qui brille, elle pense à des paillettes. Elle finit par se dire qu'elle pourrait ajouter des brillants, ainsi que des sequins sur le haut de ses robes, sur les bustiers afin d'embellir sa collection. Elle commence à dessiner tant qu'elle est inspirée. Elle entend sonner à la porte. Mathieu et Céline sont là, ce qui la surprend.

— Qu'est-ce que vous faites ici tous les deux ? s'exclame Agnès visiblement étonnée en leur ouvrant la porte.

— On tente de te joindre depuis des heures, répond Mathieu.

Elle les fait entrer et vérifie son portable posé sur la table. En effet, plus de dix appels en absence de Céline et Mathieu et cinq appels d'un numéro inconnu. Elle réalise qu'elle l'avait laissé en mode avion pour ne pas être dérangée, c'est réussi.

— Qu'est-ce qui se passe, il y a un problème ? s'inquiète-t-elle tout à coup en se retournant vers Céline.

— Au contraire, tout va bien, nous avons quelque chose à fêter avec toi, lance Céline en brandissant une bouteille de champagne hors de son sac à main.

— Ah bon ? dit-elle étonnée.

Aurait-elle oublié un anniversaire ?

— Nous ne sommes pas les seuls à ne pas avoir réussi à te joindre, l'agence a tenté de t'appeler également plusieurs fois ! renchérit Mathieu.

— L'agence ? Mais pourquoi ?

— Quand tu es absorbée par ton travail, tu ne rigoles pas, plaisante Mathieu.

Il lui confie que les propriétaires ont accepté son offre et que cette magnifique résidence va bientôt lui appartenir, enfin dès qu'elle aura signé la promesse de vente. La jeune styliste en reste bouche bée et s'assoit pour reprendre son calme, son cœur palpite.

— Non, ce n'est pas vrai, vous me faites marcher ! répond-elle la main posée sur le cœur.

— C'est la pure vérité ma chérie. N'arrivant pas à te joindre, l'agence a contacté Mathieu qui leur avait laissé également son numéro.

Agnès ne réalise pas ce qui lui arrive, elle est à la fois excitée et a l'impression de rêver. Elle a envie de crier et de pleurer. Elle va vraiment vivre dans cette maison et la décorer à sa guise.

— Je suis tellement heureuse, je vais enfin pouvoir faire ce dont j'avais envie dans cet endroit, je suis si impatiente. Avec ma collection à finir, cela va être compliqué, mais ce n'est pas grave, allons fêter ça, je vous invite à déjeuner. On va au *Café des Délices* ?

— Il ne faut pas me le dire deux fois, répond Mathieu déjà posté devant la porte.

Agnès range tout le foutoir sur sa table de travail. Maniaque, elle ? Pas du tout. Une fois que son travail est terminé, rien ne doit traîner. Mathieu et Céline lui prêtent main-forte. Ils partent enfin et arrivent au restaurant. Ils racontent tout à Martial, Tom et Linda. Jonathan est également accoudé au bar et est tout ouïe.

— Félicitation à toi, lance Jonathan, où est cette merveille dont tu nous parles ?

— À Ville-d'Avray, tu connais ?

— Un peu, c'est une très jolie ville, tu vas y être bien. Je n'aurais jamais cru que tu quitterais Paris, ceci dit !

— Tu m'aurais dit ça il y a encore quelques mois, je t'aurais ri au nez. Je ne sais pas, j'ai de bonnes sensations lorsque je me trouve dans cet endroit. J'ai tellement de projets, j'ai déjà tout en tête, comme pour mes collections.

— D'ailleurs, tu en es où avec tes croquis ?

— Pas aussi loin que je le voudrais, mais j'avance bien tout de même.

Ils restent un moment à discuter au bar, Mathieu raccompagne ensuite Agnès chez elle et la laisse, car il doit retourner travailler pour une réunion qui risque de se prolonger.

La jeune femme contacte l'agent immobilier et obtient un rendez-vous pour la signature. Elle demande s'il serait envisageable que la procédure puisse s'accélérer. Elle souhaiterait vraiment commencer les travaux rapidement, tant elle est inspirée. Coup de chance ou coup du destin, l'agence lui explique que les propriétaires ont déjà déménagé et que leurs meubles devraient être retirés d'ici une semaine. Il se peut qu'elle puisse déjà commencer ses travaux avant la signature chez le notaire, après le délai de rétractation de la promesse de vente. Agnès est enchantée à cette idée et commence déjà à dessiner des plans de ce qu'elle souhaite réaliser.

Elle aimerait apporter plus de lumière au rez-de-chaussée en ouvrant l'espace entre la grande salle à manger et la cuisine. Elle souhaite conserver la décoration d'époque de cette pièce tout en la modernisant. Elle griffonne des couleurs, se met en quête de tissus pour les futurs rideaux.

Tout à coup, on sonne à la porte du studio. C'est son boss, elle cache ses croquis pour la décoration et met en place ceux de sa collection avant d'aller ouvrir. *Pas folle la guêpe !*

— Alors ma belle, où en es-tu ? Montre-moi un peu ton travail, je n'en peux plus d'attendre, ordonne Karl en posant sa veste sur le porte-manteau sans même un bonjour.

Il s'assied face à elle. Son boss, Karl, petite quarantaine, a travaillé toute sa vie dans la mode et a créé sa maison de haute couture il y a déjà quinze ans. Il a repéré Agnès lors des dernières collections et défilés, et l'a débauchée. Très exigeant avec les autres comme avec lui-même, il ne laisse rien passer, il attend beaucoup d'Agnès pour sa première collection chez lui. La jeune styliste doit faire ses preuves, ce qui lui met énormément de pression. Sachant qu'elle ne doit en aucun cas le décevoir, sinon c'est la porte, sans aucun ménagement. Elle est tout à fait consciente qu'il en serait capable, ce ne serait pas la première fois. Elle respire profondément et se lance.

— Tiens Karl, voici quelques croquis. J'ai pensé à un thème basé sur la brillance et le luxe avec des ajouts de paillettes, de sequins sur le haut des robes et peut-être également sur le bas des pantalons. Je vois bien également des effets de brillance venant du sol, ainsi que des écrans sur les côtés qui illumineront le podium, qu'en penses-tu ?

Karl se perd dans ses pensées, lève la tête et réfléchit. Cette attente est interminable pour Agnès, qui n'arrive pas à déchiffrer le visage de son boss. Est-il satisfait ? Cherche-t-il comment lui dire que c'est à jeter à la poubelle ? Cette attente est insoutenable. Il brise enfin ce silence.

— Fabuleux ma chérie ! C'est beau sur le papier, mais avant de donner mon accord, j'aimerais voir et toucher les tissus pour m'en faire une meilleure idée. Tu peux me préparer deux tenues, une robe avec bustier et un pantalon pour après-demain ?

— Après-demain, ça va être un peu juste, tu sais, tente-t-elle.

— Me serais-je trompé sur ton compte ? l'interroge Karl en se levant pour récupérer son manteau.

— Évidemment que non, ce sera prêt !

— Très bien, je repasse dans deux jours, ajoute-t-il en claquant la porte.

Elle va avoir beaucoup de travail ces prochaines quarante-huit heures. Aussitôt, elle contacte deux couturières, les plus efficaces qu'elle connaisse, mais également Victoire pour lui donner quelques instructions. Il lui faut toutes les mains disponibles afin d'être prête pour Karl. Victoire s'occupe en premier lieu d'acheter les produits textiles pour la confection des premiers croquis à présenter.

Agnès la rejoint dans sa boutique préférée *Aux Tissus de Paris*, dans laquelle se fournissent nombre de maisons de couture. Ils proposent une large sélection de matériels et de merceries haut de gamme. Ce fabricant créatif innove constamment afin de suivre, et respecter, les tendances de la mode. La qualité d'exception des tissus et la diversité des matériaux répondent toujours aux attentes des clients les plus exigeants.

La jeune styliste est à la recherche d'un tissu de couleur rouge satiné pour la robe et bleu plutôt mat pour le pantalon.

La robe sera composée en haut d'un bustier, sur lequel elle appliquera des brillants, des paillettes et des sequins. En bas, elle sera ample et rehaussée de tulle. Lorsque la mannequin marchera, l'avant de la robe s'ouvrira pour laisser entrevoir ses jambes sans trop les dévoiler. Le pantalon, elle le voudrait coupe fine en bas accompagné d'une jolie veste cintrée avec une ouverture sur la poitrine lorsqu'elle sera fermée. Elle s'arrêterait devant au niveau de la taille, mais serait plus longue derrière. Toutes deux restent un moment sur place à fouiner, trouvent finalement les tissus qu'Agnès souhaitait et rejoignent les couturières Stéphanie et Joséphine dans son studio.

Les deux prochains jours seront sportifs !

10. « Quand s'embrassent les amoureux, ils s'embrassent même les yeux.»

Charles de Leusse

Suzanne ne cesse de rêvasser à sa promenade avec Pierre. Elle le trouve vraiment charmant et apprécie leurs discussions. Parler de fleurs et de jardins, ils ont cette passion commune et peuvent donc la partager, ensemble. Elle est sur son petit nuage depuis son réveil et compte bien y rester. Un nouveau rendez-vous est prévu avec lui dans le jardin aussitôt qu'elle aura fini ses tâches. Elle trépigne d'impatience. Les sensations qu'elle ressent, rien qu'en pensant à lui, lui sont inconnues. Elle n'avait jamais éprouvé de telles émotions. Son cœur s'emballe à l'idée de le revoir et de discuter avec Pierre, de le sentir près d'elle, de voir pétiller son regard lorsqu'il lui décrit son travail dans le parc. Il faut l'avouer, elle ne résiste pas lorsqu'il se passe machinalement la main dans les cheveux, pour sentir les fleurs, tout en l'observant…

— Je te trouve bien songeuse aujourd'hui, remarque Hélène le sourire aux lèvres.

— Je suis désolée, Pierre hante mes pensées. Je suis inquiète à l'idée de me faire des illusions.

— Ma foi, tu n'es pas aveugle à ce point ? Pierre est très épris de toi depuis le jour où tu as posé tes magnifiques yeux sur lui.

— En es-tu sûre ? s'étonne la jeune femme en se rapprochant d'Hélène.

Ses joues s'empourprent telle une tulipe rouge. Elle est visiblement étonnée par les révélations d'Hélène, elle est bien la seule à n'avoir rien entrevu des intentions de Pierre à son égard.

— Intimement persuadée ! D'ailleurs, je ne suis pas seule à être au fait de cette information, insiste-t-elle en lui prenant la main.

— Quelle sotte je fais ! réalise soudain Suzanne en posant la main sur son visage.

— Mais non ! Allez, file, je vais finir les chambres.

— Vraiment ?

— Puisque je te le dis, file avant que je ne change d'avis, insiste Hélène la gratifiant d'un clin d'œil.

La jeune fille reste chamboulée par les révélations d'Hélène, elle ne s'y attendait pas. Elle est pressée d'aller retrouver Pierre dans le jardin pour une petite balade. Son petit cœur ne cesse de battre très fort à l'idée de le retrouver. Elle le cherche partout, mais ne le trouve pas. Elle décide alors d'aller plus loin et le trouve allongé sur le dos au milieu des orchidées. Elle l'observe un moment avant de lui signaler sa présence. Le regard qu'elle pose sur lui a évolué, il est différent depuis qu'elle sait que ses sentiments envers lui sont peut-être réciproques. Elle n'aurait jamais cru qu'il s'intéressait à elle, avec toutes les jolies filles qui l'entourent et ne cessent de lui faire la cour.

Elle le regarde s'amuser avec les brins d'herbe, il met l'un d'eux entre ses lèvres et chantonne. Elle brise enfin le silence.

— Je ne t'interromps pas ? tente-t-elle, timidement.

Assurément, elle a l'art et la manière de le surprendre. Il manque de s'étouffer avec son brin d'herbe dans la bouche et se retourne visiblement étonné, mais ravi, affichant son plus beau sourire.

— Absolument pas, je profitais d'une petite pause en regardant le ciel, balbutie-t-il.

— Tu permets que je m'étende près de toi ? tente-t-elle.

— Cela s'entend, je t'en prie, répond-il en lui tendant la main pour l'aider à s'installer.

Suzanne apprécie sa galanterie, sans que cela l'étonne outre mesure. Un silence s'insinue entre eux, ils profitent tous deux du magnifique paysage qui se dresse sous leurs yeux. L'odeur de l'herbe fraîchement coupée les enivre. Les arbres, près d'eux, forment un globe comme enchanteur au-dessus du jardin laissant passer des filets de lumière. Leurs douces fleurs rose pâle s'abaissent et se relèvent au rythme du vent si tranquille. Suzanne se décide à briser ce silence, il ne faudrait pas qu'il croie qu'elle n'a aucune conversation.

— Tu t'adonnes à ce genre de plaisir fréquemment ? lance Suzanne en fixant son regard sur l'herbe.

— J'apprécie de m'installer dans l'herbe, contempler le ciel et songer à ce je pourrais devenir plus tard.

— Qu'aimerais-tu accomplir ? interroge-t-elle en se positionnant sur le côté pour mieux l'observer.

— Ce n'est encore qu'un doux rêve, car je sais que cela n'arrivera peut-être jamais. Je souhaiterais ouvrir ma boutique de fleurs et entretenir les jardins de mes clients.

— Quel beau rêve ! Tu en as les capacités en tout cas ! ajoute-t-elle avec plus d'enthousiasme qu'elle n'aurait souhaité montrer.

— Il manque le financement… reconnaît-il dépité.

— Certes, tu sais, j'aurais aimé avoir ma boutique de fleurs également.

— Peut-être qu'un jour nous pourrions partager ce rêve, lance-t-il en lui donnant un coup d'épaule.

Suzanne lui confie également sa grande passion pour la danse classique. Pierre se garde bien de lui avouer qu'il l'a aperçue à maintes reprises danser en effectuant son travail et qu'il l'a trouvée tout simplement éblouissante. Son rêve secret, parcourir et découvrir le monde, grâce à cette passion.

Ils restent allongés côte à côte pendant un long moment à discuter, à rire. Soudain, il se tourne vers elle.

— Quel est ton rêve ? chuchote Pierre.

— Que tu m'embrasses sous la pluie, et le tien ? ose-t-elle.

— Qu'il pleuve.

Le jeune homme se lève et cueille quelques fleurs qu'il assemble en forme de couronne. Il les dépose délicatement dans les cheveux de Suzanne et s'approche d'elle pour l'embrasser, lorsque soudain Henri arrive et les interrompt.

— Pierre, ton répit touche à sa fin, il faut tondre les arbustes devant la terrasse, insiste Henri.

— Je m'y rends séance tenante.

Il se tourne vers Suzanne.

— Pourras-tu venir à nouveau me voir demain ? tente-t-il visiblement gêné par la présence d'Henri.

— Je serai là, on se retrouve au même endroit ?

— Parfait, à demain.

Suzanne chantonne en retournant travailler, lentement, elle profite des couleurs ainsi que des effluves du jardin. Elle tourne sur elle-même, se sent légère et tellement heureuse. Les rayons du soleil l'aveuglent, cela ne la chamboule aucunement. Elle ferme les yeux et s'imagine avec Pierre, ils sont tendrement enlacés. Elle court rejoindre Hélène pour l'aider à finir les chambres et plier le linge. Elle ne voit pas la journée passer et a conservé sa couronne de fleurs dans les cheveux tout l'après-midi.

Rose et Georges rentrent du travail. Eugénie est revenue de sa promenade, ils se retrouvent ensemble dans la bibliothèque à discuter. Rose est ravie de sa journée avec son père, elle apprend très vite et aime ce qu'elle fait. Elle pose énormément de questions à son père, qui est enchanté de pouvoir y répondre. Il est tellement content que sa fille prenne autant de plaisir que lui à travailler dans la tannerie. Il avait très peur que n'ayant pas de garçon, il ne puisse pas léguer sa tannerie à ses enfants, il pensait que cela ne l'intéressait pas, il avait tort.

Rose, qui affectionne le piano et le chant, s'installe sur le magnifique piano à queue installé dans cette pièce et se met à fredonner. Eugénie et Georges prennent plaisir à l'écouter, elle n'a pas une voix extraordinaire, mais elle chante plutôt bien.

Les filles sont dans la cuisine à discuter, tandis que les hommes sont partis chercher du bois pour les cheminées.

— Suzanne, qu'est-ce que c'est que cette couronne dans tes cheveux, tu t'es prise pour une princesse ? plaisante Lucie.

— C'est un présent de Pierre, répond-elle gênée.

— Tu appelles ça un présent ! s'énerve Lucie en pointant la couronne du doigt.

— Je ne pense pas avoir requis ton avis.

Suzanne est très fière de cette couronne, elle ne souhaite pas que Lucie lui gâche son plaisir.

— En effet, mais sache tout de même que c'est piteux.

— Je te pardonne, tu es seulement envieuse, ajoute-t-elle en la défiant du regard.

— Tu vas voir qui est envieuse, ajoute Lucie s'avançant vers elle.

Hélène intervient, se place entre les deux jeunes filles et se tourne vers Lucie.

— Cela suffit, je ne souhaite pas que les maîtres de maison nous entendent ! s'agace-t-elle.

Malgré sa colère, Lucie s'éloigne de Suzanne, elle ne veut pas avoir affaire à Hélène, elle sait comment elle se comporte lorsqu'elle est en colère, elle ne souhaite pas s'y frotter. La jalousie de Lucie est à son comble, elle ne supporte pas que Suzanne et Pierre se rapprochent. Elle a tout tenté pour le séduire, et rien n'y a fait, alors que cette sainte nitouche y parvient !

Les Delattre achèvent leur dîner, Rose demande à Alice de chercher Suzanne afin qu'elle lui parle. Cette dernière les rejoint dans la bibliothèque.

— Bonsoir, monsieur et madame Delattre. Mademoiselle Delattre, que puis-je pour vous ? s'enquiert-elle.

— J'aurais besoin…

Tout à coup, Rose se tourne vers Suzanne, s'interrompt et la fixe du regard, visiblement interloquée.

— Tout va bien, Rose ? s'inquiète Eugénie.

— Mais que portes-tu dans les cheveux ? s'étonne Rose.

— Ce ne sont que quelques fleurs.

— Tu les as cueillies dans le jardin ? s'agace-t-elle.

— Pierre me les a données.

— Je vois qu'on s'amuse bien ici au lieu de travailler, ajoute Rose en détournant son regard vers son père.

— Mon travail était achevé, je ne me serais jamais permise de…

— Peu importe, l'interrompt-elle d'un geste de la main, enlève-moi ça immédiatement, tu n'as rien à faire avec ces fleurs dans les cheveux dans notre maison !

Décidément, c'est sa soirée. Attristée par cette requête, elle la retire et la conserve dans les mains. Lucie n'est pas la seule à être jalouse d'elle par rapport à Pierre, Rose l'est également. Elle ne peut pas l'avoir, car il n'est pas de sa condition, alors personne ne l'aura.

— Bien, où en étais-je ? Ah oui, demain je vais déjeuner avec père et quelques clients, j'aurais besoin d'une toilette qui me rende à la fois féminine et très professionnelle, prépare-moi ça ! Tu me coifferas demain matin avant que je ne parte au travail.

— Bien sûr, je vais la préparer dans votre chambre de ce pas, vous pouvez compter sur moi.

Suzanne prend congé et s'exécute. Elle se demande pourquoi Rose a réagi de cette manière, qu'est-ce qui a pu lui déplaire ? Le fait que ce soient les fleurs de leur jardin ou le fait que ce soit Pierre qui les lui ait données ? Comment pourrait-elle être jalouse d'elle ? Elle a tout ce qu'elle peut souhaiter avoir.

Georges qui a préféré ne pas interrompre sa fille devant Suzanne partage néanmoins son avis avec elle après le départ de la jeune fille.

— Je t'ai trouvée dure avec elle, indique Georges en allumant son cigare.

— Vous trouvez, père ? s'indigne Rose.

— Effectivement, qu'est-ce que cela peut te faire qu'elle ait des fleurs dans les cheveux ?

— Je suis tout à fait d'accord avec notre fille, ajoute Eugénie, elle n'a rien à faire avec des fleurs dans ses cheveux à l'intérieur, de plus ce n'est pas convenable !

— Vous je sais que vous êtes jalouse d'elle, n'en rajoutez pas, mais Rose, pourquoi ? s'exclame-t-il en se tournant vers sa fille.

— Je suis désolée père, je ne pensais pas que cela vous contrarierait, je ne le referai plus.

— Je te remercie, j'apprécierais.

Hélène a tout entendu. Elle est ravie que le maître de maison ait pris la défense de sa petite protégée qui ne méritait pas une telle réaction de la part de Rose. Cela ne l'étonne pas du tout, elle connaît bien Georges depuis toutes ces années. Il a accepté beaucoup de compromis depuis l'arrivée de Suzanne, dont les cours de danse classique auxquels il lui permet d'assister.

11. « La solitude de l'esprit est la véritable solitude.»

Charles Hamel

Lise continue sa tournée, elle se rend chez Yvonne et Jean-Pierre. En se dirigeant vers l'entrée, elle semble ressentir une présence dans le parc, comme si une personne l'épiait. Elle tourne sur elle-même afin de vérifier, elle ne distingue rien et met cela sur le compte de la fatigue.

Elle consulte ses deux patients qui sont en pleine forme.

— Vous avez l'air très heureux. J'ai reçu les résultats de vos tests sanguins et tout semble parfait, affirme Lise.

— Tant mieux, c'est réconfortant. Notre association de quartier nous fait beaucoup de bien, ajoute Jean-Pierre.

— Fantastique ! s'extasie Lise visiblement rassurée.

— Nous pouvons aller au théâtre, au cinéma, danser… un pur bonheur ! En plus, nous avons rencontré beaucoup de personnes de notre âge, ajoute Yvonne.

— J'en suis ravie, vraiment ça me fait énormément plaisir. Cela vous dérange si je monte à nouveau à l'étage quelques instants ?

— Je m'en doutais, aucun problème. C'est étonnant que nous n'ayons rien vu ni même entendu depuis toutes ces années.

— Je ne comprends pas pourquoi je suis la seule à voir et entendre cette jeune fille, reconnaît Lise en posant une main sur son visage.

— J'y pense, l'interrompt Jean-Pierre, Edmond l'arrière-petit-fils de Rose, la fille des premiers propriétaires, nous a rendu visite ce matin.

— Vraiment ? C'est peut-être lui que j'ai cru voir dehors en arrivant, ils habitent toujours dans la région ? s'étonne Lise curieuse tout à coup.

Yvonne le pense aussi, elle lui précise qu'il est parti juste avant qu'elle n'arrive. À son grand étonnement, Yvonne lui confirme qu'ils habitent même dans leur ville, Edmond vient souvent leur rendre visite avec son fils Jean. Il a hérité de l'entreprise familiale, qui était une tannerie à l'époque, devenue aujourd'hui une entreprise de vêtements haut de gamme. L'une des plus grandes de la région. Edmond a énormément contribué à l'expansion de cette société depuis sa création, ainsi qu'à son excellente réputation. D'ailleurs, elle a profité de la visite surprise d'Edmond pour lui demander si à leur époque, ils avaient vu ou entendu quelque chose, mais eux non plus. Ils étaient d'ailleurs très intrigués par ce que Lise avait observé.

— Vous avez bien fait de leur en parler, on ne sait jamais, ils auraient pu également avoir aperçu quelque chose. Dommage, j'espère qu'ils ne m'ont pas prise pour une folle ! Pensez-vous qu'à ma prochaine visite, ils pourraient être présents ?

— Je leur en ferai la demande, ça devrait leur faire plaisir.

— Merci beaucoup.

Comme par habitude maintenant, Lise se rend directement dans la chambre afin de vérifier si ce moment de grâce va se reproduire. Elle marche lentement, comme pour faire durer cet instant. Elle hésite un moment devant la porte et repense à ce qu'elle a vu et entendu la dernière fois.

Cette vision a anéanti ses croyances passées, tout ce dont elle était convaincue semble à présent se dissiper. Cela ne la rassure pas de savoir qu'il y a sûrement une vie après la mort, au contraire cela l'effraie encore plus. Pourtant, sa curiosité prend le dessus et elle souhaite retourner dans cette pièce afin de venir en aide à cette jeune fille et peut-être aussi la revoir pour être vraiment sûre… encore une fois… pour se persuader qu'elle n'a pas halluciné. À peine a-t-elle pénétré la chambre, qu'un courant d'air fait claquer la porte derrière elle, pourtant les fenêtres sont fermées. Cette sensation de fraîcheur sur sa peau recommence. Elle frissonne aussitôt. Un effluve parcourt la pièce, Lise a la sensation d'une odeur, qu'elle ne saurait reconnaître, qui lui fait penser à des fleurs. Une silhouette féminine se forme en flottant dans l'air… Lise est tétanisée, mais distingue clairement à présent une magnifique jeune fille qui semble provenir d'une autre époque.

« Délivre-moi. »

Elle reprend rapidement ses esprits, elle sait qu'elle n'a pas beaucoup de temps, car elle est consciente que cette apparition est éphémère. La jeune fille peut disparaître aussi rapidement qu'elle est apparue. Lise prend son courage à deux mains et se lance.

— Comment puis-je t'aider ? s'enquiert-elle d'une voix calme et posée pour ne pas l'effrayer.

« On m'a fait du mal… »

— Qui t'a fait du mal ? interroge-t-elle encore en se rapprochant.

« Je l'ignore, tout ce dont je suis sûre c'est que celui qui a payé pour mon crime est innocent. »

— Qui es-tu ? As-tu habité dans cette maison ? Es-tu la fille d'Yvonne et Jean-Pierre ? Es-tu Rose, la fille des premiers propriétaires ?

Lise s'empresse de poser ses questions en espérant avoir des réponses.

« J'y ai œuvré, il y a bien longtemps. »

— Quel est ton nom ? Je ne peux pas t'aider si tu ne me donnes pas plus d'informations, insiste-t-elle en tentant de lui effleurer la main.

Plus rien. La jeune fille s'évapore sans donner aucune réponse. Lise ne sait plus quoi penser. Elle est prise entre deux sentiments, la peur et la curiosité. Si elle a bien compris, quelqu'un a fait du mal à cette jeune fille et ce n'est pas la bonne personne qui a été accusée.

De plus en plus confuse, la jeune femme s'assoit un instant sur le lit ne sentant plus ses jambes. Elle se pose mille questions et se sent vidée, épuisée. Un mal de tête s'insinue lentement. Pourquoi est-elle la seule à pouvoir la voir et l'entendre ? Pourquoi maintenant ? Comment peut-elle l'aider sans information sur elle ? Elle redescend au rez-de-chaussée.

— Alors ? l'interroge Yvonne impatiente.

— Je ne sais pas quoi faire. Elle me demande de l'aide, mais ne m'a toujours pas dit qui elle était… dit Lise désespérée.

Yvonne réfléchit.

— Se pourrait-il que… Est-ce possible que ce soit… que ce soit notre fille ? Non, je dis n'importe quoi… reconnaît-elle.

— Je me suis posé la même question, elle vient de me dire qu'elle a travaillé ici il y a bien longtemps. Savez-vous si des personnes étaient employées ici à l'époque du premier propriétaire ? questionne l'infirmière.

— Il y avait effectivement du personnel, se souvient Yvonne.

Elle soupire avant de continuer.

— Edmond nous en a déjà parlé lorsqu'il nous raconte des histoires concernant sa famille.

— J'aimerais vraiment en discuter avec lui, lâche Lise qui s'impatiente de le rencontrer.

Elle termine tant bien que mal sa tournée et rentre chez elle. Il est très tard, Patrick est déjà dans les bras de Morphée. Elle ressasse sa brève discussion avec la jeune fille et a l'impression de vivre un cauchemar éveillé. Pourtant, elle se sent investie d'une mission. Cette jeune fille, elle l'a vue et entendue plusieurs fois, elle n'a donc pas rêvé. Elle s'affale finalement sur le canapé. Madeleine qui voit bien que quelque chose tourmente sa fille s'installe près d'elle.

— Tu as l'air si fatiguée, tu devrais prendre quelques jours de congés, lui suggère sa mère.

— Si seulement ! Financièrement, je ne m'en sortirais pas.

— Cela m'est insupportable de ne pas pouvoir en faire plus pour toi, dit-elle en lui prenant la main.

— Tu m'aides déjà beaucoup avec Patrick, je ne sais pas comment j'aurais fait sans toi, répond-elle en posant délicatement sa tête sur l'épaule de sa mère.

Elles se détendent et posent leurs pieds sur la table basse face à elles. Tout à coup, Madeleine rompt le silence.

— Tient, au fait, j'ai quelques informations pour toi que mon ami retraité de la police est venu me déposer. Il était tout d'abord très surpris par ta demande, cependant en ressortant les informations, il est tombé sur une ancienne affaire.

Lise relève brusquement la tête et retrouve subitement un regain d'énergie tant elle tient à en savoir plus sur cette sordide affaire. Elle est tout ouïe.

— Ah oui, qu'est-ce que c'est ?

— Je me suis permis de lire les documents, apparemment il y a eu un meurtre dans cette résidence en 1890.

— Vraiment ? Mais bien sûr, ça paraît logique, c'est forcément le fantôme de la victime qui m'apparaît dans la chambre. Sait-on qui a été accusé du meurtre ?

— C'est un vieux dossier. Désolée, il n'a pas pu avoir plus d'informations pour le moment, mais il va se renseigner.

Madeleine détourne la conversation sur un autre sujet qui lui tient à cœur, même si elle sait que sa fille n'aime pas en parler.

— D'ailleurs, il m'a parlé de son fils André, tu te souviens de lui ? Figure-toi qu'il est divorcé, ajoute Madeleine avec un sourire malicieux.

— Ah non, maman, tu ne vas pas recommencer à tenter de me mettre dans les bras de tous les hommes que tu croises ! s'agace-t-elle.

— Ma chérie, tu ne vas pas rester seule le reste de ta vie. Tout le monde a besoin d'une personne à ses côtés, surtout lorsqu'il s'agit d'un homme aussi charmant qu'André…

— Mamaaaaan ! Je ne veux pas avoir ce genre de discussion avec toi ! insiste-t-elle gênée par les propos de sa mère.

— Ne fais pas ta prude, j'ai eu ton âge aussi, je sais ce que c'est que de se sentir seule et il n'y a rien de pire que la solitude. Je dis juste que ça te ferait beaucoup de bien de voir quelqu'un et…

— Ça suffit, l'interrompt sa fille posant les mains sur ses oreilles, je vais me coucher ! J'en ai assez entendu pour aujourd'hui.

Lise adore sa mère, mais parfois son franc-parler a le don de l'agacer, et c'est le cas ce soir. Elle est bien assez grande pour savoir ce qui est bon pour elle. Sa mère a toujours été comme ça, *brut de pomme*. Elle dit toujours ce qu'elle pense et elle pense ce qu'elle dit, que ça plaise ou non. Madeleine parle des relations intimes, comme elle parlerait de la météo, très à l'aise, ce qui n'est pas le cas de sa fille.

Lise envie d'ailleurs sa légèreté sur de nombreux sujets, mais préfère garder son intimité qui comme son nom l'indique est intime. Son petit jardin secret, même si elle reconnaît volontiers qu'il est bien vide depuis quelques années, lui appartient. Elle considère qu'elle n'a pas assez d'heures dans une journée pour profiter de Patrick, alors inclure un amoureux dans sa vie n'est tout simplement pas envisageable, malgré le fait qu'elle aimerait bien partager sa vie avec un homme.

Le manque d'attention, de tendresse et d'amour est criant dans son cas, mais la priorité est accordée à son fils.

Ce soir-là, Lise a du mal à fermer l'œil de la nuit. Son obsession pour la jeune fille prend une nouvelle proportion. Elle aimerait tant essayer de résoudre cette énigme, de trouver des réponses logiques et cohérentes, mais toute cette histoire est insensée. Apercevoir un fantôme, tout ce qui relève du paranormal est irrationnel, mais en plus qu'il vous demande de l'aide, cela dépasse la limite de l'entendement. Pourquoi elle ? Pourquoi l'a-t-elle choisie pour lui venir en aide ? À présent, elle se sent totalement impliquée dans cette mission, qu'elle compte bien accomplir jusqu'au bout. Trouver des réponses… comprendre… Pour cela, il faut refaire la généalogie de cette maison, savoir qui est cette fille et enfin trouver le coupable. Et même si elle y arrivait, ce meurtre resterait impuni, il ne pourrait jamais finir par une condamnation puisqu'il date de la fin des années 1800. Que faire dans ce cas ? C'en est trop pour elle, la nuit porte conseil, elle aura peut-être une révélation à son réveil.

12. « L'amour a sa propre lumière, celle de la douceur et du respect. L'opposé de ces valeurs l'éteint.»

Alain Tastet

Agnès et Victoire arrivent dans le studio pour briefer Stéphanie et Joséphine, venues prêter main-forte pour confectionner les tenues à présenter à Karl après-demain. Il va falloir mettre les bouchées doubles, heureusement elles ont l'habitude de travailler sous pression.

Agnès leur dévoile le thème choisi et leur montre les croquis qui suscitent aussitôt de l'enthousiasme chez Stéphanie et Joséphine. Elles sont emballées par ce projet et travailleront même de nuit s'il le faut afin d'impressionner Karl qui est capable de faire la pluie et le beau temps dans cette maison haute couture. Pendant que tous s'affairent, Victoire fait des recherches sur Internet afin de trouver des accessoires qui sublimeront le podium lors du défilé, mais aussi des astuces pour rendre l'expérience des invités unique visuellement en préparant la mise en scène du lieu.

La jeune styliste songe à impliquer Linda, en lui demandant de s'occuper de la partie « buffet » lors de la soirée. Il faut dire que Linda est une professionnelle dans le domaine et qu'à coup sûr, elle sélectionnera les meilleurs produits de qualité. Niveau organisation, elle est au top, c'est un vrai chef qui dirige sa brigade avec passion.

Tout est déjà bien ficelé dans la tête d'Agnès qui sait exactement ce qu'elle souhaite, et qui anticipe très bien les besoins de Karl. Pour sa part, il se chargera de choisir les mannequins qui porteront les tenues. À chacun son domaine.

En fouinant parmi les croquis, Stéphanie tombe sur les esquisses de la décoration d'une maison.

— Qu'est-ce que c'est Agnès ? Une maison ? questionne Stéphanie en les feuilletant.

— Oui, en effet. Je vais bientôt acquérir une magnifique propriété datant du XIXème siècle à Ville-d'Avray, ce sont des croquis pour les travaux de rénovation, répond Agnès tout sourire.

— Cette demeure a l'air somptueuse ! J'ignorais que tu faisais aussi du design d'intérieur, plaisante Stéphanie.

— J'aimerais beaucoup, mais malheureusement, je n'ai pas beaucoup de temps à consacrer à la décoration de cette maison en ce moment. Je compte bien me rattraper une fois la collection terminée. J'aurais l'autorisation de commencer les travaux d'ici une quinzaine de jours, je m'en réjouis à l'avance.

Agnès arrache presque les croquis des mains de Stéphanie et les étale sur la table afin que Joséphine et Victoire les admirent également. Il faut l'avouer, elle en est fière.

— Quelle chance, j'aimerais tellement pouvoir en rénover une comme celle-ci à mon goût, ajoute Stéphanie rêveuse.

— Je suis certaine que vous me seriez d'une aide précieuse dans cette maison. Par exemple, vous pourriez me confectionner des rideaux, ajoute la styliste tout en continuant à assembler des morceaux de tissus.

— Avec grand plaisir, répond Joséphine ravie.

Le regard de Victoire ramène Agnès à la réalité. Elles se connaissent tellement bien qu'elles se comprennent sans un mot. Son assistante possède l'art et la manière de ramener Agnès sur terre. La jeune femme récupère tous ses croquis et les dispose sur une autre table, il est temps de se mettre au travail !

— Concentrons-nous sur les tenues, sinon je serai sans emploi dans deux jours ! interrompt Agnès en plaisantant, mais pensant tout de même que cela pourrait arriver.

Elles passent la journée à découper, coudre et finissent par créer un premier jet des deux tenues, et le résultat est bluffant. Demain, elles feront les finitions et rajouteront les brillants et sequins. Il faut d'ailleurs que Victoire aille les acheter à l'aube avant de venir les rejoindre au studio.

C'est une longue journée qui s'achève.

— Bonne soirée, les filles, reposez-vous bien, demain nous devrons mettre les bouchées doubles !

— À demain, répondent-elles en cœur.

Mathieu appelle Agnès sur son téléphone portable et lui propose de l'emmener au théâtre ce soir, puis d'aller dîner avec Céline et Yvan dans leur café préféré. Elle accepte évidemment, cela lui fera beaucoup de bien de se changer les idées.

Elle consulte sa montre et se réjouit d'avoir du temps pour se reposer chez elle avant que Mathieu ne la rejoigne. Elle compte bien se détendre dans un bain chaud. Comme toujours, elle disposera quelques bougies autour de la baignoire et mettra un peu de musique douce pour parfaire l'ambiance. Elle se servira un bon verre de vin et le tableau sera idyllique. Elle s'imagine déjà détendre ses jambes, fermer les yeux et se laisser emporter par la voix timbrée d'Aretha Franklin qu'elle adore. Elle optera ensuite pour la sobriété avec une petite robe noire élégante et glamour ; cette tenue ne laissera pas Mathieu indifférent qui tombera à la renverse en la découvrant. Ses lèvres maquillées de rouge, son œil habilement habillé d'un trait tracé d'un eye-liner, elle accueille Mathieu qui reste subjugué par son charme et sa beauté.

Une pensée lui traverse d'ailleurs l'esprit. Il s'imagine bien lui retirer sa robe et annuler leur sortie, mais il sait qu'elle raffole des pièces de théâtre et que celle-ci va beaucoup lui plaire puisqu'il s'agit de l'histoire de trois amies divorcées qui finissent par vivre ensemble, ce qui rend les scènes très cocasses, surtout lorsqu'ils essayent d'imaginer leur avenir incertain.

D'un regard discret, assis dans la salle de spectacle, Agnès observe Mathieu. Elle ne lui trouve aucun défaut et se sent chanceuse d'avoir enfin trouvé une personne qui lui convienne en tout point.

Elle reconnaît être privilégiée en ce moment, tant au niveau personnel avec Mathieu et son achat récent, que professionnel avec son nouveau poste et sa nouvelle collection.

Elle pose délicatement la main sur la sienne. Elle en est sûre à présent, elle est amoureuse de lui et espère sincèrement que les sentiments de Mathieu à son égard sont réciproques, sinon, elle risque de ne jamais s'en remettre. Elle pense à lui proposer de venir vivre avec elle, mais elle ne souhaite pas l'effrayer, c'est peut-être trop tôt, cela ne fait que quelques mois qu'ils sont ensemble. Pour elle, c'est lui et personne d'autre, elle ne s'imagine plus vivre sans lui.

Elle songe finalement à lui soumettre d'abord l'idée de collaborer avec elle pour les travaux et la décoration. Qui sait, il se sentira peut-être aussi chez lui par la suite.
La pièce de théâtre terminée, le cœur d'Agnès manque un battement à la vue d'un de ses ex-partenaires éphémères. Il fume une cigarette à la terrasse du bar en face d'eux. Elle espère qu'il ne la verra pas, elle n'a pas envie de lui adresser la parole, encore moins devant Mathieu.

Hélas, Baptiste la voit. Il traverse la rue en courant, s'approche d'elle et la tire contre lui en passant ses mains autour de sa taille, ignorant Mathieu. Il se permet de la solliciter ouvertement pour des faveurs sexuelles. Mathieu comprend alors qu'ils se connaissent et qu'il s'est déjà passé un truc entre eux. Agnès, silencieuse et mal à l'aise, ne dit pas un mot et se contente de tenter de s'écarter, mais Baptiste se montre insistant, il a sûrement bu quelques verres de trop.

— J'aimerais beaucoup te revoir, beauté.

Mathieu sort de ses gonds.

— Elle est avec moi maintenant, ça ne se voit pas ? Qui êtes-vous au juste ?

Aucun son ne sort de la bouche d'Agnès qui rêverait à ce moment précis de disparaître. Pourquoi a-t-il fallu qu'ils tombent sur Baptiste ? La soirée se déroulait pourtant à merveille.

— Hey poupée, ça ne te dérangeait pourtant pas de t'amuser dans un lit avec moi alors que tu n'étais pas toute seule ? hurle Baptiste qui écrase sa cigarette sur le sol en regardant le couple s'éloigner.

Mathieu est hors de lui, pire il est déçu. Il a l'impression de ne plus savoir qui est Agnès. Elle tente de le calmer, de lui expliquer, en vain. Ils marchent alors jusqu'au *Café des Délices* pour rejoindre leurs amis, mais le cœur n'est plus à la fête. Céline et Yvan leur font signe de s'approcher. Ils s'installent à la même table et Céline les mitraille de questions sur la pièce de théâtre, sans faire attention au maquillage d'Agnès qui a coulé sous ses yeux. Elle a pleuré.

— Alors, cette pièce ? demande Céline en avalant une gorgée de son verre de vin.

— Oh, c'était… sympathique… répond vaguement Agnès.

Mathieu, toujours en colère, se lance dans une conversation avec Yvan.

Céline sent alors que tout n'a pas dû se passer comme prévu et tapote la cuisse d'Agnès sous la table en signe de réconfort.

Une nouvelle bouteille de vin leur est servie à table. Céline sentant le malaise s'intensifier, change de conversation.

— Tu signes après-demain, c'est ça ? interroge Céline pour détendre l'atmosphère.

— En effet, nous avons rendez-vous à l'agence pour signer la promesse de vente.

Le « nous » lui a paru sonner faux. Après ce qui s'est passé avec Baptiste, elle n'a plus aucune certitude, elle ne sait pas si Mathieu retrouvera son enthousiasme et souhaitera à nouveau l'accompagner. Il sait à quel point sa présence est indispensable à ses côtés.

— Et toi Mathieu, comment ça se passe au boulot ? s'enquiert Yvan en lui servant un verre de vin.

— Ces derniers temps, c'est un peu la course, il y a des hauts et des bas… dit-il en fixant Agnès.

Elle ne peut supporter son regard. Le repas lui paraît interminable. Mathieu, assis à côté, si proche d'elle, lui paraît bien loin à présent.

En la raccompagnant au pied de son immeuble, il préfère ne pas monter à son appartement. Il a besoin de réfléchir… Agnès, qui sait bien qu'elle ne doit pas le laisser partir maintenant au risque de le perdre, insiste pour qu'il monte, elle a besoin de lui parler de ce qui s'est passé ce soir et ne souhaite pas attendre. Elle est consciente qu'elle n'en dormira pas de la nuit. Mathieu hésite, il semble vraiment hors de lui, mais finit par accepter.

Ils s'installent sur le canapé, Mathieu conserve son manteau. Agnès ne sait pas par quel bout commencer, elle se lance, elle n'a rien à perdre. Elle lui déballe toute sa vie, de son adolescence manquant cruellement de confiance en elle, à son éclosion en un joli papillon devenu femme, allongeant le nombre de ses conquêtes. Elle se confie sur ses sentiments pour lui et tente de lui faire comprendre qu'elle a changé et ce uniquement grâce à son amour pour lui. Que rien ne compte plus à ses yeux que son bonheur et d'être auprès de lui pour le reste de ses jours. Les larmes aux yeux, elle lui assure sa fidélité.

Mathieu, sensible à l'attitude d'Agnès, se rapproche d'elle et la prend dans ses bras. Il relève son menton et plonge son regard dans le sien.

— J'ai besoin d'avoir totalement confiance en toi, sinon je ne peux pas entrevoir un avenir pour nous deux !

— J'en suis bien consciente, et je te promets que depuis que nous sommes ensemble, je n'ai revu aucun de mes anciens amants.

— Je l'espère sincèrement Agnès, ajoute-t-il en se levant.

La jeune femme lui propose de passer la nuit avec elle. Bien que cette conversation l'ait rassuré, il préfère rentrer chez lui. Agnès s'incline et l'embrasse sur les lèvres, le laissant partir. Elle fond en larmes à son départ, se rend dans la salle de bains et tente de se détendre sous une douche bien chaude. Elle souhaite au plus profond d'elle-même que cette soirée n'ait en rien gâché leur relation et que ses explications aient fait mouche auprès de Mathieu. Elle s'endort plus tard sur cette pensée.

13. « Danser, c'est comme parler en silence. C'est dire plein de choses sans dire un mot. »

Yuri Buenaventura

Étendue sur son lit, Suzanne ne parvient pas à s'endormir. Pierre hante ses pensées, elle se surprend à conserver dans les mains la couronne de fleurs qui a tant fait parler autour d'elle. Elle a toujours trouvé Pierre à son goût, mais elle n'a jamais imaginé que cela puisse être réciproque vu que toutes les jeunes femmes sont sous son charme et qu'il a l'embarras du choix. Suzanne n'a pas conscience de sa beauté. Elle a pourtant tout pour elle, sans en avoir l'air.

En pénétrant dans la chambre, Hélène la soustrait de ses pensées. Lucie et Alice dorment à poings fermés.

— Comment te sens-tu Suzanne ? chuchote-t-elle en s'installant près de son lit.

— Je fais aller, merci de t'en inquiéter.

— Je suis contrite pour cette scène ce soir, lâche-t-elle d'un air rembruni tout en lui caressant les cheveux.

— Tu n'y es strictement pour rien, et pour être honnête, je ne m'en soucie guère.

— Ravie de l'entendre, ce n'est que pure convoitise.

— J'en suis consciente, mes pensées voguent dans les nuages, cela ne m'atteint pas.

— Est-ce que ton nuage aurait un rapport avec Pierre ?

Les joues de Suzanne s'empourprent, elle baisse les yeux. Hélène lui saisit le menton et relève son joli visage.

— Tu me connais mieux que personne, répond Suzanne d'un petit air gêné.

— Ne sois pas timide avec moi, tu sais que tu peux tout me confier.

— Avec bonheur, je t'ai pour converser. Tu sais que si Henri n'était pas venu chercher Pierre, il s'apprêtait à m'embrasser ! ajoute Suzanne en couvrant sa bouche avec les mains.

— Assurément, ce jeune homme m'étonnera sans cesse. Cela t'aurait plu qu'il le fasse ?

— J'avoue avoir été inconsidérément déçue qu'Henri survienne, j'espère que cela ne fera pas obstacle à une nouvelle tentative.

— Je suis convaincue que non ! Je t'adjure de faire attention au moment où tu décides de te promener dans le jardin. Eugénie veille au grain, elle n'attend qu'une seule occasion pour te congédier.

— Promis.

Hélène veille sur Suzanne, comme le ferait sa propre mère. Ses parents sont décédés, elle les connaissait bien. Elle leur a promis de toujours prendre soin d'elle et elle tient parole.

***

Le lendemain matin, Georges et Rose se rendent à leur travail. La jeune femme prend de l'assurance à la tannerie, son père est assurément très fier d'elle et lui confie des tâches importantes. La tannerie tend à s'agrandir grâce aux investisseurs qui ont signé un accord avec lui. Les affaires deviennent florissantes, cela signifie de plus en plus de bénéfices en perspective pour l'entreprise. Georges est enchanté, malgré une pression considérable maintenant qu'il n'est plus seul à prendre les décisions, il devra justifier ses actes, la tâche ne va pas être simple. Il s'est engagé, dorénavant il va falloir composer avec ses nouveaux partenaires.

Eugénie décide de flâner à la maison en cette belle journée afin de coudre quelques napperons. La couture tient une place non négligeable dans son emploi du temps. Elle a enseigné très tôt à Rose l'art de broder en s'aidant des modèles qu'elle a pu glaner dans *Le Journal des Demoiselles* ou *Des dames et des Modes* qu'elle raffole feuilleter. Elle s'installe souvent dans le petit salon, où elle a disposé des corbeilles doublées de taffetas dans lesquelles elle range ses multiples accessoires et sa menue mercerie pour la couture et la broderie. Les Delattre font partie des quelques chanceuses familles à posséder un téléphone. Sa sonnerie retentit. Comme à son habitude, Hélène répond. L'opératrice lui indique que Mireille souhaite parler à Eugénie. Elle lui tend le combiné. La maîtresse de maison profite de ce badinage pour la convier à déjeuner au restaurant. Eugénie achève son napperon et la retrouvera ensuite.

La conversation d'Eugénie au téléphone n'est pas tombée dans l'oreille d'une sourde, Suzanne est ravie qu'elle quitte la demeure plus tard dans la journée, elle pourra retrouver Pierre dans le jardin, une fois son travail et sa séance de danse terminés.

Une fois le linge de lit nettoyé et changé, Suzanne se hâte et court en direction d'Auguste le cocher, munie de ses affaires, afin qu'il la dépose à son cours de danse classique dans la fameuse école *Poussière d'Étoile.* Il patiente sur place pour ramener ensuite Suzanne. Sa leçon dure une heure. Mlle Lecuelle fait beaucoup travailler ses élèves, mais est encore plus dure et exigeante avec Suzanne. Elle a décelé en elle un véritable talent et veut la pousser à se dépasser. Mlle Lecuelle dirige la séance, assistée par un maître à danser qui joue la musique au violon.

Les filles s'exercent sur des chaises, qu'elles prennent comme léger appui. La leçon débute, comme à chaque fois, par l'acquisition des cinq positions en flexion. Le pointé s'amorçant par le travail des différentes révérences, puis quelques battements pour délier les hanches et façonner la gestuelle du corps. Viennent ensuite les pas tombés, les pirouettes et autres balancés. Suzanne n'a pas son pareil pour les sauts et les enjambées, elle les exécute parfaitement avec une telle grâce que même Mlle Lecuelle l'admire et l'envie.

Le cours achevé, elle enjoint à Suzanne de patienter

quelques instants, elle souhaiterait s'entretenir avec elle. Elle aimerait prévenir Auguste, mais ne peut pas se permettre de quitter la salle, ce serait très irrespectueux vis-à-vis de sa professeure. La jeune femme patiente sagement sur une chaise. Mlle Lecuelle la rejoint enfin. Elle officie dans cette école depuis des années et déniche également de nouveaux talents à recommander à son ami maître de ballet à l'Opéra Garnier. Rien qu'à l'évocation de ce nom, Suzanne en perd la tête et se réfugie dans ses pensées. Pourquoi lui parle-t-elle de ce fabuleux endroit ?

Sa professeure ne sélectionne qu'une unique danseuse parmi ses élèves qu'elle recommande à son ami et son choix se porte sur elle. Suzanne ne réalise pas aussitôt ce qui lui arrive, Mlle Lecuelle l'a bien saisi.

— As-tu bien entendu ce que je viens de te dire ma petite ? insiste Mlle Lecuelle en lui relevant le menton.

Aucun mot ne sort de la bouche de Suzanne, totalement ébahie par cette discussion irréelle. Elle sort enfin de sa torpeur.

— Oh ! Mademoiselle Lecuelle, je suis contrite, je ne suis pas certaine d'interpréter convenablement vos propos. Vous souhaitez me recommander pour bénéficier de cours à l'Opéra Garnier ? Est-ce bien cela ? balbutie-t-elle toujours sous le choc.

— Tu as bien saisi. Cependant, prends garde, cela ne signifie pas que tu doives cesser tes efforts, nous sommes d'accord ?

— Assurément, mademoiselle Lecuelle ! Néanmoins, je ne pourrai jamais régler de tels cours, cela doit être hors de prix, réalise soudain Suzanne visiblement déçue.

— Ne te soucie pas de cela, cette partie ne te concerne pas. Garde bien en tête de conserver ce haut niveau et ne cesse jamais de travailler ! s'exclame sa professeure en fixant son regard dans le sien.

— Très bien, mademoiselle.

Suzanne se hâte de rejoindre Auguste qui s'impatiente et la ramène enfin. La jeune danseuse range ses affaires.

Positionnant délicatement sa couronne de fleurs dans ses cheveux, elle décide d'aller chercher Pierre dans le jardin et le retrouve tondant les arbustes.

— Aurais-tu un peu de temps à m'accorder pour une petite balade ? s'enquiert-elle essoufflée par sa course jusqu'au jardin et encore chamboulée par cette magnifique nouvelle.

— J'ai bientôt terminé avec les arbustes, ensuite je dois planter quelques fleurs. Souhaites-tu qu'on le fasse ensemble ? propose-t-il en lui tendant une corbeille de bulbes.

— Avec joie ! s'écrie la jeune fille en la prenant.

Ils les plantent ensemble. Pierre se saisit mécaniquement de sa main pour l'attirer vers un autre endroit du jardin où il a ensemencé de très belles tulipes. Un dégradé de couleurs magnifiques se déploie devant eux. Suzanne est émerveillée, elle ne prend jamais le temps de profiter du jardin. La jeune femme ne bénéficie pas de tant de liberté. Elle profite de cet instant pour s'allonger sur le dos et sentir tous ces délicieux parfums, Pierre fait de même.

Ils sont étendus tous les deux sur le gazon, à évoquer leurs rêves. Pour lui, ouvrir une boutique de fleurs et pour elle, devenir une grande danseuse dans un corps de ballet. Leurs visages se tournent l'un vers l'autre, tout naturellement. Pierre s'approche doucement, ses lèvres se posent délicatement sur celles de Suzanne. Son cœur bat la chamade, elle ne sait plus où elle est. Elle ne sait pas combien de temps a duré ce baiser, mais lorsqu'il finit par reculer, elle ne sait plus comment elle ne s'appelle ni quelle est sa couleur préférée. Elle ne pensait pas ressentir une telle émotion. Le jeune homme l'enlace et l'embrasse à nouveau, ils pourraient rester dans cette position durant des heures. Elle pose la tête sur son épaule, ils ne bougent pas durant un long moment, avant que Suzanne ne retourne travailler. La jeune fille aurait souhaité que cet instant ne s'arrête jamais.

Eugénie est de retour en fin d'après-midi. Georges et Rose rentrent tard, vers vingt heures trente, ce qui reste très rare. Eugénie est affamée, mais elle souhaitait les attendre pour le dîner.

— Que se passe-t-il Georges, vous semblez contrarié ? devine Eugénie tout en dégustant son repas.

— En effet, ce fut une dure journée et ce n'est que le commencement, souffle-t-il visiblement excédé.

— Qu'est-ce qui vous tourmente ? s'étonne-t-elle en posant ses couverts.

— Depuis l'arrivée de nos nouveaux investisseurs, j'ai une immense pression sur les épaules et cela a débuté dès ce matin ! Avec Rose, nous n'avons pas arrêté une seule seconde. Je ne regrette en aucun cas, cependant, il va falloir retrousser nos manches !

— Sachez, père, que je ne vous décevrai pas. Je m'investirai entièrement pour la tannerie, le rassure-t-elle en posant la main sur celle de son père.

— Je n'en doute pas une seconde. D'ailleurs, puisque nous en discutons, je souhaiterais organiser un dîner avec l'un des deux investisseurs, venu dîner ici, ainsi que son fils Édouard.

Rose, qui n'est pas née de la dernière pluie, sait tout à fait où son père souhaite en venir.

— Quel âge a son fils, père ? l'interroge-t-elle curieuse.

— Vingt-neuf ans.

— Œuvre-t-il avec son père ?

— Il travaille dans la compagnie familiale et en prendra certainement le contrôle dans les années à venir, il représente un très bon parti !

— Je n'en doute pas, père. Ravie de pouvoir faire sa connaissance.

Même si elle ne laisse rien paraître, Rose est dévastée. Elle sait pertinemment que cela va finir en mariage arrangé entre leurs deux familles. A-t-elle un autre choix ? Pas à sa connaissance, elle ne souhaite en aucun cas décevoir son père, s'il estime qu'elle doit prendre ce chemin pour son avenir, elle suivra ses désirs.

14. « La confiance à l'âme est semblable en un point. Une fois envolée, elle ne revient point. »

Publilius Syrus

Lise ne se sent pas très en forme, une grande fatigue se fait ressentir. Elle persiste tout de même à continuer de travailler dans son état, ce qui ne rassure pas du tout Madeleine. Elle a finalement consenti à décaler certains rendez-vous à la semaine suivante, afin d'alléger sa journée, de pouvoir rentrer plus tôt pour se reposer et profiter de son fils.

Elle se rend chez Yvonne et Jean-Pierre. Edmond, l'arrière-petit-fils de Rose, ainsi que son fils Jean sont déjà arrivés. Elle change les pansements d'Yvonne et lui fait sa piqûre d'anticoagulant, puis elle s'occupe de son mari en lui injectant son insuline. Leurs nouvelles activités leur ont fait le plus grand bien. Il suit son régime à la lettre. Quant à sa femme, elle marche de mieux en mieux.

— Cela fait longtemps que vous soignez Yvonne et Jean-Pierre ? s'interroge Edmond en s'asseyant face à Lise.

— Quelques mois seulement.

— Je ne vous avais jamais croisée auparavant, c'est un plaisir, ils ont l'air d'aller beaucoup mieux.

— C'est en grande partie grâce à eux et à leurs efforts ! répond-elle en rangeant son matériel dans sa grande sacoche.

— Jean-Pierre m'a dit que vous souhaitiez avoir des renseignements sur la demeure à l'époque de mon arrière-grand-mère Rose. Nous ne savons pas grand-chose, uniquement les histoires que me racontait mon grand-père Joseph.

— Peut-être que cela pourrait m'aider un peu à comprendre…

— Que souhaitez-vous savoir ?

— Des employés travaillaient dans cette demeure, n'est-ce pas ?

— Tout à fait, il y en avait quelques-uns, mon grand-père nous racontait des histoires sur eux. Sa mère Rose lui parlait souvent de la maison et de ce qui s'y passait.

— Vous souvenez-vous de leurs noms et de ce qu'ils faisaient ?

— Si mes souvenirs sont bons, il y avait Hélène l'intendante, Henri le majordome, Suzanne la femme de chambre, Lucie la femme de ménage, Joséphine la cuisinière et il me semble qu'une autre personne travaillait avec elle, mais j'ai oublié son nom. Ils avaient également un cocher Auguste, un jardinier Pierre et une personne qui se chargeait des réparations, Lucien je crois.

Lise en reste bouche bée en entendant le nombre d'employés pour une famille de seulement trois personnes. Ils devaient disposer de gros moyens. Edmond lui explique que c'était très courant dans les grandes familles de l'époque. Elle cherche à savoir pourquoi elle est sortie de leur patrimoine familial. Edmond n'a pas l'air d'en savoir grand-chose, il ne connaît pas les raisons de la vente, pourtant il a maintes fois demandé à son grand-père Joseph, sans succès. Il aurait tellement souhaité demeurer dans cette résidence dans laquelle ses ancêtres ont vécu.

— Yvonne vous a parlé de ce que j'ai vu et entendu dans la chambre ? tente Lise un peu gênée.

— Tout à fait, cela me paraît invraisemblable, insiste Edmond en la fixant dans les yeux et en se frottant la barbe.

— J'ai appris récemment qu'un meurtre avait été perpétré ici même, le saviez-vous ?

— Absolument pas ! Vous savez Rose, mon arrière-grand-mère, a déménagé de cette demeure juste après son mariage, ensuite elle a été vendue. Mes parents n'y ont jamais mis les pieds.

— En tout cas, cette jeune fille pourrait correspondre soit à Suzanne, à Lucie ou même à cette personne qui travaillait en cuisine, comment savoir ?

— Vous êtes sûre que ce ne sont pas des hallucinations ? martèle-t-il pas très convaincu par son récit.

— C'est ce que j'ai pensé la première fois, mais cela s'est répété à plusieurs reprises et je suis sûre de ce que j'ai vu ! répond-elle visiblement ennuyée par son insistance à douter de ses propos.

— Vous feriez mieux d'oublier tout cela ! s'écrit-il en se levant de sa chaise et en prenant son fils par le bras.

Ils quittent la pièce et s'en vont. Très déçue, Lise n'a pas appris grand-chose d'Edmond qui ne semble pas très coopératif. Son fils Jean avait l'air gêné, il n'a rien dit du tout. Elle tente de retourner dans la chambre, pour la première fois rien ne se passe. Elle reste pourtant un long moment à patienter. Est-ce parce qu'elle a commencé des recherches que la jeune fille n'a plus besoin d'apparaître ? Est-ce parce qu'elle en a parlé autour d'elle ? Est-ce à cause de la présence d'Edmond et Jean ?

La jeune femme rentre enfin après la fin de sa tournée, juste à temps pour dîner avec Patrick et sa mère. Épuisée, elle décide d'aller se coucher sans demander son reste, mais ne parvient pas à trouver le sommeil. Il est déjà deux heures du matin, impossible de dormir. Elle décide de se lever, à cette heure-ci tout est si calme. Regarder par la fenêtre la détend, aucun bruit, rien dehors hormis les lumières de la nuit qui reflètent le sol mouillé par la pluie qui est tombée toute la soirée.

Cette jeune fille hante ses pensées, elle est frustrée de ne pas connaître son identité. Cela dit, travaillant dans la maison, et compte tenu de son jeune âge, il n'y a pas énormément de possibilités : c'est soit Suzanne, soit Lucie, soit la personne en cuisine. Lise se dit que demain après ses visites, elle y retournera à nouveau pour vérifier si l'apparition se renouvelle, espérant découvrir son nom. Si cartésienne habituellement, il est étonnant que la jeune femme se laisse embarquer dans ce genre d'histoire. Bien qu'ayant confiance en son jugement, elle doute sans cesse de ses visions. Lorsque les apparitions se produisent, Lise reste persuadée qu'elle ne rêve pas, avec toutes les sensations qu'elle ressent. Pourtant, dès que ces événements s'éloignent, elle n'y croit plus. Que faire ? À qui en parler sans passer pour une folle ?

L'arrêt de la cigarette a été une période de sa vie tellement difficile. À deux doigts de craquer et de courir s'acheter un paquet dans n'importe quel endroit ouvert à cette heure-ci, elle tente de se raisonner, c'est peine perdue. Cette jeune fille hante ses pensées, c'est le cas de le dire.

Madeleine arrive dans la cuisine pour se servir un verre de lait et constate que Lise est adossée à la fenêtre. Cette dernière lui propose de se poser sur le canapé, sentant que sa fille ne va pas bien et que cette histoire est en train de la rendre chèvre. Sa mère prend sa tête et la pose délicatement sur ses genoux, lui caressant les cheveux, comme lorsqu'elle était petite et qu'elle ne se sentait pas bien. Toutes deux passaient des heures à discuter. Lise adore lorsque sa mère le fait, elle se sent redevenir une petite fille comme lorsqu'elle se blottissait dans ses bras.

Madeleine tente un peu d'humour pour lui changer les idées en lui reparlant de sa vie sexuelle, mais ne fait pas mouche. Lise est encore moins réceptive que d'habitude. Sa mère reprend son sérieux et lui assure qu'elle sera toujours présente. Sa confiance n'a pas de limites en ce qui la concerne. Si un fantôme lui est apparu, c'est que c'est la vérité, ce qui rassure Lise immédiatement ; la confiance de sa mère est primordiale. Les deux femmes restent encore quelques minutes sur le canapé et Lise s'endort enfin sur les genoux de sa mère, qui tente de s'écarter délicatement pour ne pas la réveiller. Celle-ci dépose un plaid sur sa fille et retourne se coucher, tout en la fixant, se rappelant à quel point le temps passe vite.

15. « Le respect et l'amour doivent être si bien proportionnés qu'ils se soutiennent sans que ce respect étouffe l'amour. »

Blaise Pascal

Agnès, Stéphanie ainsi que Joséphine s'affairent à finaliser les deux tenues au studio pendant que Victoire organise l'agenda de la styliste pour la semaine. Cette dernière a rapporté de très beaux sequins et des paillettes pour embellir les tenues. Il ne leur reste plus beaucoup de temps, Karl ne devrait plus tarder puisqu'il est toujours ponctuel. Elles disposent la robe sur un mannequin en fer forgé, le pantalon et la veste sur un autre disposé à côté. Elles entendent frapper à la porte, se regardent pendant que la jeune femme se dirige vers la porte tout en ajustant sa jupe. Karl entre et s'installe sur la chaise placée devant lui.

— Bonjour mesdames, qu'avez-vous de beau à me montrer, j'ai hâte de voir vos chefs-d'œuvre. J'espère être convaincu ! affirme-t-il en fixant Agnès des yeux, ce qui a le don de la dérouter.

Elle a une énorme pression sur les épaules, elle a conscience que tout se joue maintenant. Son avenir ne tient qu'à un fil, à un regard, à un commentaire de la part de son boss. Une goutte de sueur perle sur le haut de son front ; elle l'efface aussitôt afin que personne ne perçoive son stress. La styliste arrive à se contenir et à conserver son calme tout en invitant Karl à la suivre dans la pièce où les tenues sont exposées. Il tourne autour des deux tenues, les touche, les observe sans rien dire. Il scrute les broderies, les découpes et les finitions. Il admire la créativité, le savoir-faire, la création et l'ingéniosité de sa styliste. Il s'arrête tout à coup et siffle. Agnès n'en peut plus, son cœur est sur le point de lâcher.

— Ma chérie, je savais que je pouvais compter sur toi ! s'écrie-t-il tout à coup en applaudissant.

Cette parole salvatrice vient de la libérer de son tourment qui a duré seulement quelques minutes, mais qu'elle a pourtant ressenti comme des heures. Il s'en rend bien compte et aime en jouer.

— Respire, tout va bien, j'adore ! Les tenues sont magnifiques. Tu as raison, ces sequins apportent énormément, je suis fan !

— Merci ! Je suis rassurée. Stéphanie, Joséphine et Victoire vont être ravies, elles ont abattu un travail de titan ces derniers jours pour m'aider !

— J'attends tous tes croquis pour le début de semaine prochaine, nous sommes d'accord ?

Comme à son habitude, Karl exige, évidemment, à quoi s'attendait-elle ? Encore un challenge à relever. Même si ça la stresse, cette montée d'adrénaline lui fait un bien fou.

— Tu les auras, je m'y engage, assure la jeune femme.

— Je te laisse travailler. Sache que tu as toute ma confiance, ne me déçois pas !

Agnès a été rassurée un moment, maintenant une autre pression prend le relais : finir tous les croquis dans les temps. Heureusement, de nombreuses images se bousculent déjà dans sa tête. Stéphanie, Joséphine et Victoire souhaitent retourner à la maison de couture, Agnès insiste pour les inviter à déjeuner au *Café des Délices* pour les remercier de leur aide précieuse.

Elles décident de marcher pour se détendre après ce moment de stress. Autant dire que quatre jolies jeunes femmes déambulant dans la rue ne passent pas inaperçues. Un certain nombre d'hommes se retournent sur leur passage et les complimentent.

Elles s'installent au bar, toutes les tables sont déjà prises, elles attendent que l'une d'entre elles se libère, tout en discutant avec Martial.

— Quatre coupes de champagne, s'il te plaît ! s'écrie Agnès.

— Avec plaisir ma belle, qu'est-ce que nous fêtons ? demande-t-il curieux en essuyant ses verres.

— Une première étape réussie pour notre collection et tout cela n'aurait jamais pu arriver sans l'aide de mes trois princesses ici présentes ! s'exclame-t-elle en se tournant vers elles.

— Arrête, tu as tout fait, nous avons juste donné vie à ton projet, ajoute Stéphanie visiblement gênée par les propos élogieux d'Agnès.

— Ne sois pas si modeste, vous êtes des fées !

Une table se libère enfin, Agnès court s'y installer avec les filles ; c'est qu'elles sont chères ici !

Quelques minutes plus tard, Nicolas et Marie arrivent pour déjeuner également, juste quand la table à côté d'elles se libère. Agnès est ravie de les revoir, ça faisait un moment qu'elle ne les avait pas croisés. Ces derniers sont bien occupés également avec leur cabinet, le nombre de patients croissant leur fait se demander s'il ne serait pas judicieux de s'agrandir ou de trouver un nouvel endroit, car ils se sentent un peu à l'étroit depuis quelques mois. L'été approche à grands pas, Tania et Théo vont partir avec eux au Congo-Brazzaville pour un stage médical humanitaire. Le médecin raconte à Agnès à quel point Tania se tue à la tâche et ne ménage pas ses efforts, cela fait des années qu'elle attend ce moment. Depuis qu'elle a rencontré Nicolas au *Café des Délices*, elle admire sa dévotion envers ses patients et surtout envers ceux dans le besoin, ici et au Congo-Brazzaville. Agnès est enchantée pour eux et a hâte de revoir Tania et Matéo qui devraient aider leur mère au restaurant durant le mois de juillet pour Tania, et les deux mois pour Matéo.

Mathieu l'appelle sur son portable. Le rendez-vous pour signer le compromis de vente est confirmé le lendemain matin à dix heures. L'agence a préféré lui téléphoner, étant beaucoup plus joignable qu'Agnès. La jeune femme est enchantée à cette idée, il lui a également confirmé qu'ils pourront ensuite la visiter à nouveau.

Décidément, c'est sa journée aujourd'hui ! Des étoiles brillent dans ses yeux, tout est trop beau pour être vrai. Karl a A-D-O-R-É sa présentation, demain elle signera pour l'achat de cette magnifique propriété. Elle se demande ce qu'elle a bien pu faire pour mériter ça. Et en plus, Mathieu a l'air tout aussi enthousiaste à l'idée d'y passer du temps avec elle.

Plus tard dans la journée, Agnès décide de s'enfermer dans son studio et d'avancer sur le design de ses croquis.

La jeune styliste devrait continuer ce soir, mais elle étouffe, a besoin d'air ; son inspiration s'essouffle. Sortant son téléphone de son sac, elle décide d'appeler Céline et d'organiser une soirée entre filles ce soir à son appartement pour papoter et visionner des DVD tout en dînant japonais. Cela lui changera les idées.

Céline débarque chez sa copine avec une bouteille de chardonnay, leur vin préféré. Elle a également apporté quelques DVD évidemment : *Holidays, Dirty Dancing* et *Love Actually* ; des films qu'elles ont déjà vus des dizaines de fois ensemble, mais elles ne s'en lassent toujours pas. Après un dîner japonais commandé et rapidement avalé, elles se posent sur le tapis près du canapé en disposant leurs verres de vin sur la table basse et discutant devant l'un des DVD.

— Mathieu m'a raconté ce qui s'est passé à la sortie du théâtre l'autre soir. Ça va mieux entre vous ?

— Je me doutais bien qu'il t'en parlerait… j'espère simplement qu'il ne me voit pas différemment. Que t'a-t-il dit au juste ?

— Oh non, ne t'inquiète pas pour ça… Il était simplement jaloux à l'idée de t'imaginer avec ce type, la rassure-t-elle en posant la main sur son bras.

— Je suis bien avec lui, je ressens des sentiments pour lui, mais j'ai peur… souffle-t-elle en buvant une gorgée de son verre.

— Peur de quoi enfin ? Ah, je vois… peur qu'il te quitte, c'est bien ça ? devine son amie.

— Évidemment, ça finit toujours comme ça… se résigne-t-elle.

— Mathieu est quelqu'un de bien et je pense qu'il a assez démontré son amour pour toi ! Ne sois pas idiote, il n'a d'yeux que pour toi, insiste Céline.

Agnès doute tellement d'elle qu'elle n'arrive pas à concevoir qu'un homme puisse tomber amoureux d'elle. Son amie tente de la rassurer sur sa relation, elle pense y être arrivée, mais elle connaît bien sa meilleure amie : pour la rassurer, il faudrait que Mathieu lui signe un papier certifié conforme incluant un engagement à vie ! Elles ont bu plus que de raison, comme souvent durant leurs soirées fille. Céline étant venue en voiture, Agnès refuse de la laisser partir.

Elles passent une partie de la nuit à discuter de leur adolescence et de leurs amours et finissent par aller se coucher dans la chambre d'Agnès, après que Céline a envoyé un message à Yvan pour le prévenir qu'elle ne rentrerait pas ce soir.

Le lendemain, les filles prennent leur petit déjeuner lorsque Mathieu arrive comme convenu. Céline s'éclipse et les laisse en tête à tête. Mathieu avale rapidement une tartine beurrée et s'enfile un café avant d'entraîner Agnès dans sa voiture. Sur le chemin, la jeune femme brise le silence. Elle souhaite s'assurer que Mathieu ne lui en veut plus et qu'il a toujours confiance en elle. Le regard langoureux qu'il lui lance la rassure. Il lui prend délicatement la main et y dépose un baiser.

— Oublions cette histoire, tu veux ? lui lance Mathieu.

— Avec plaisir ! répond Agnès visiblement soulagée.

Elle en profite pour poser la main sur sa cuisse. Ils se garent devant l'entrée de la demeure, l'agent immobilier a finalement proposé de les retrouver directement sur place, puisqu'elle souhaitait la visiter à nouveau. Ils signent le compromis, puis l'agent s'en va en leur laissant un double des clés, leur rappelant tout de même qu'il faudra attendre la fin du délai de rétractation de quatorze jours avant de commencer les travaux.

Agnès ouvre la porte, elle s'imagine déjà chez elle. Elle se sent tellement bien dès qu'elle y pénètre, comme si elle connaissait déjà l'endroit. Elle a rapporté ses premiers croquis afin de les confronter à la réalité des pièces. Mathieu reste admiratif devant autant de créativité, lui qui est si terre à terre dans son travail.

— Je vais faire un tour dans le parc, il a l'air magnifique, lance Mathieu en ouvrant la porte d'entrée.

— Je monte à l'étage, je ne me souviens pas très bien de l'agencement des pièces là-haut, ça m'aidera à finaliser mes croquis, répond-elle en gravissant l'immense escalier.

Agnès se dirige vers la première chambre, les meubles ont été retirés, elle paraît encore plus grande contrairement à sa précédente visite. La jeune femme la trouve jolie, mais ne pense pas que ce sera la sienne. Elle se dirige ensuite vers la deuxième chambre de l'étage, marque un temps d'arrêt : ce sera sa chambre. Très lumineuse, cette jolie pièce bénéficie d'une vue imprenable sur le parc.

Tout à coup, elle ressent un frisson dans le bas de son dos et se retourne. Ses croquis lui glissent des mains et tombent à terre, elle reste comme paralysée en distinguant une apparition, un fantôme, elle ne sait pas trop comment l'appeler, la décrire. Agnès est tétanisée, pourtant elle n'a pas peur et elle tente même de la toucher pour être sûre de ne pas rêver, mais la silhouette recule.

« Délivre-moi. »

16. « La famille est le vrai roman de l'individu. »

José Carlos Llop

Suzanne est enchantée, elle est consciente qu'aujourd'hui sera une magnifique journée. Une fois par mois, les Delattre quittent la demeure quelques jours afin de rendre visite à la famille d'Eugénie en province. Elle a reçu, la veille, un télégramme lui confirmant leur venue. Durant ce court laps de temps, son frère Louis en profite pour séjourner avec sa sœur et loge avec toute l'équipe dans la dépendance. Trop peu de moments ensemble leur sont accordés, il travaille dur à la tannerie depuis quelques années. Ses journées sont bien trop longues et il est très fatigué lorsqu'il rentre chez lui tard le soir. Il connaît bien toutes les personnes qui œuvrent ici, plus particulièrement Pierre, son ami d'enfance. Du même âge, vingt-quatre ans, ils se sont retrouvés dans la même classe plusieurs fois depuis qu'ils sont petits. Très bons amis, ils se connaissent incontestablement. D'ailleurs, Louis fut le premier confident de Pierre concernant ses sentiments pour sa sœur.

Le jeune homme ne se doute pas, à ce moment, que leur relation a évolué depuis sa dernière visite. Suzanne n'a qu'une hâte : lui avouer, étant persuadée du plaisir que cela lui procurera.

Bien qu'elle ne le voie pas souvent, ils demeurent très proches depuis le décès de leurs parents, il y a maintenant cinq ans. Louis avait dû trouver rapidement un travail afin de s'occuper de sa sœur. Elle lui en est très reconnaissante, elle reste bien consciente qu'il a sacrifié sa jeunesse pour la prendre en charge. Le voici enfin, elle l'accueille.

— Comment se porte ma petite sœur préférée ? demande Louis en la serrant dans ses bras.

— Ce n'est pas ardu, je suis la seule ! Ravie que tu sois auprès de nous Louis, rétorque-t-elle en lui ébouriffant les cheveux.

— Ces dernières semaines ont été longues et pénibles, mon rayon de soleil m'a terriblement manqué.

— Ta présence me manque également. Le déjeuner est prêt, répond-elle en le prenant par le bras pour le conduire jusqu'à la cuisine.

— Excellent, je suis affamé !

Ils se mettent à table, tout le monde est ravi de sa présence. Le déjeuner se prolonge un peu, pour une fois qu'ils n'ont pas besoin de se presser, ils en profitent. Louis leur raconte les histoires de la tannerie et le fait que Rose se comporte aussi sévèrement que son père au travail. Cela n'étonne personne, la jeune fille se conduit immanquablement comme son paternel.

— Louis, demande Henri, comment se porte Élise ?

Élise est sa bien-aimée depuis maintenant deux ans.

— Elle se porte bien, je t'en remercie…

Il hésite un instant, il paraît en pleine réflexion puis il continue.

— Je pense même à lui demander sa main prochainement, ajoute-t-il tout sourire.

— Réellement ? Cela me réjouit tant ! s'écrie Suzanne en le serrant dans ses bras.

Elle apprécie énormément Élise qui est également devenue une amie.

— Merci, j'ai quelques économies afin de lui offrir une bague. Je dois la rejoindre d'ici la fin de la semaine prochaine et ainsi faire ma demande à son père.

— Souhaites-tu encore un peu de dessert, Louis ? demande Hélène toute guillerette à l'idée du mariage.

— Non, je vais m'arrêter là, merci beaucoup. Je pense qu'Henri doit en reprendre souvent, ajoute Louis en lui faisant un clin d'œil et frottant son ventre tout en montrant la bedaine d'Henri du regard.

— Quel chenapan ! s'écrie Henri en souriant et en lui jetant son linge de table au visage.

Tout le monde aide à débarrasser la table et faire la vaisselle. Puis Suzanne, Louis et Pierre partent se promener dans le parc. Pierre montre à Louis tout ce qu'il a accompli dans le jardin, depuis sa dernière visite.

Ils longent le parc. C'est un endroit qui met en évidence de beaux spécimens d'arbres tels de majestueux platanes, marronniers, érables et tilleuls. Georges voyageant beaucoup dans divers pays, Pierre lui demande toujours de rapporter de nouvelles espèces comme des bambous, des glycines de Chine et du Japon. Ce qui rend également magique ce parc, c'est le moment juste avant d'arborer l'hiver où tout un choix d'arbres et d'arbustes aux couleurs automnales flamboyantes passent de l'or à tous les tons de rouge.

Pierre a apposé sa touche personnelle, grâce à sa fabuleuse imagination, en créant un labyrinthe planté de plusieurs dizaines d'oliviers pyramidaux et contre planté d'autant de bambous. C'est un théâtre de verdure qui rend le parc atypique. Enfin, un parcours hydraulique, constitué de deux grottes, d'une rivière serpentine et de quelques bassins, clôture cette visite.

— Tout est vraiment époustouflant, tu es vraiment doué, tu t'en rends compte j'espère, lance Louis émerveillé par ce qui l'entoure.

— Merci, je suis passionné surtout ! répond-il visiblement gêné.

— Tu souhaites toujours ouvrir ton magasin de fleurs et d'entretien de jardin ?

— Oh oui, je mets de l'argent à gauche depuis quelques années et je pense pouvoir réaliser mon rêve bientôt.

— C'est un magnifique projet, ajoute Suzanne en s'approchant de Pierre et en lui prenant délicatement la main.

Louis n'en revient pas, il estime qu'il s'en passe des choses en son absence. La jeune fille s'approche de son frère.

— Nous ne t'avons encore rien avoué. Pierre et moi… enfin… tu sais, tu comprends… lâche-t-elle timidement.

C'est qu'elle ne parle jamais de ces choses-là avec son frère. Louis est tellement enchanté d'apprendre cette nouvelle qu'il les prend tous les deux dans ses bras pour les serrer très fort contre lui.

— Quelle belle nouvelle ! s'enthousiasme Louis.

— Je savais que cela te réjouirait, mais pas à ce point, ajoute Suzanne visiblement étonnée.

Ils passent le reste de l'après-midi à discuter et à déambuler dans le parc, puis vont aider les autres à l'intérieur. Malgré sa fatigue de la semaine, Louis n'hésite jamais à donner un coup de main. Hélène part faire quelques courses pour Joséphine qui, comme à son habitude, va leur préparer un succulent dîner.

Pierre confie Suzanne à son frère durant la fin d'après-midi, ils passent la soirée ensemble à discuter sur la terrasse après le dîner. Il fait bon ce soir, les étoiles scintillent dans le ciel. Comme ils le font souvent, ils parlent de leurs rêves et de ce qu'ils aimeraient faire. Suzanne parle enfin à son frère de la proposition de sa professeure de danse. Louis est enchanté à cette idée, cependant une pensée le turlupine. Il se rend bien compte qu'elle devra certainement quitter cet endroit pour vivre près de l'école et qu'elle va, par conséquent, s'éloigner de lui, mais également de Pierre.

Elle n'y avait pas réellement songé, elle se doutait bien que ce serait l'une des conditions de son admission à l'école. Elle ne sait pas comment l'annoncer à Pierre. Louis la rassure, la distance ne changera rien à ses sentiments à son égard, il en est persuadé ; ce qui la console séance tenante. Quant à lui, il aimerait devenir écrivain. Il passe ses soirées à remplir des pages. Il a montré certaines de ses œuvres à un éditeur de journal qui propose la publication de romans lors de livraisons hebdomadaires ou quotidiennes. Il a paru intéressé par ses écrits. Il continue d'œuvrer à la tannerie pour le moment, ayant besoin de cette besogne pour subsister. Il souhaiterait profondément vivre de sa passion pour l'écriture.

Ils évoquent leur enfance, à quel point ils étaient heureux avec leurs parents.

— Ils me manquent terriblement, murmure Suzanne émue en laissant perler une larme sur sa joue.

Lorsqu'elle pense à ses parents, elle a envie de croire qu'un paradis existe après la mort parce que cela lui laisse l'espoir qu'ils partagent enfin un bonheur que cette terre leur a refusé. Quand elle tente de se remémorer le visage de ses parents, leurs traits sont de moins en moins précis. Seuls sont gravés en elle leurs mots, leurs regards ou leurs gestes tendres.

— À moi également ! Je suis comblé pour Pierre et toi, ajoute Louis en caressant la joue de sa sœur.

— Si tu savais à quel point cela m'enchante, répond-elle en souriant.

— Je ne devrais peut-être pas te le confesser, cela fait très longtemps que Pierre s'est confié à moi sur ses sentiments à ton égard. Il t'aime sincèrement et je suis persuadé qu'il te rendra heureuse, c'est un homme bien, ajoute-t-il en prenant la main de sa sœur.

— J'en suis intimement convaincue ! affirme-t-elle en dirigeant son regard vers le ciel étoilé.

17. « L'âme n'a point de secret que la conduite ne révèle. »

Proverbe chinois

Lise se rend chez Yvonne et Jean-Pierre durant le week-end, cela ne lui arrive jamais. La jeune infirmière les a appelés dès le matin afin de s'assurer qu'ils seraient présents. Une boîte de chocolat lui a paru de circonstance pour les remercier du dérangement. Elle ne souhaite plus perdre un instant et voudrait voir à nouveau la jeune femme pour tenter de glaner plus d'informations la concernant. Le couple regarde l'émission *Dimanche Martin,* diffusée sur *Antenne 2*, présentée par Jacques Martin et propose à Lise de se poser quelques minutes avec eux. Elle hésite, mais ne souhaite pas se montrer impolie envers ses hôtes et accepte tout en prenant une chaise pour s'asseoir près d'Yvonne.

— Vous n'auriez pas dû, vous savez que vous êtes ici comme chez vous, lance Yvonne gênée lorsque Lise lui tend la boîte de chocolat.

— C'est la moindre des choses. Je vous remercie infiniment de m'accorder votre confiance et de me laisser vous déranger à l'improviste, insiste-t-elle bien consciente du dérangement occasionné.

— Je sens que cette histoire vous touche énormément et vous tient à cœur. Si nous pouvons vous aider à élucider ce mystère, nous en serions ravis, ajoute Jean-Pierre.

Lise se rend dans la chambre et ferme la porte derrière elle. Elle se retourne vers la fenêtre et la jeune fille apparaît aussitôt, accompagnée d'une légère brise qui procure des frissons à la jeune femme.

« Pourquoi les as-tu emmenés ici ? »

Elle ne comprend pas de qui parle la jeune fille. Elle a un flash tout à coup, elle se demande si…

— De qui parles-tu ? Édouard et Jean ? tente-t-elle peu convaincue.

« J'ai senti une présence néfaste. »

— Comment t'appelles-tu ? Qui t'a fait du mal ? Comment puis-je t'aider ? enchaîne Lise rapidement pour avoir toutes les réponses avant que la jeune fille ne disparaisse à nouveau sans rien dire.

« Je ne sais pas, tout est flou. Je sais juste que la personne qui m'a fait du mal n'est pas celle qui a payé pour mon crime. »

Lise est émerveillée par la beauté de cette jeune fille, il émane d'elle une certaine douceur et un bien-être qu'elle ne saurait expliquer. Et ce parfum, cet effluve ! Un mélange de fleurs que Lise ne saurait nommer, mais dont elle se délecte du parfum. Elle sort rapidement de ses pensées pour poser d'autres questions.

— Est-ce que tu veux que je trouve le coupable ? Mais cela s'est passé il y a si longtemps, il est mort…

« Tu es la seule à pouvoir me libérer, le sang de ma famille coule dans tes veines. »

La jeune fille disparaît. Lise est frustrée, car elle ne sait toujours pas comment elle se nomme. Qu'a-t-elle voulu dire par là ? « Le sang de ma famille coule dans tes veines. » Serait-elle de sa famille ? Elle est sous le choc et descend voir Yvonne toute tremblotante.

— Que se passe-t-il ? demande Yvonne inquiète, en lui proposant un thé.

Lise s'installe sur un fauteuil et entoure la tasse de ses mains pour se réchauffer. Elle tremble encore de tous ses membres, il va lui falloir quelques minutes pour se calmer. La jeune femme tente de lui expliquer la situation.

— La jeune fille… si j'ai bien compris… je… elle… nous… enfin… elle est de ma famille ! lâche enfin Lise en posant la main sur son front.

— Calmez-vous, respirez tranquillement. Vous en êtes sûre ?

— Elle m'a dit que nous avions le même sang et que c'est pour cela que je suis la seule à pouvoir l'aider.

— C’est également certainement pour cela que vous êtes la seule à pouvoir la voir et l’entendre, admet Yvonne en remuant le sucre dans sa tasse de thé.

— Mais oui bien sûr, ça paraît logique ! Enfin aussi logique que puisse être cette situation, je discute avec un fantôme depuis quelques semaines tout de même ! Qui plus est le fantôme d’un de mes ancêtres apparemment. Il faut que j’en discute avec ma mère.

— Elle saura sûrement vous répondre. Compte tenu de l’époque des premiers propriétaires, cela peut concerner ses grands-parents.

Lise finit sa tournée par Mme Garvet pour une prise de sang et rentre tôt chez elle pour profiter de Patrick et ainsi discuter avec sa mère. Ils dînent puis regardent l’émission *Avis de recherche* présentée par Patrick Sabatier à la télévision. Elle couche son fils, propose un café à sa mère, lui apporte sur le canapé et s’assied près d’elle. Elle lui raconte sa journée et en vient enfin à sa discussion avec la jeune fille. Au moment où Lise évoque sa famille, Madeleine se braque. Que lui cache-t-elle ?

— Maman, qu’est-ce que tu ne me dis pas ? s’étonne Lise qui ne comprend pas la réaction de sa mère.

— Je pensais que cette histoire était loin derrière moi et que je n’en entendrais plus jamais parler, souffle-t-elle visiblement agacée par cette discussion.

Lise pose son café sur la table basse et se tourne vers sa mère.

— Mais de quoi parles-tu ? Explique-toi ! s'énerve Lise.

Madeleine lui raconte qu'elle s'est enfuie de chez elle à l'âge de vingt ans alors qu'elle était enceinte d'elle. Elle a rejoint Étienne et n'a plus jamais donné signe de vie à sa famille. Elle en avait assez d'entendre son grand-père Louis et son père Henri leur rabâcher, à elle et son frère Émile, la même histoire en boucle. Elle refusait cette pression sur ses frêles épaules et ne voulait pas participer à cela.

— Tu veux dire que j'ai un oncle ? Comment as-tu pu me cacher toute cette histoire pendant toutes ces années ? Est-il vivant ? balbutie Lise les larmes aux yeux.

— Je n'en ai aucune idée, j'ai coupé les ponts depuis bien trop longtemps, reconnaît-elle en baissant les yeux.

Lise prend sa mère par les épaules et la secoue.

— Qu'est-ce que tu sais sur cette demeure et sur ce qui s'y est passé ? Qu'est-ce que ton grand-père Louis te racontait en boucle ? Cela fait des semaines que je t'en parle et tu m'as laissé tourner en rond sans rien me dire !

— C'est parce que je n'avais pas du tout fait le rapprochement, je ne pensais pas que c'était la même maison, je ne l'ai jamais connue. Le seul à y être déjà allé est mon grand-père Louis, répond-elle en pleure.

— Quel rapport a la jeune fille avec Louis ? Qui est-elle ? Qui est-elle pour moi ?

Madeleine donnerait tout pour ne pas avoir cette discussion avec sa fille, toute cette histoire fait partie de son passé qu'elle a tant souhaité oublier et mettre de côté. Elle se rend bien compte qu'elle n'a plus le choix et qu'elle doit parler à sa fille.

18. « La vie est un sommeil et la mort est le temps du réveil, et l'homme marche entre l'un et l'autre comme un fantôme. »

Proverbe orientale

Agnès est chamboulée par ce qui vient de se passer, ses jambes tremblent et ne la maintiennent plus debout. Elle se laisse glisser un moment sur le sol afin de se calmer et de respirer à nouveau normalement. Il faut qu'elle raconte tout ça à Mathieu, même s'il la prend pour une folle. Elle descend en trombe les escaliers, ouvre la porte qui claque et court le rejoindre dans le parc. Mettant un peu de temps à le trouver, le jardin est tellement vaste, elle l'aperçoit enfin assis près d'une petite rivière.

— Mathieu ! crie-t-elle essoufflée en courant vers lui.

Surpris et inquiet, il se relève brusquement et se précipite pour la rejoindre.

— Que se passe-t-il ? dit-il en la prenant dans ses bras.

— Il faut que tu viennes avec moi dans la chambre là-haut, j'ai vu… elle… je…

Aucun mot n'arrive à sortir de sa bouche.

— Je ne comprends rien à ce que tu me dis, qu'est-ce qui ne va pas ? Calme-toi et explique-moi ! insiste Mathieu en tentant de la détendre.

— Viens avec moi ! s'écrie-t-elle en le prenant par le bras.

Ils se dirigent tous les deux vers l'intérieur et se rendent dans la chambre. Agnès le fait entrer et tourne en rond dans la pièce à la recherche de la jeune fille.

— Bon sang, tu peux m'expliquer ce qui se passe ? s'étonne Mathieu en la fixant du regard.

— La jeune fille qui m'a parlé… essaye d'articuler Agnès en pointant un doigt dans le vide.

— Quelle jeune fille ? Il n'y a que nous ici, tu le sais, s'inquiète le jeune homme.

— Je te jure, il y avait une jeune fille ici et elle m'a parlé tout à l'heure ! insiste-t-elle en posant la main sur son front.

Agnès paraît affolée.

Mathieu semble inquiet pour sa dulcinée, il lui demande de s'asseoir et de se calmer, mais elle reste debout à tourner en rond. Il commence à se dire qu'il lui faut quelques jours de congés et qu'elle doit sûrement être surmenée.

— Avec ta collection, tu es sous pression, c'est ta fatigue qui te joue des tours, tente Mathieu convaincu.

— Je sais ce que je dis, je l'ai vue, j'en suis certaine ! crie-t-elle en s'asseyant à nouveau sur le sol.

— Écoute, il faut que tu te reposes aujourd'hui. Allons déjeuner au restaurant et je te raccompagnerai chez toi ensuite, ça te va ? répond-il en se mettant accroupi près d'elle.

Il l'embrasse dans le cou et la rassure. Ils s'en vont et déjeunent au *Café des Délices*. Ils discutent avec Linda. Agnès lui raconte ce qui lui est arrivé et cette dernière ne paraît pas sceptique du tout, au grand étonnement de Mathieu. Ils s'installent à table et déjeunent ensemble. Tom, le serveur, apporte quelques douceurs après le repas.

— Tu la crois ? demande Mathieu visiblement agacé.

— Tout est possible de nos jours, tu sais ! répond Linda en caressant le dos d'Agnès.

— Je sais, mais quand même, voir un fantôme !

— Je vous assure que je l'ai vue et entendue comme je vous vois ! s'écrie Agnès en s'affalant sur sa chaise.

— Qu'est-ce qu'elle t'a dit ? interroge Linda.

— « Délivre-moi », souffle-t-elle en dégustant sa tarte aux fraises.

Apparemment, toute cette histoire ne lui a pas coupé l'appétit.

— C'est tout ? insiste Linda curieuse.

— Oui, j'ai eu tellement peur, que je suis partie. J'aurais peut-être dû rester pour voir si elle avait autre chose à me révéler.

— J'aurais sûrement réagi comme toi, tu as vu à quoi elle ressemblait ? tente-t-elle.

— Une très belle jeune fille, la vingtaine je dirais, vêtue d'une robe à l'ancienne. C'est tout ce que j'ai eu le temps de voir.

Jonathan arrive pour déjeuner également, il se joint à eux. Agnès lui raconte son histoire. Plus rien ne l'étonne, il n'a pas l'air choqué non plus. Il lui propose de se renseigner sur les antécédents de cette propriété. Elle accepte évidemment, elle souhaiterait en savoir plus et prouver qu'elle n'est pas devenue folle avec toute cette pression au travail. Elle aimerait bien savoir qui est cette jeune fille et elle est même à deux doigts d'y retourner.

— Sûrement pas, tu vas te reposer et si tu veux, j'y retournerai avec toi demain, insiste Mathieu.

Jonathan est d'accord avec lui, cette histoire l'intrigue également et il insiste pour y aller avec eux, ce qui rassure immédiatement Agnès. Celle-ci, pour se changer les idées, demande à Jonathan des nouvelles de Lou, son enquêtrice préférée. Apparemment, elle croule sous les affaires. De temps en temps, Jonathan arrive encore à s'incruster sur certaines.

Elle file le parfait amour avec Damien, journaliste au *Parisien*, qu'elle a rencontré lors de l'affaire du « Monstre de Paris » qu'ils ont résolue ensemble. Le déjeuner se termine sur une note plus légère.

Mathieu raccompagne Agnès à son appartement, et ils passent le reste de la journée et la soirée ensemble. Il insiste pour passer la nuit chez elle ; pour la rassurer, mais surtout se rassurer également. Malgré cela, elle ne dort pas et sa nuit est ponctuée de nombreux cauchemars. Agnès repense à cette jeune fille. Pourquoi veut-elle qu'elle la délivre ? De quoi ? Cet endroit l'intrigue de plus en plus, mais étonnamment elle ne regrette pas son achat. Bien au contraire, la jeune femme se sent toujours bien malgré cette situation et a hâte d'être à demain pour y retourner. Cependant, sa collection doit rester sa priorité. Elle décide de se mettre au travail sur ses croquis, comme ça elle aura moins de regret de ne pas travailler le lendemain matin. Encore plus créative la nuit, elle enchaîne les dessins. Satisfaite de son travail, car il correspond bien à ce qu'elle avait en tête.

À côté de ses croquis, la styliste inscrit les types de tissus, les couleurs, la façon dont elle les imagine cousus. Toutes ces annotations vont permettre à Stéphanie et Joséphine de donner vie à ses dessins. De nombreuses images se mélangent dans sa tête : elle imagine ses robes avec de nombreux tissus haut de gamme, type *mousseline, satin duchesse, feuille de soie, lamé, tulle*… Elle est pressée de découvrir ses croquis prendre vie entre ses doigts. La nuit passe très vite, elle ne dort pas, mais a bien avancé. Mathieu se réveille et réalise que sa dulcinée ne se trouve plus près de lui dans le lit. Il va voir dans le bureau, se doutant qu'elle s'y trouve à travailler.

— Tu as bossé toute la nuit ? demande-t-il alors qu'il connaît déjà la réponse à sa question.

— Je n'arrivais pas à dormir de toute façon, au moins je n'ai pas perdu mon temps. Cela te dérange si nous allons déposer tout ça à la maison de couture dès maintenant, afin que Stéphanie et Joséphine commencent à travailler dessus ?

— Pas du tout, laisse-moi juste prendre une douche et aller nous chercher de quoi déjeuner.

Agnès se rend bien compte de la chance qu'elle a d'avoir Mathieu, sa présence la réconforte. Il la soutient toujours, même dans une histoire aussi rocambolesque que celle-ci. Elle espère tout de même ne pas avoir rêvé cette jeune fille. Elle appelle Jonathan et lui indique l'adresse pour qu'il les retrouve sur place.

Après le petit déjeuner, la jeune femme se rend sous la douche, très vite rejointe par Mathieu qui avait déjà pris la sienne, mais qui n'a pas pu résister. Tandis qu'Agnès allait prendre son gel douche, Mathieu s'en empare sous son regard amusé. Il en dépose délicatement sur ses épaules, son dos, ses cuisses. Elle lui retire des mains et fait de même sur lui en lui caressant le torse. Il la retourne contre la paroi de la douche et l'embrasse dans le cou. Ce qu'elle ressent à ce moment est indescriptible. Une fusion, une passion. Jamais elle n'avait éprouvé de telles sensations avec un autre homme.
Après ce doux moment, Mathieu l'accompagne ce matin, mais il doit retourner travailler sur un dossier urgent cet après-midi. Jonathan est déjà sur place, il les attend devant la porte. Il écourte sa conversation téléphonique.

Agnès lui ouvre, Jonathan est émerveillé lui aussi, il siffle tellement il trouve les pièces magnifiques. Il plaisante en expliquant à Agnès qu'un fantôme comme colocataire ne le dérangerait absolument pas si elle changeait d'avis sur son achat. Mathieu a du mal à contenir son rire et n'arrive plus à s'arrêter. Elle fait mine de les ignorer, elle a d'autres chats à fouetter.

Ils montent tous les trois dans la chambre… Rien ne se passe. Elle leur demande de sortir de la pièce, la fois précédente elle était seule et lorsqu'elle est revenue avec Mathieu, la jeune fille n'avait pas réapparu. Elle se dit que peut-être elle doit être seule. Elle avait raison, à peine Mathieu et Jonathan sortis de la pièce, elle apparaît.

Comme la dernière fois, elle porte une robe qui flotte dans les airs. Cette fois, Agnès sent un parfum, elle ne saurait dire précisément de quelle odeur il s'agit, mais ça lui fait penser à des fleurs. Elle tremble, pas de peur cette fois, uniquement de froid, une légère brise a envahi la pièce. Elle s'approche doucement de la jeune fille.

« Délivre-moi. »

— Qui es-tu ? chuchote-t-elle.

« Tu es la seule à pouvoir me délivrer, aide-moi ! »

— Comment puis-je t'aider ? l'interroge-t-elle en se rapprochant encore plus de la jeune fille.

« On m'a fait du mal, la mauvaise personne a été accusée. Fais attention, des personnes mauvaises rôdent toujours. »

La jeune fille a encore disparu. Cette fois Agnès n'a plus peur du tout, elle devient curieuse et souhaite vraiment l'aider. Mais comment ? Elle doit absolument se renseigner sur cet endroit. Elle redescend et raconte tout à Mathieu et Jonathan qui n'en reviennent pas. Ils sont déçus tous les deux de ne rien pouvoir voir ni entendre. Même si Mathieu reste sceptique, il a envie d'y croire. Jonathan téléphone à Lou et lui explique la situation, elle lui propose de le retrouver au commissariat pour faire des recherches. Ils s'en vont tous les trois. Mathieu dépose Agnès chez Céline et retourne travailler.

Agnès lui raconte tout, elle n'en revient pas, mais elle est convaincue que son amie n'a pas rêvé toute cette histoire. Céline croit beaucoup en toutes ces choses surnaturelles, c'est pour cette raison qu'Agnès a souhaité la voir, pour avoir des informations, son amie a quelques connaissances sur le sujet.

Céline lui explique qu'elle doit être hantée, il y a une présence récurrente dans cet endroit. Cela peut être une personne morte sur les lieux mêmes, ou quelqu'un qui a vécu à cet endroit, et dont l'âme refuse de quitter le monde matériel avant d'avoir réglé une situation. En l'occurrence, son meurtrier qui n'a jamais été attrapé et un innocent qui a été emprisonné à sa place.

Agnès reste bouche bée. Que peut-elle faire pour elle ? Elle n'est pas flic, elle ne sait pas comment elle va pouvoir l'aider. Pourquoi est-ce qu'elle est la seule à pouvoir la voir ? Elle se dit qu'elle aurait dû apparaître devant un flic, ça aurait été plus simple pour elle !

— Si elle t'est apparue, c'est qu'il y a forcément une raison précise, explique son amie sûre d'elle.

— Tu penses ? Parce que là comme ça, je ne vois pas trop ce que je peux faire pour elle, reconnaît Agnès dépitée en s'affalant sur le canapé.

— Peut-être pas toi, mais peut-être que Jonathan et Lou pourraient t'aider, non ? propose-t-elle.

— J'ai déjà demandé à Jonathan de recueillir des informations, je verrai à ce moment-là.

Agnès appelle un taxi et retourne à la maison de couture, rien de mieux qu'une bonne séance de travail pour se vider la tête.

19. « La jalousie qui se tait s'accroît dans le silence. »

Friedrich Nietzsche

Quelques semaines se sont écoulées depuis la visite de Louis. Suzanne et Pierre filent le parfait amour. Depuis toutes ces années de travail en tant que jardinier, Pierre a enfin réussi à économiser assez pour se constituer un apport afin de contracter un prêt pour son magasin de fleurs. Suzanne n'en revient pas, son rêve va réellement prendre forme. Il lui propose même de partager ce rêve avec lui en travaillant à ses côtés à la boutique. Suzanne ne lui a pas encore parlé de la proposition faite par sa professeure, elle en sait plus dorénavant. Elle va devoir quitter la demeure très rapidement et vivre près de l'école, travaillant comme aide au ménage dans une famille afin de payer le gîte et le couvert de sa petite chambre de bonne, ainsi que les cours, partiellement financés par sa professeure.

Elle ne sait pas comment procéder et va prendre conseil auprès de la seule personne à qui elle peut tout confier, Hélène, qui œuvre dans son bureau.

— Tu ne t'es toujours pas confiée à lui ? s'étonne Hélène visiblement surprise par cette révélation.

Suzanne baisse les yeux, se frotte les mains et semble gênée.

— Je ne savais pas comment le lui annoncer. Je ne vais pas partager son rêve, il va être tellement désappointé, répond-elle les larmes aux yeux.

Hélène lui prend la main et l'invite à s'asseoir près d'elle. Elle entoure son visage de ses mains.

— Écoute ma petite, il faut que tu te montres honnête envers lui et promptement. Plus tu patientes, plus cela sera douloureux pour vous deux. Ce n'est pas parce que vous partagez un bel amour que vous devez également partager vos rêves.

— J'en suis bien consciente, il me faut trouver le bon moment. De plus, comment dois-je l'annoncer à la famille Delattre ? M. Delattre a été si généreux avec moi, s'inquiète la jeune fille.

— Ne te préoccupe pas de cela, M. Delattre est informé pour Pierre, je le notifierai également de ton départ, la rassure Hélène. Je suis enchantée, tu le mérites tant ! Et puis, c'est mon rôle, je vous ai engagés tous les deux, ne l'oublie pas.

— Je t'en remercie, tu m'ôtes une épine du pied, enchaîne-t-elle ravie en posant la tête sur son épaule.

— Je m'y attellerai dès ce soir après le dîner, affirme-t-elle en posant les mains sur ses genoux pour se relever.

Suzanne demeure très anxieuse, cette journée paraît interminable. Elle doit saisir le bon moment pour révéler la nouvelle à Pierre et patienter afin qu'Hélène fasse part de son départ à la famille. C'en est trop pour elle, elle ne tient plus. Elle travaille lentement afin de ne pas avoir le temps de retrouver Pierre dans le jardin, elle n'est pas encore prête à tout lui avouer aujourd'hui, elle se dit qu'elle n'est plus à un jour près. Tout d'abord, régler le problème de son départ auprès de M. Delattre, puis Pierre.

Hélène patiente jusqu'à la fin du dîner de la famille Delattre et les rejoint ensuite dans la bibliothèque. Eugénie est en train de coudre, Rose joue du piano et Georges se plonge dans la lecture d'un livre. Hélène s'approche lentement du fauteuil du maître de maison.

— Bonsoir, puis-je me permettre de vous incommoder une minute, s'il vous plaît ? interroge Hélène en s'adressant à lui.

Georges referme son roman.

— Bien sûr, que se passe-t-il ? s'enquiert-il en levant les yeux vers elle.

— Je souhaitais vous aviser du fait que Suzanne va également bientôt nous quitter et que je vais m'atteler dès demain à lui trouver une remplaçante, répond-elle en s'accrochant à son tablier de toutes ses forces comme à une bouée de sauvetage.

Le regard de Georges s'assombrit aussitôt, même Rose s'interrompt en contemplant le visage de son père. Il se lève et fait face à Hélène. Il prend un instant de réflexion et continue.

— Comment cela Suzanne nous quitte ! Qui donc lui a donné la permission ? s'énerve-t-il en tenant son livre à la main.

— Sauf votre respect monsieur, cette décision lui appartient, à elle et à elle seule, insiste-t-elle visiblement surprise par sa réaction excessive.

— Cela fait des années que nous prenons soin d'elle et c'est comme cela qu'elle nous gratifie, en nous abjurant ! s'agace-t-il.

— Monsieur, n'ayez aucune crainte, comme je vous le disais, je vais lui trouver une remplaçante. Je vous assure qu'elle ne quittera pas la demeure tant que ce ne sera pas le cas, je vous en donne ma parole.

Eugénie, qui n'est pas intervenue pour le moment, paraît vouloir s'immiscer dans la conversation. Elle se lève de sa chaise et s'approche de son mari lui prenant le bras.

— Pourquoi cela vous cause-t-il tant de tourment ? chuchote-t-elle. Nous trouverons une autre employée, personne n'est irremplaçable, enfin voyons !

Georges ne prend même pas la peine de répondre à sa femme, se rassoit dans son fauteuil et continue la lecture de son livre. Hélène prend congé, cependant elle ne s'explique pas cette colère. Elle annonce la bonne nouvelle à Suzanne, attendant dans sa chambre, qui est soulagée. Elle lui cache cependant la réaction disproportionnée de Georges afin de ne pas l'inquiéter outre mesure.

Ils dînent ensuite tous en cuisine, l'ambiance n'est pas au beau fixe. En effet, Alice et Lucie sont de très mauvaise humeur depuis qu'elles ont appris la nouvelle du départ de Pierre. Sans compter qu'elles ne sont pas informées pour Suzanne. Pierre s'installe près de Suzanne, qui est terriblement embarrassée, il ne cesse d'évoquer son projet. Elle fixe Hélène du regard, qui sent bien sa gêne.

Rose interpelle Hélène qui la rejoint séance tenante dans le salon.

— Que puis-je pour vous, Mademoiselle ? demande-t-elle en s'essuyant les mains sur son tablier.

— Père souhaiterait planifier un dîner avec l'un de ses investisseurs et son fils Édouard mardi en huit, il faudrait préparer un somptueux repas pour nos invités.

— Je me charge immédiatement d'en discuter avec Joséphine afin de tout organiser.

Hélène se retourne et se presse pour prévenir Joséphine, mais Rose l'agrippe par le bras.

— Une minute, est-ce vrai pour Suzanne et Pierre, ils nous quittent vraiment ? s'étonne-t-elle.

— Oui, Mademoiselle, répond-elle en la fixant du regard.

— Quelle aubaine a Suzanne d'avoir trouvé l'amour, le vrai, laisse échapper Rose pensive.

— Je suis persuadée que vous le trouverez également Mademoiselle, s'empresse de répondre Hélène afin de la rassurer.

— Je n'en suis guère convaincue, mon père souhaite que j'épouse cet Édouard que je n'ai même pas encore rencontré, ce serait très bon pour ses affaires ! souffle-t-elle.

— Et vous, qu'en pensez-vous ?

— Ce que je pense n'a aucun intérêt, ce qui compte, c'est que cela comble père ! affirme-t-elle déterminée.

— Si vous le dites, cependant je trouve cela dommage que…

— C'en est assez ! l'interrompt Rose. J'attends de vous un dîner époustouflant mardi !

— Vous pouvez compter sur moi, mademoiselle, répond-elle en se retirant.

Hélène est tiraillée entre de nombreuses émotions contradictoires. Elle ressent beaucoup de peine pour Rose, que son père oblige à épouser un homme qu'elle n'a jamais rencontré, et en même temps, elle ne peut s'empêcher de penser qu'elle reste une vraie petite peste.

Suzanne reste seule allongée sur son lit dans sa chambre, les deux autres occupantes ne sont pas encore remontées. Elle étudie la manière dont elle va pouvoir évoquer le sujet de son départ avec Pierre, qui pense qu'elle le suit dans son projet de boutique de fleurs. Elle regrette de ne pas l'avoir évoqué plus tôt, Hélène avait raison, plus elle patiente, plus c'est ardu.

À peine arrivées dans la chambre, les filles l'accusent d'être à l'origine du départ de Pierre.

— Que lui as-tu donc fait pour qu'il nous quitte ? lance Lucie visiblement énervée.

— Tu ne sais pas de quoi tu parles, mêle-toi de tes affaires, lâche Suzanne qui ne compte pas se laisser impressionner.

Lucie se jette sur elle et la tire par les cheveux en la menaçant, si elle ne convainc pas Pierre de rester. La jeune fille arrive à se débattre et repousse âprement Lucie hors de son lit.

— Je ne ferai pas changer Pierre d'avis, il a son projet, son départ n'a rien à voir avec moi !

Hélène, attirée par le bruit, entre dans la chambre et calme le jeu, voyant bien que les filles s'acharnent sur Suzanne.

— De toute façon, tu es toujours de son côté, tu la défends à chaque fois, mais un jour elle paiera pour tout ça ! affirme Lucie en sortant de la chambre tout en jetant son coussin sur Suzanne.

Hélène propose à Suzanne de dormir avec elle, elle refuse, il est hors de question qu'elle quitte son lit à cause de cette pimbêche !

20. « La crainte du danger est mille fois plus terrifiante que le danger présent. »

Daniel Defoe

Lise peine à tirer les vers du nez à sa mère qui semble vraiment perturbée par cette situation.

— Maman, tu vas finir par me dire qui est cette fille et ce qui s'est vraiment passé là-bas ? insiste-t-elle ennuyée par son mutisme.

— Je ne sais pas ce qui s'y est produit, tout ce que je peux te dire c'est ce que nous racontait mon grand-père Louis, souffle sa mère visiblement ennuyée par cette discussion.

Madeleine lui explique que son grand-père Louis travaillait dans la plus grande tannerie de la ville avant de devenir écrivain. Ses journées étaient longues, de sorte qu'elle n'avait pas le loisir de le voir très souvent. Elle passait tout son temps avec sa mère Maryse, qui n'avait pas d'emploi à l'époque, et sa grand-mère Élise. Lorsque son grand-père passait du temps avec eux, il leur racontait toujours la même histoire. Au début, ils pensaient à un conte, mais plus tard il leur avait expliqué qu'il s'agissait en fait d'une histoire vraie, une histoire horrible qui s'était déroulée dans leur famille.

— Mais quelle histoire, maman ? la presse Lise.

— Mon grand-père nous racontait qu'il allait voir sa sœur Suzanne, ma grand-tante, une fois par mois. Il ne la voyait pas très souvent à cause de son travail. Il passait une nuit sur place puis rentrait chez lui.

— Suzanne, la femme de chambre ? C'est bien cela ? s'étonne Lise.

— Oui, elle était femme de chambre, il me semble. Il l'aimait énormément, il nous parlait beaucoup d'elle et…

Tout à coup, Madeleine a la tête légère et ne se sent pas très bien. Elle a la sensation qu'elle va perdre connaissance, puis… plus rien. Elle s'évanouit. Lise la place en position latérale et vérifie que sa mère respire normalement. Peu à peu, Madeleine reprend connaissance. Elle la remet en position assise et lui tend un verre d'eau.

— Que se passe-t-il, maman ? interroge Lise inquiète.

— Ce n'est rien, toutes ces émotions qui sont remontées sûrement. Si cela ne te dérange pas, nous pourrons continuer cette discussion demain s'il te plaît, j'ai besoin de me reposer un peu.

— Bien sûr, maman, je te raccompagne dans ta chambre.

Lise ne s'attendait pas du tout à cette réaction de sa mère. Pourquoi cette histoire lui procure-t-elle autant d'émotions ? Cela s'est pourtant passé il y a si longtemps. Tout ce temps, elle a essayé de comprendre, elle a passé des journées, des nuits entières à tourner et retourner cette situation dans sa tête, pour enfin découvrir que c'est sa mère qui peut l'aider à résoudre ce crime. Cette histoire va la rendre folle, surtout maintenant qu'elle sait que sa famille est liée à cette jeune femme. Il lui faut trouver comment et pourquoi elle est la seule à pouvoir l'aider. Et surtout, comment la secourir.
Ne pouvant se résigner à dormir, elle décide de fumer une cigarette discrètement devant la fenêtre de la cuisine. Ni vue ni connue. Patrick se réveille et rejoint sa mère dans la pièce. Elle a tout juste le temps de lancer sa cigarette par la fenêtre avant d'entendre un. *«Maman»*. Elle le raccompagne dans son lit, en profite pour discuter un peu avec lui, le cajoler, le rassurer, puis le border tendrement. Avec son travail, elle a vraiment la sensation de passer à côté de ces moments précieux. Elle retourne se coucher, en se promettant de s'occuper davantage de son petit amour de fils.

***

Le lendemain matin, Lise se lève de bonne heure et débute sa tournée, comme à son habitude, par M. Daudet pour changer ses pansements. Elle se sent vraiment très fatiguée, éprouvée mentalement par cette histoire sordide qu'elle n'arrive pas à résoudre. Elle s'estime si impuissante vis-à-vis de cette jeune fille et s'est donné comme mission de réussir. En route vers ses prochains patients, Yvonne et Jean-Pierre, la tête ailleurs elle pénètre dans l'entrée du jardin, lorsque tout à coup, elle est happée par une personne qui l'attire dans une ruelle perpendiculaire à l'entrée.

— Au secours ! crie-t-elle en tentant de se débattre et lâchant son sac qui tombe au sol.

La personne pose violemment sa main gantée sur sa bouche et s'adresse à elle.

— Taisez-vous ou je vous tue ! lance son agresseur. J'enlève ma main, si vous criez ou si vous tentez de vous échapper, je vous tue.

— Qu'est-ce que vous me voulez ? Je n'ai pas d'argent sur moi et…

— Je ne sais pas ce que vous avez cru voir dans cette maison, mais vous allez oublier ce qui s'y est passé. Est-ce que je me suis bien fait comprendre ? insiste l'agresseur en posant ses mains autour de son cou.

Lise était à mille lieues de penser que son agression avait un quelconque lien avec la jeune fille et pourtant…

— Je ne vois pas de quoi vous voulez parler ! tente-t-elle.

— Ne vous foutez pas de moi, ce n'est pas un jeu, on est dans la vraie vie là ! Si vous vous mêlez de cette affaire, la prochaine fois que je vous verrai sera la dernière ! Je m'en prendrai à vous, ainsi qu'à toutes les personnes qui vous sont chères ! C'est clair ? ajoute-t-il en la menaçant d'un couteau qu'il sort de sa poche pour le positionner sous sa gorge.

— Très clair ! balbutie-t-elle effrayée.

L'agresseur est parti aussi vite qu'il a surgi. Lise tombe à terre et tremble de tout son corps. Elle reste ainsi plusieurs

minutes, sans même pouvoir décrocher un mot ni bouger, elle se sent comme paralysée. Elle reprend finalement ses esprits et se lève. Elle se dirige vers sa voiture, appelle Yvonne pour annuler sans donner de précisions et en profite pour faire de même avec ses autres rendez-vous de la journée.
Elle se dirige vers le commissariat le plus proche, où elle est reçue par un officier de police qui prend sa plainte. Elle lui raconte, sans lui préciser que l'agresseur s'est adressé à elle. Elle évoque uniquement l'agression dans la ruelle, les circonstances et confirme qu'elle n'a pas vu son visage, qu'il avait une cagoule et portait des gants. L'officier va transmettre sa plainte au commissariat géographiquement compétent, qui lui-même la transmettra au procureur de la République. Il lui propose de la faire accompagner à l'hôpital afin qu'elle subisse des examens. Ce qu'elle décline. Tout ce qu'elle veut c'est rentrer chez elle, prendre une douche, s'allonger dans son lit et ne plus penser à rien.

Une fois arrivée à son domicile, elle se souvient que Patrick ne va pas à l'école le mercredi après-midi. Cela ne lui déplaît pas du tout, elle en profitera pour lui faire plaisir en passant le reste de la journée à se balader, à jouer dans un parc pour ensuite passer chez le glacier, puis terminer leur escapade à deux dans un vidéoclub pour y louer des films qu'ils regarderont ensuite collés sur le canapé en grignotant du pop-corn. Ils se rendent à pied au vidéoclub qui se trouve à quelques minutes seulement. Patrick a tout de même insisté pour prendre son skateboard. Lise le regarde filer dans la rue devant elle, comme il a grandi. Ils arrivent et entrent dans le magasin. Un homme les accueille, grand, chauve, très maigre, derrière son comptoir, debout droit comme un i malgré son dos courbé. Il se présente comme étant le gérant du vidéoclub. Patrick est émerveillé devant ces rayonnages surdimensionnés. De très hautes étagères qui touchent le plafond de la boutique et qui forment des tas d'allées et de couloirs comme un labyrinthe. Les rangées de boîtiers de VHS aux titres divers et intrigants s'étendent à l'infini. Tous ces films alignés leur ouvrent un autre horizon. Leurs yeux balayent les rayonnages et dès cet instant-là, avant même de choisir ce qu'ils vont voir, ils entrent déjà dans les films.

Que choisir ? Tellement de possibilités. Le gérant leur propose quelques titres et ils repartent avec deux cassettes. Patrick est aux anges.

21. « L'amitié, c'est la fidélité, et si on me demandait qu'est-ce que la fidélité ? Je répondrais c'est l'amitié ! »

Julio Iglesias

Agnès se rend à la maison de couture afin de vérifier comment avancent les premiers modèles cousus. Karl s'y trouve également pour choisir les prototypes qui feront le final du défilé et sélectionner les mannequins multiculturelles selon leurs silhouettes afin que leurs corps épousent complètement les créations et qu'elles mettent la collection en valeur. Elles se trouvent toutes sur place pour les essayages. Tout le monde est en effervescence pour la préparation de la collection.

La jeune designer a pris soin de briefer les équipes sur la mise en scène originale et spectaculaire du défilé qui aura lieu dans un fabuleux endroit.

Elle leur confirme avoir une idée pour le traiteur, elle demandera comme prévu à Linda dans la journée.

— Ma chérie, tu as fait des miracles, lance Karl en prenant Agnès dans ses bras.

— Merci Karl, j'apprécie ta confiance tu le sais, j'ai hâte que tout cela prenne enfin vie, répond-elle à présent rassurée.

— J'aimerais t'inviter à dîner ce soir, tu serais disponible ?

— Toujours pour toi, enchaîne-t-elle en lui faisant un clin d'œil.

— À la bonne heure, on se retrouve à dix-neuf heures trente, je t'envoie l'adresse par texto dans l'après-midi, je dois filer.

— À ce soir…

Agnès laisse les couturières et les équipes créatives travailler sur la collection, pour elle le gros du travail est terminé. Elle appelle Jonathan pour voir s'il peut la rejoindre au *Café des Délices* avec les informations qu'il a pu récupérer. Il travaille actuellement sur une affaire avec Lou, elle sera avec lui. Elle est ravie, Lou lui manque, elle ne la voit pas souvent en ce moment à cause de leurs emplois du temps.

Agnès arrive au restaurant et demande à Linda si elle pourra s'occuper du buffet durant sa soirée de collection. Celle-ci accepte évidemment avec grand plaisir, d'autant plus qu'elle connaît son thème et que des idées fusent déjà dans sa tête. Lou et Jonathan arrivent à leur tour, ils sont tous installés au bar avec Martial.

— Tu n'as pas acheté n'importe quelle maison ma belle, commence Jonathan en posant un dossier sur le comptoir du bar.

— Que veux-tu dire par là ? s'étonne-t-elle en jetant un œil sur les papiers et tendant la main pour ouvrir le dossier.

Jonathan lui met une petite tape sur la main en souriant.

— Elle a beaucoup de vécus ! Différentes histoires se sont déroulées dans l'enceinte ou autour de cet endroit.

— Elle a l'air très belle, en tout cas, ajoute Lou.

— Elle l'est, je t'assure et je me sens tellement bien dedans, alors racontez-moi tout !

Jonathan explique que les premiers propriétaires M. et Mme Georges et Eugénie Delattre y vivaient avec leur fille Rose. Ensuite, elle a été vendue en février 1891 à André et Evelyne Bernier, puis à Émile et Sophie Delambre 1923. En 1946, Jean-Pierre et Yvonne Lebrun en ont fait l'acquisition. Enfin, elle a été vendue en 1981 aux personnes à qui Agnès vient de l'acheter, Philippe et Laure Kavac. Il a trouvé différents liens avec d'anciennes affaires non résolues, notamment deux assez importantes. Il n'a pas encore les détails, Franck, collègue de Lou, planche dessus.

— Il y a eu énormément de propriétaires, s'étonne Agnès en relisant la liste des noms.

— Pas tant que ça, compte tenu des dates. Ce qui est étonnant, en revanche, c'est que pendant des décennies elle est restée chez la famille Delattre et ensuite elle a été vendue beaucoup moins que sa valeur, répond Jonathan.

— En effet, surprenant, ajoute Lou.

— Tu connais l'identité de cette jeune fille que j'aperçois ? tente Agnès remplie d'espoir.

— Pas encore, je pense que nous aurons la réponse à cette question lorsque Franck aura trouvé les informations sur les deux anciennes affaires dont je t'ai parlé, répond Jonathan enthousiaste.

— J'ai hâte de savoir, j'aimerais tellement pouvoir faire quelque chose pour elle.

Martial sert leurs verres sur le comptoir. Lou boit une gorgée de son vin blanc et continue.

— C'est étonnant que tu sois la seule à la voir, ajoute-t-elle intriguée.

— Tu me crois folle, c'est ça ? s'énerve Agnès.

— Je suis simplement surprise, je n'ai jamais été témoin de ce genre de phénomène, alors je me pose des questions. Je ne voudrais pas que tu te lances à corps perdu dans une histoire qui te dépasse.

— Ne t'inquiète pas pour moi, je suis une grande fille ! Je vais retourner sur place afin de voir si la jeune fille peut m'en dire plus.

— Je peux te demander d'attendre demain que nous revenions vers toi avec des informations sur les deux anciennes affaires ? Ce sont tout de même des affaires criminelles. Je souhaiterais en savoir un peu plus avant que tu ne retournes sur place, insiste la flic.

— Vraiment ? Tu te fais du souci pour rien, je ne suis pas en danger.

— Je préférerais s'il te plaît, d'ailleurs si cela ne te dérange pas, nous t'accompagnerons sur place demain avec Jonathan.

— Très bien, mais demain, pas plus tard.

— Vendu !

Lou se méfie, son instinct de flic lui fait se demander dans quel merdier Agnès va se jeter les yeux fermés. Elle est si candide et ne voit le mal nulle part. La jeune femme compte bien ne pas en rester là et se rendre sur place avec son amie pour voir ce qui s'y passe précisément.

Jonathan et Lou racontent à Agnès et Martial des anecdotes sur les affaires sur lesquelles ils travaillent ensemble. Depuis l'affaire du « Monstre de Paris », ces deux-là ne se sont plus quittés. Dès que l'occasion se présente sur une enquête, elle supplie Adam de demander l'aide de Jonathan afin de pouvoir travailler avec lui.

La mort prématurée de son collègue David l'a tant bouleversée, il reste à jamais dans son cœur. Elle connaît pertinemment les risques de son métier. Lorsqu'elle était la seule impliquée, elle ne ressentait pas tant la peur de la mort, aujourd'hui tout semble différent. Amoureuse de Damien, cette peur s'est amplifiée avec leur relation qui devient sérieuse. Elle se fait plus prudente qu'auparavant, même si elle est bien consciente qu'on ne peut pas tout prévoir et encore moins tout contrôler.

Elle ne compte pas laisser Agnès gérer cette histoire seule, elle ne veut prendre aucun risque. Elle ne supporterait pas de perdre une autre personne proche d'elle.

22. « Tristesse : la fatigue qui entre dans l'âme. Fatigue : la tristesse qui entre dans la chair. »
Christian Bodin

Hélène demeure sur le pied de guerre avec Joséphine afin d'apprêter le dîner que souhaitait Georges en vue de présenter sa fille Rose à son futur époux, Édouard. Tout est millimétré, de la décoration de la table au choix de la vaisselle. Le maître de maison a insisté sur ce point, tout doit se dérouler à la perfection, il n'admettra aucune incartade. Ce dîner reste primordial pour lui, il scellera l'accord qu'il a signé avec Victor, l'un des deux investisseurs de sa tannerie. Il permettra ainsi d'assurer l'avenir de sa fille, ce qui est également sa priorité. Tout le monde y met du sien, Lucie astique l'intérieur avec l'aide de Suzanne qui n'a pas l'air enchantée aujourd'hui. Cette dernière s'est enfin confiée à Pierre quant à son avenir, elle est très désappointée par son dissentiment.

— Comment te sens-tu, Suzanne ? demande Hélène en finalisant sa liste de courses.

— Chagrinée ! s'agace-t-elle.

— Que se passe-t-il ? Tu ne te sens pas bien ? s'inquiète-t-elle.

— Je me suis querellée avec Pierre et ça m'attriste.

— Il est d'usage de se disputer lorsque l'on est amoureux, il n'y a rien d'inquiétant à cela, tente de la rassurer Hélène en posant la main sur son épaule.

— J'en suis consciente, je ne flancherai pas sur ce sujet et il est opiniâtre également.

— Tu souhaites que nous en conversions ?

— Je ne souhaite pas t'importuner avec cela, tu es assez embesognée aujourd'hui.

— Prenons quelques minutes, allons déambuler dans le jardin, répond Hélène en la prenant par le bras.

— Je te remercie.

Elle se tourne, s'adressant à Lucie.

— Je reviens promptement, ne t'affole pas.

Lucie contemple Suzanne d'un mauvais œil, déjà qu'elle ne l'apprécie guère, mais en plus elle la laisse œuvrer seule. Elle le paiera.

Durant leur échappée, la jeune fille révèle à Hélène que Pierre songeait qu'elle exercerait avec lui dans sa boutique de fleurs. Il ne s'attendait visiblement pas à cette inconstance de sa part. Dans son esprit, il avait déjà tout imaginé. Elle vivrait son rêve avec lui. Sauf que ce n'est pas *son* rêve. Le sien est bel et bien de suivre des cours à l'Opéra Garnier pour devenir une grande danseuse. Elle ne conçoit pas sa vie différemment et avec cette merveilleuse opportunité qui s'offre à elle, elle ne compte en aucun cas y renoncer, pour qui que ce soit. Leur point de vue diverge sur ce sujet, elle a du mal à lui faire entendre raison.

Elle ne soupçonnait pas qu'il avait l'esprit aussi étriqué à ce sujet. Suzanne souhaite vraiment partir vivre près de l'école pour ses cours, c'est viscéral, elle ne vit que pour ça. Elle ne laissera pas Pierre décider pour elle et compte bien le lui déclamer avant le dîner de ce soir. Elle ne devrait pas avoir à choisir entre son rêve et son amour pour lui. Pourquoi devrait-elle renoncer à sa vie, à ses aspirations pour lui ? Elle a œuvré si dur pour avoir accès à son rêve, elle bénéficie enfin d'une opportunité. Elle est éprise de lui, de tout son cœur, mais rien ne s'interposera entre elle et son rêve ! Hélène comprend son désarroi et ne peut que la prendre dans ses bras pour la consoler.

L'heure d'arrivée des invités approchant, tout le monde est sur le pont afin de parachever les derniers détails. Suzanne prête main-forte à Eugénie et Rose pour se vêtir et se coiffer. Eugénie a acquis une magnifique toilette exclusivement pour cette occasion. Elle compte bien recueillir les compliments de ses invités cette fois. Elle retourne dans sa chambre en attendant les convives afin de ne pas souiller ni sa toilette ni sa coiffure. Suzanne se rend dans le jardin afin de discuter avec Pierre qui y travaille encore. Elle passe devant Georges et

Rose installés sur la terrasse, ils sont déjà prêts. Georges lit tranquillement un livre, quant à Rose, elle étudie des partitions de piano avant d'aller flâner dans le jardin.

Environ une demi-heure plus tard, Victor et Édouard toquent à la porte et sont accueillis par Georges, Eugénie ainsi que Rose. Ils s'installent dans la bibliothèque afin de prendre l'apéritif. Henri a prévu de délicieuses liqueurs et quelques vins qu'il a montés de la cave. Georges enjoint à sa fille de jouer au piano et à entonner une chanson qu'elle a expressément composée pour cette réception. Rien n'est laissé au hasard par son père pour charmer Édouard qui n'a pas l'air d'avoir besoin de tout cela tellement il est subjugué par la beauté de Rose. N'apercevant pas Suzanne, Hélène exige que Lucie reste avec Alice dans la salle à manger pour lui prêter main-forte si nécessaire. Joséphine a merveilleusement agencé la table et a conçu un somptueux dîner. Ils se placent à table. Henri s'attache à servir les vins et morcelle la viande comme à son habitude. Victor et Georges discutent de leurs affaires, tandis qu'Édouard et Rose commencent à faire connaissance. Eugénie se sent un peu à l'écart et tente de se mêler subtilement à la conversation de son époux.

— Votre fils œuvre donc dans votre entreprise ? s'enquiert Eugénie en s'essuyant délicatement la bouche.

— Effectivement, les affaires se règlent en famille, tout comme vous, répond Victor en se tournant vers elle.

— Cela vous sied, Édouard ? interroge Rose.

— Assurément, je suis bien aise d'œuvrer avec père dans son entreprise, je m'instruis énormément et…

Subitement, un cri strident provenant de l'extérieur ameute toute l'assemblée. Pierre accourt dans la salle à manger, il tremble et ne parvient pas à expliciter ce qui lui arrive. Georges se lève et se dirige à son encontre.

— Que se passe-t-il mon garçon ? s'inquiète-t-il en posant la main sur l'épaule de Pierre.

— Je… elle… je… Suzanne… Ce n'est pas croyable… balbutie-t-il en ne parvenant pas à reprendre son souffle.

— Calme-toi et assieds-toi, nous ne comprenons rien à ce que tu tentes de nous révéler, lâche Georges en prenant un siège près de lui pour l'asseoir.

Pierre s'affole à nouveau et bafouille des mots qui n'ont plus aucun sens.

— Allons mon garçon, respire et maîtrise-toi, révèle-nous ce qui se passe à la fin, s'agace-t-il incommodé face à ses convives.

Pierre reprend son souffle.

— Elle est… Suzanne est… dans le jardin… Elle a trépassé ! lâche enfin Pierre en pleurant toutes les larmes de son corps.

23. « L'amour d'une famille, le centre autour duquel tout gravite et tout brille.»

Victor Hugo

Lise reste encore chamboulée par ce qui vient de lui arriver, même si l'après-midi et la soirée passés avec son fils lui ont fait énormément de bien. Maintenant qu'il est allé se coucher, Lise se dirige directement sous la douche. Elle fait couler l'eau en attendant qu'elle soit à bonne température, très chaude. Elle se glisse sous le jet, s'assoit recroquevillée sur elle-même et, laissant l'eau couler sans bouger, ressasse ce qui s'est passé. Que doit-elle faire à présent ? Écouter ce qu'il a dit et ne plus s'en mêler ? Continuer au risque de mettre en péril sa famille ?

Elle se demande qui peut être cet homme. Qui est au courant de cette affaire ? Hormis Yvonne et Jean-Pierre, il n'y a qu'Edmond et Jean, personne d'autre à sa connaissance. Cela pourrait être eux, mais pourquoi ? Quel intérêt auraient-ils à lui faire peur en la menaçant ? Elle ne peut s'empêcher de vouloir faire la lumière sur ce qui est arrivé à cette jeune fille. Elle décide de continuer, mais le fera de façon plus discrète. Elle se rend dans la chambre de sa mère vérifier qu'elle va mieux.

— Maman ? murmure-t-elle en poussant la porte entrouverte.

— Je suis là. Tout va bien ?

Madeleine est allongée sur son lit, elle se redresse sur son coussin et tapote le lit avec sa main pour signifier à Lise de s'asseoir près d'elle. Elle se place près de sa mère et lui raconte sa mésaventure. Madeleine, visiblement choquée, lui demande d'arrêter de se mêler de cette affaire et de penser à Patrick.

— Et alors je fais quoi, je laisse tomber ? souffle-t-elle en croisant les bras.

— Oui c'est bien ça, tu te rends compte tout de même qu'il aurait pu te tuer ! s'énerve Madeleine en pointant son index sur la poitrine de sa fille.

— Je le sais, mais cela prouve aussi que nous gênons une personne qui a quelque chose à se reprocher. Je ne peux pas rester sans rien faire. Je serai prudente ne t'inquiète pas. Je voudrais que nous continuions notre discussion d'hier, nous n'avions pas terminé.

— Si tu y tiens, répond Madeleine en tournant la tête vers la fenêtre de sa chambre.

— Que s'est-il passé ? Quelle est cette histoire que te racontait ton grand-père ?

Le grand-père de Madeleine lui avait expliqué que Suzanne avait été assassinée dans cette maison, plus précisément dans le jardin. Il n'avait appris la nouvelle que le lendemain de son meurtre, prévenu par un officier avant de se rendre à son travail à la tannerie.

— Et c'est cette histoire que ton grand-père vous racontait ? C'est glauque ! s'étonne Lise en prenant le plaid posé près de sa mère pour le mettre sur ses genoux. C'est donc le fantôme de Suzanne que je vois.

— Tu sais, il tournait ça autrement. Il nous racontait cette histoire sous forme de conte, en nous expliquant que l'innocent chevalier avait été accusé à tort et qu'il fallait l'aider à prouver son innocence.

— D'accord, mais comment comptait-il s'y prendre ?

— Il disait qu'il fallait tout faire pour confondre le méchant, même s'il n'était plus de ce monde, en mémoire du prince. Pendant des années, il nous rabâchait cette histoire en boucle jusqu'à notre adolescence. Il cherchait à trouver des preuves, il a passé le reste de sa vie à essayer d'innocenter le chevalier qui a été accusé, en vain. Il a demandé à mon père de continuer après sa mort, c'est l'une des raisons qui m'ont poussée à fuir la maison, souffle Madeleine visiblement épuisée par cette discussion.

Lise voit bien que sa mère est fatiguée, elle ne peut pas s'arrêter, elle veut en savoir plus pour aider Suzanne. Elle continue.

— Et Émile ? insiste Lise en posant la main sur la jambe de sa mère.

— Je n'ai jamais plus eu de leurs nouvelles, je ne sais pas s'il a continué ou non ses recherches.

— C'était qui le chevalier ?

— Un certain Pierre, lâche Madeleine.

Lise réfléchit un instant en posant la main sur son menton, ce nom ne lui est pas inconnu.

— Attends ! Pierre était le jardinier de ce que m'a expliqué Edmond. D'ailleurs, je suis vraiment étonnée qu'il n'ait jamais entendu parler de ce meurtre. Il m'a peut-être menti… réalise-t-elle soudainement.

— Ne t'approche plus de ces personnes, s'il te plaît, supplie Madeleine en serrant le bras de sa fille.

Elle le lui promet, c'est un pieux mensonge. Elle rappelle à Madeleine de contacter son ami retraité de la police, afin de vérifier s'il a eu plus d'informations sur cette histoire. Elle l'appellera demain matin, il est déjà très tard. Madeleine insiste pour tenter de convaincre Lise d'arrêter de suivre cette voie, mais elle sait pertinemment que c'est peine perdue.

Lise ressent une profonde angoisse, elle ne sait plus où elle en est. Maintenant qu'elle sait qui elle est et qu'elle fait partie de sa famille, elle se doit de l'aider, aucun autre choix ne s'offre à elle. Elle a besoin d'une bonne nuit de sommeil, elle laisse sa mère se reposer et retourne dans sa chambre.

***

Le lendemain matin, Patrick se rend au collège après un bon petit déjeuner. Lise et sa mère sont encore à table.

Madeleine contacte son ami qui lui propose de venir la voir dans la journée pour lui montrer ce qu'il a récolté sur cette affaire. Lise en profite pour téléphoner à Yvonne et lui demander si elle peut passer chez eux avant sa tournée, elle n'était pas censée les voir aujourd'hui. Elle avale rapidement une tartine beurrée et se rend à sa voiture. Arrivée chez eux, Lise leur raconte son agression. Le couple est choqué.

— Comment tout cela a-t-il pu arriver ? s'indigne Yvonne en prenant la main de Lise.

— Je ne sais pas, quelqu'un souhaite que j'arrête mes recherches, rétorque-t-elle agacée.

— Vous devriez peut-être l'écouter, tente Jean-Pierre inquiet.

— Ma mère m'a dit la même chose, je ne peux plus en rester là, c'est allé trop loin. Cela ne vous dérange pas si je monte ? lance-t-elle en se levant de sa chaise.

La jeune femme se rend dans la chambre, très déterminée à avoir les réponses à toutes ses questions cette fois-ci. Elle entre dans la pièce froide et la jeune fille apparaît aussitôt. Lise ne perd pas de temps et enchaîne.

— Es-tu Suzanne ?

« Oui, délivre-moi. »

Elle va droit au but.

— Qui t'a tuée ?

« Je ne sais pas. Aide-moi, mais fais attention, de mauvaises personnes rôdent autour de toi. »

— Je sais, ils s'en sont déjà pris à moi. Comment puis-je t'aider ?

« Mon âme est prisonnière de cet endroit. Tant que justice ne sera pas faite, je ne pourrai pas m'en aller… »

— Comment puis-je prouver l'innocence de Pierre après tout ce temps ? l'interroge Lise incrédule.

« Retourne aux sources, retrouve ta famille. »

— Ma famille ? répète-t-elle sans comprendre.

La jeune fille disparaît de nouveau. Lise se demande ce qu'elle a bien voulu dire par là. Elle rejoint Yvonne et Pierre dans la salle à manger et leur raconte la conversation. Elle leur demande de rester discrets et de ne plus rien divulguer à personne, surtout pas à Edmond, qu'elle ne porte pas dans son cœur et qu'elle soupçonne d'être son agresseur. Elle repart travailler et passe la journée à tenter de ne pas penser à toute cette histoire afin de rester concentrée sur ses patients. Elle est épuisée après son dernier patient et rentre directement à la maison.

Madeleine s'y trouve avec Armand, son ami retraité de la police. Il lui a apporté quelques informations sur le meurtre de Suzanne. Elle a été assassinée dans le jardin et Pierre a été accusé du meurtre. En effet, ils avaient une relation depuis quelques mois et il avait, selon la police de l'époque, un mobile. Une violente dispute aurait éclaté entre eux peu avant sa mort et ils étaient tous les deux seuls dans le jardin. Toutes les personnes présentes durant cette soirée ont été interrogées.

— Les dossiers peuvent dire ce qu'ils veulent, ce n'est pas Pierre qui a tué Suzanne, lâche Lise en tirant les feuilles posées sur la table vers elle.

— Comment pouvez-vous en être aussi sûre ? s'étonne Armand.

— Parce que c'est Suzanne elle-même qui me l'a dit ! lance-t-elle en poussant le tas de dossiers devant elle.

Armand en reste bouche bée. Il regarde Madeleine, puis Lise, puis son amie à nouveau, aucun son ne sort de sa bouche. Lise voit bien qu'elle va le perdre, elle joue cartes sur table, elle préfère se montrer franche et lui raconte toute l'histoire depuis le début des apparitions. Armand se tourne vers Madeleine, comme pour lui demander si sa fille n'est pas un peu surmenée ou même folle. Il reste très sceptique, évidemment.

Il reprend ses esprits, puis avance sa chaise pour faire face à Lise.

— Vous comprenez bien que la police ne va pas se baser sur vos déclarations pour ouvrir de nouveau l'enquête.

Lise sent bien qu'il ne la croit pas et ça l'agace au plus haut point. Elle se dit tout de même : si une personne lui avait raconté la même histoire, l'aurait-elle crue ?

— Je le sais, il faut que je trouve des preuves. Maman, Suzanne m'a dit de retrouver ma famille. Je pense qu'elle parlait d'Émile. Est-ce que tu peux me donner votre adresse de l'époque ?

— Je dois avoir cela quelque part, répond-elle en se dirigeant vers sa chambre.

— Armand, puis-je vous demander un autre service, s'il vous plaît ?

— Bien sûr, je vous écoute.

— Pouvez-vous vous renseigner sur Émile Lancet ?

Madeleine revient à ce moment-là et les interrompt.

— Émile Delcourt. Lancet est mon nom de femme mariée, mon nom de jeune fille est Delcourt, précise-t-elle.

Elle tend un morceau de papier indiquant leur ancienne adresse à Armand. Il prend congé et les rappellera lorsqu'il aura plus d'informations.

Après son départ, Madeleine propose de faire du thé, Lise accepte aussitôt. La jeune femme espère qu'Armand pourra trouver des informations qui lui seront utiles. Sa mère se rend bien compte qu'elle a eu tort de lui dissimuler la vérité sur sa propre famille. Ayant tiré un trait sur son passé, elle n'a pas pensé une seule seconde que cela aurait des conséquences sur sa fille. Lise est ravie d'avoir un oncle, qui est peut-être encore de ce monde, et souhaite le retrouver. Bien qu'elle en veuille à sa mère de le lui avoir caché, elle n'ose imaginer ce qu'elle a pu vivre à son époque. Comment pourrait-elle la juger ? Les deux femmes profitent de ce moment à deux et se regardent sans dire un mot.

Patrick arrive. Après ses cours, il est resté chez son ami Éric pour travailler sur un devoir commun. Il ouvre la porte avec son Walkman sur les oreilles et retire aussitôt son casque en voyant sa mère à la maison. Il est ravi de pouvoir passer du temps avec elle encore ce soir. Ils dînent tranquillement et regardent un film à la télévision. Patrick se rend compte de la chance qu'il a de pouvoir profiter de sa mère en ce moment. Son père lui manque, même s'il a bien saisi qu'il ne se comportait pas comme un père le devrait. Il a bien conscience que sa mère travaille beaucoup et est souvent très fatiguée lorsqu'elle rentre. Il fait au mieux pour ne pas lui causer de souci, même si à son âge il lui arrive de mal se comporter. Certaines fois, être l'homme de la maison pèse sur ses frêles épaules. Il se couche le cœur léger et ravi du moment passé avec sa mère et sa grand-mère.

Lorsque tout le monde est endormi, Lise, n'arrivant pas à fermer l'œil, sort de sa chambre et fume une cigarette à la fenêtre de la cuisine. Elle se persuade qu'elle arrêtera à nouveau, quand toute cette histoire sera terminée.

24. « Un des plus grands bonheurs de cette vie, c'est l'amitié ; et l'un des bonheurs de l'amitié, c'est d'avoir à qui confier un secret. »

Alessandro Manzoni

Agnès se délecte d'un agréable moment avec Karl au restaurant qu'il a privatisé pour l'occasion. En plus, le repas est succulent. Il l'a invitée avec plusieurs de ses amis et relations de travail. Il la met volontairement en valeur, elle en est parfaitement consciente, cela lui convient bien. Elle rencontre énormément de personnes influentes dans son domaine, ce qui n'est pas négligeable. Le champagne coule à flots, Karl adore organiser ce genre de soirée mondaine. De nombreux mannequins, des professionnels de la mode, des créateurs en vue, des journalistes ont répondu présents. Souvent, la soirée se prolonge en boîte de nuit, ce qui sera le cas ce soir. Agnès est fatiguée et rentre se coucher après le dîner. Sa journée de demain sera chargée : le matin, elle rejoint les filles à la maison de couture et l'après-midi elle se rendra avec Lou et Jonathan dans la propriété.

En rentrant, elle appelle Céline pour lui raconter sa soirée au restaurant ; cette journée ne serait pas complète sans un coup de fil à sa meilleure amie. Céline envie son amie de pouvoir se rendre à ces soirées mondaines. Son boss ne lui permet pas encore d'inviter ses proches. Il ne fait aucun doute dans son esprit que Céline et tous ses amis du *Café des Délices* assisteront à son défilé. D'autant que Linda se charge du buffet.

Après une nuit agitée, Agnès se réveille et tire les rideaux pour faire entrer la lumière dans sa chambre. Elle est très excitée par la journée qui l'attend. On sonne à la porte. C'est Mathieu. Elle court se regarder dans le miroir, se frotte les dents avec ses doigts et remet en place quelques mèches rebelles avant de lui ouvrir.

— Coucou, j'apporte les croissants, s'écrie-t-il en levant le sachet d'où s'échappe une agréable odeur de beurre.

— Quelle belle surprise ! répond-elle en prenant l'un d'eux pour le porter à sa bouche.

— J'ai pris ma journée, je veux passer du temps avec toi.

Il lui fait un clin d'œil.

— Je vais travailler ce matin, ensuite je dois rejoindre Jonathan, Lou et Céline pour déjeuner avant de nous rendre à ma future demeure, tu te joins à nous ?

— Avec plaisir, je peux aussi t'accompagner au travail ?

— Si tu veux, mais à une condition !

— Laquelle ?

— Que tu ne jettes pas un seul regard sur les somptueux mannequins que tu croiseras.

— Tu sais bien qu'à mes yeux tu es la plus belle.

Il essaye de la rassurer tout en la prenant dans ses bras.

— C'est ça, c'est ça ! souffle-t-elle en se dégageant de son étreinte.

Agnès lui propose de se joindre à elle sous la douche. Il ne se fait pas prier et la suit en déboutonnant sa chemise. Après une bonne demi-heure de tendresses et de bulles crapuleuses, ils ont trouvé cette petite séance détente… très relaxante. Mathieu aurait volontiers prolongé le plaisir sous la couette, mais Agnès est attendue à son travail.

Ses prototypes commencent à prendre forme. Les drapés et les détails de broderie s'associent aux plumes et aux fourrures qui suggèrent une opulence festive. Une palette de rose, prune, beige et blanc complète des nuances de bleu clair, cobalt et noir. Colliers, ceintures, bracelets et broches sont très présents. De nombreuses esquisses prennent déjà vie sur les mannequins, des silhouettes féminines et audacieuses. Les robes volumineuses ou ajustées se parent de tulle, de guipure, de soie et d'organza. Un jeu de dentelle laisse transparaître parfois les épaules, les jambes ou la taille tandis que broderies et drapés se côtoient. Des voiles assortis aux robes et des bijoux de tête en cristaux *Swarovski* complètent les tenues. Mathieu est subjugué par tous les modèles d'Agnès, son regard est attiré dans tous les sens.

— C'est magnifique ! s'exclame Mathieu visiblement abasourdi par tout ce qu'il observe.

— Les tenues ou les filles ? ajoute Agnès.

— Mais oui, tout est très beau… plaisante-t-il.

Agnès le fusille du regard.

— Mouais… répond-elle pas très convaincue.

— Tu es tellement créative, je ne sais pas où tu vas chercher toutes ces idées.

La jeune styliste donne ses indications aux couturières pour les quelques petits changements. Elle discute également avec les équipes créatives pour les décors et le choix des couleurs. À date, tout se déroule comme prévu. Tout le monde est sur le pont, la nouvelle collection est *LA* priorité. Agnès demande à Victoire de passer quelques coups de fil pour se procurer d'autres tissus et vérifier que tout le matériel commandé sera bien livré en temps et en heure. Tout est millimétré dans ce type d'événement, rien ne doit être laissé au hasard. Le sachant pertinemment et étant aussi exigeante que son boss, elle ne veut rien laisser passer.

Mathieu, posté dans un coin pour ne pas la déranger, est impressionné par son professionnalisme et sa créativité. Il a des étoiles dans les yeux en pensant que c'est avec cette magnifique jeune femme qu'il a envie de passer le reste de sa vie. Agnès clôt une discussion avec l'une des couturières et le rejoint. Ils font un dernier tour de l'atelier et s'en vont. Ces quelques heures au travail ont filé, la jeune femme n'a pas vu le temps passer.

Ils se dirigent ensuite vers le restaurant pour aller déjeuner avec Céline, Jonathan et Lou. Adam et Franck se sont également joints à eux. Benoît et sa sœur Julie, des amis, déjeunent ensemble, ils s'installent près d'eux.

— Jonathan, vous vous ennuyez tellement de nous que vous nous faites ressortir des anciennes affaires. Il n'y a pas de tueur en série qui rôde en ce moment ? plaisante Adam en lui donnant un coup de coude.

— Toutes les excuses sont bonnes pour travailler avec vous, je vais même jusqu'à déterrer une affaire qui date de la fin du XIXème siècle, vous vous en rendez compte ! enchaîne Jonathan.

— De la fin du XIXème siècle ? demande Agnès visiblement surprise.

— Quand je te disais que tu avais tiré le gros lot avec ton achat !

Agnès et Mathieu se regardent, impatients d'en apprendre plus. Ils ne s'attendaient pas à ce que cette histoire les mène sur une piste si ancienne. Tom sert les plats et dépose quelques bouteilles de vin, rouge et blanc, sur la table. Jonathan s'occupe du service. Ils dégustent leur repas tout en discutant des éléments trouvés par l'équipe de Lou.

— En fait, il y a plusieurs affaires liées à cet endroit, ajoute Lou. La plus ancienne date en effet de 1890. Un meurtre a été commis dans le parc, une certaine Suzanne Delcourt y a été assassinée.

— Est-ce que vous avez une photo de cette Suzanne ? questionne Agnès.

— Oui, j'ai celle de son profil Facebook si tu veux, plaisante Lou en souriant. Non, pas de photo dans le dossier.

Lou et son humour pourri, pense Agnès.

— Est-ce qu'on connaît au moins son âge ? insiste Agnès.

— Oui vingt ans, répond Lou en lisant le rapport.

— Cette jeune femme que je vois pourrait être Suzanne, elle est très jeune et habillée à l'ancienne. Est-ce qu'on sait ce qui s'est passé le jour de sa mort ? continue Agnès totalement obnubilée par cette affaire.

— J'ai fait quelques recherches, ajoute Franck, elle a été tuée dans le jardin par son petit ami Pierre.

— Selon cette jeune fille, ce n'est pas lui son assassin, l'interrompt Agnès.

— Vraiment ? C'est ce qu'elle t'a dit ? s'étonne Lou.

— Elle m'a brièvement expliqué que la mauvaise personne avait été accusée.

— Je pense que c'est pour ça qu'elle est coincée là-bas, il y a eu une injustice, ajoute Céline en pointant son doigt sur l'un des dossiers posés sur la table.

Benoît se lève et s'approche d'Agnès.

— Désolé de me mêler de votre conversation, intervient-il, je te donne mon numéro, tu sais si tu as besoin d'en parler avec quelqu'un.

Tout le monde éclate de rire, hormis Agnès, vexée. Elle savait bien que peu de personnes la croiraient. Elle n'en a cure, elle sait ce qu'elle a vu et entendu. Elle n'est pas folle. L'humour de psy est encore pire que celui de Lou, enfin presque…

— Très drôle, Benoît, je t'assure que je la vois ! insiste-t-elle en tapant du poing sur la table.

— Je te taquine, je veux bien te croire, lance-t-il en retournant s'asseoir.

— Tu veux donc te lancer dans une enquête pour trouver le coupable ? demande Lou en fixant Agnès de son regard émeraude.

Elle a toujours été impressionnée par le regard de Lou. Elle connaît le caractère de son amie et sait pertinemment qu'elle ne lâchera rien. Elle se dit qu'il faut la brosser dans le sens du poil.

— Avec votre aide bien sûr, répond Agnès d'un regard malicieux ayant l'air de beaucoup plaire à Mathieu qui ne la lâche pas des yeux et lui prend la main.

Jonathan se tourne vers l'équipe.

— Qu'est-ce que vous en pensez, les gars ? interroge-t-il en buvant une gorgée de son verre de vin.

— Je suis partant ! s'exclame Franck du tac au tac.

— Je vous suis aussi, renchérit Adam en levant son verre.

— Je vais essayer de trouver d'autres informations, ajoute Franck, il y a encore quelques affaires qui se sont déroulées autour de cette maison.

Linda profite de la présence d'Agnès pour discuter du buffet pour son défilé, elle lui propose ses idées. La jeune femme est emballée par ses suggestions. Linda va pouvoir passer ses commandes afin de tout organiser. Elle lui demande de convier toute la petite famille du *Café des Délices* au défilé. Tout le monde s'en va, Lou et Jonathan accompagnent Mathieu et Agnès à la demeure. Ils se garent devant l'entrée et montent les marches menant à la porte lorsque Lou se retourne soudain.

— Qu'est-ce qui se passe Lou ? s'étonne Agnès.

— J'ai cru voir quelque chose dans le parc, c'est tellement immense ! Ce doit être un animal, reconnaît-elle.

— Certainement, ajoute Jonathan, allons-y, ne perdons pas de temps.

Ils pénètrent les lieux et s'installent dans la salle à manger. Lou décide de faire le tour du propriétaire pendant qu'Agnès monte directement à l'étage. Jonathan et Mathieu vont se promener dans le parc. Elle arrive dans la chambre et ferme la porte derrière elle. Elle a à peine le temps de se retourner que la jeune fille apparaît et la surprend. Elle sursaute et manque de tomber, mais se retient au chambranle de la porte. Elle enchaîne.

— Est-ce que ton nom est bien Suzanne ?

« Je suis Suzanne, j'ai besoin de ton aide, toi seule peux m'aider à quitter cette demeure. »

— Pourquoi suis-je la seule à pouvoir t'aider ?

« Le sang de ma famille coule dans tes veines. »

— Je suis de ta famille ?

Agnès est stupéfaite !

« Aide-moi à quitter cette demeure, je ne pourrai pas partir tant que cette injustice ne sera pas réparée. »

— Comment puis-je t'aider ?

« Prouve l'innocence de Pierre et trouve le vrai coupable. »

— Mais comment ? Ton meurtre date du XIXème siècle ! Comment trouver des preuves ? balbutie-t-elle ne pouvant plus arrêter le flot de questions qui lui passent par la tête.

Suzanne disparaît à nouveau. Agnès en reste bouche bée. Elle est de la même famille que cette jeune fille. Avec sa sœur Séverine, elles ont été adoptées lorsqu'elles étaient petites. Leurs parents sont décédés dans un accident de voiture lorsqu'elle avait six ans et sa petite sœur quatre. Elles ont été placées et rapidement accueillies, par chance toutes les deux, dans une famille quelques semaines seulement après leur arrivée. Leurs parents adoptifs leur ont dit la vérité lorsque la jeune femme a eu seize ans et leur ont expliqué pour l'accident de voiture, c'est la seule information qu'elles avaient de leur part. Les deux sœurs n'ont jamais réellement souhaité en savoir plus puisqu'ils étaient morts tous les deux.

Agnès retrouve Lou dans la salle à manger, s'affale sur l'un des fauteuils et la fixe du regard. Celle-ci, sentant bien que quelque chose ne va pas, s'approche d'elle et s'agenouille à ses pieds. La jeune femme lui déballe tout. Jonathan et Mathieu arrivent à leur tour de leur promenade dans le parc. Agnès se lève et court à la rencontre de Mathieu.

— C'est bien Suzanne ce fantôme et tu ne devineras jamais ce qu'elle m'a appris, lance-t-elle n'en revenant toujours pas.

— Raconte, répond Mathieu curieux.

Jonathan est tout ouïe également. Agnès continue, visiblement chamboulée, en parcourant la pièce la main sur le menton.

— Elle serait de ma famille, lâche-t-elle enfin en interrompant sa course.

— Sérieusement ! s'écrie Mathieu surpris.

— Tu sais, je ne t'en ai encore jamais parlé, mais j'ai été adoptée lorsque j'avais six ans et je ne me suis pas encore intéressée à ma famille biologique, avoue-t-elle.

— C'est l'occasion rêvée. Je me charge des démarches si tu veux, tente-t-il tout excité à cette idée.

— Si ça ne te dérange pas, je veux bien.

— Tu plaisantes j'espère, ça me fait plaisir, insiste-t-il en lui prenant la main.

Lou qui parcourt la pièce et regarde par les fenêtres ne semble pas très rassurée.

— Cette maison me donne la chair de poule, déclare-t-elle en se frottant les bras.

Ils s'assoient dans la salle à manger, discutent de ce qui vient de se passer et de ce qu'ils ont appris. Lou et Jonathan vont se concentrer sur cette affaire. Ils décident de rejoindre Franck au commissariat et de l'aider dans ses recherches sur les anciens dossiers afin d'en savoir plus. Ils quittent la maison. Lou a encore l'impression d'être épiée, pourtant elle ne distingue personne. Elle demande à Agnès de ne plus venir seule ici et celle-ci ne se fait pas prier.

25. « Parler de ses peines, c'est déjà se consoler. »

Albert Camus

Plusieurs officiers de police, armés d'un bâton blanc à la main droite, pénètrent dans la demeure. Ils sont accompagnés d'un médecin légiste et se rendent dans la salle à manger. Un autre homme les suit, il semble être leur supérieur. Sans uniforme, il est vêtu d'un costume trois-pièces impeccable, rehaussé d'un couvre-chef noir et porte une canne à la main. Pierre demeure assis, recroquevillé contre le mur du petit salon. Il ne cesse de trembler et semble incapable d'articuler clairement. Georges retrace les événements à l'officier supérieur. Celui-ci se tourne vers le jardinier et lui demande posément de lui préciser où se trouve le corps. Aucun son ne sort de sa bouche, il est visiblement en état de choc. Il se tourne vers deux de ses officiers et s'adresse à eux d'un ton ferme.

— Philippe, Jean, veuillez escorter le médecin légiste dans le parc et faite attention où vous placez vos pieds, je vais questionner le témoin.

L'officier supérieur Paul Murdoch œuvre dans la police depuis maintenant cinq ans, il a instruit maintes enquêtes essentiellement sur des meurtres. Il est entièrement dévoué à son travail et y consacre tout son temps libre. Avant-gardiste dans la manière dont il travaille et conduit ses enquêtes, il est admiré et respecté de tous les officiers. Il n'abjure en aucun cas une affaire tant qu'elle n'est pas résolue, il se plonge dans les moindres détails. Il aime conserver une vision globale de ses instructions, ne laissant rien au hasard. Il souhaite toujours comprendre, même lorsque tout semble évident. Il a bien senti que ça ne servait à rien de forcer les choses avec le témoin, il va devoir se montrer amical afin de récolter les informations dont il a besoin. Il s'accroupit face à Pierre et pose amicalement la main sur son épaule.

— Bonsoir, mon garçon. Je suis l'officier Murdoch, révèle-moi ce qui s'est passé ce soir, murmure-t-il.

— Je… elle… je… souffle Pierre en plongeant le visage dans ses mains.

— Calme-toi mon garçon, respire doucement et raconte-moi, le rassure-t-il.

Pierre reprend sa respiration, relève la tête et fixe l'officier de son regard empli de tristesse.

— Comme à mon habitude, je terminais de tailler les arbustes dans le parc. Je me dirigeais vers l'intérieur, lorsque j'ai entrevu Suzanne à terre.

— Qu'est-ce que tu as fait a posteriori ? interroge l'officier tout en s'asseyant près de lui.

— Il me semblait qu'elle avait perdu connaissance, j'ai accouru vers elle et l'ai giflée, sans aucune réaction de sa part. J'ai posé mon visage sur sa poitrine pour écouter si son cœur battait, mais je n'ai rien perçu.

Pierre fond en larmes.

— Que s'est-il passé ensuite ? insiste l'officier.

— Je l'ai prise dans mes bras et bousculée pour tenter de la réveiller… lâche-t-il en simulant ses gestes.

— Est-ce que tu as vu quelque chose ou entendu quelqu'un ?

— Rien, je me suis enfui et je suis venu directement ici.

— Bien mon garçon, tu vas nous suivre au poste, nous allons poser tout cela par écrit, indique l'officier en prenant Pierre par le bras pour l'aider à se relever.

Il se tourne vers l'officier resté dans la pièce avec lui.

— André, emmène-le s'il te plaît, je vais questionner les autres témoins.

Murdoch interroge tout le monde, individuellement, dans la bibliothèque. Il débute avec Georges, puis Eugénie, enfin Rose. Il continue ensuite avec les deux convives, Victor et Édouard. Puis les employés présents lors du dîner, Hélène, Henri, puis Lucie, Alice et Joséphine. Il termine enfin avec

Lucien et Auguste. Il établit pour chacun un emploi du temps précis des dernières heures, qu'il vérifiera à nouveau lorsqu'il aura les conclusions du médecin légiste quant à l'heure présumée de la mort.

Avant de retourner au poste, il rejoint ses collègues sur le lieu du crime dans le parc. Le médecin légiste est penché sur le corps afin de prendre sa température. Ses collègues sont à la recherche d'indices près du corps, des traces de pas, malheureusement le sol est très revêche.

Murdoch tourne autour du corps, se malaxe les tempes et finit par s'agenouiller près du médecin légiste.

— Sauriez-vous déjà me dire l'heure approximative de la mort ? tente-t-il.

Le légiste termine de prendre la température et observe le thermomètre. Il réfléchit un instant et se tourne vers Murdoch.

— Sempiternellement fougueux, répond le légiste en souriant. Le corps est encore chaud, souple et sans lividité. Cela doit faire sensiblement deux ou trois heures qu'elle est morte, pas plus.

L'officier médite un instant et continue tout en se relevant.

— Cela nous conduit dès lors entre dix-huit heures trente et dix-neuf heures, affirme-t-il en observant sa montre à gousset.

— Assurément, cela dit c'est à établir avec un examen plus précis, reconnaît le légiste qui reste prudent dans ses constatations.

— Avez-vous trouvé des traces d'agressions ?

— À première vue, aucune trace d'agression sexuelle. Mais je peux d'ores et déjà vous confirmer qu'elle a été battue à l'arrière du crâne, et je pense que c'est ce qui l'a tuée, affirme le légiste en soulevant la tête pour montrer la blessure à l'officier.

— Vous en êtes certain ? insiste Murdoch en s'approchant.

— Je préfère clore l'examen dans mon laboratoire.

— Soit. Je vous laisse la ramener à la morgue, je repasserai vous voir demain matin pour vos conclusions.

— Je m'en occupe séance tenante, officier ! s'écrie le légiste en rassemblant son matériel.

Murdoch prend congé et rejoint ses collègues. Il les enjoint à tout ratisser, à ne rien laisser au hasard et à bien pointer les traces de pas. Il retourne vers le corps, fait un signe de croix et contemple Suzanne déposée dans le fiacre. Il ne peut s'empêcher de penser qu'elle est si jeune. Pour lui, les corps ne sont pas simplement des numéros, mais des personnes à part entière, avec une vie, une famille et des amis qui les chérissent. Chaque affaire est importante, mérite toute son attention et son entière implication.

Il retourne à l'intérieur et demande à Hélène si Suzanne avait de la famille afin de la prévenir. Cette dernière, dévastée, évoque son frère Louis et lui confie son adresse. Elle lui explique qu'il travaille à la tannerie de Georges. Murdoch ira plus tard à sa rencontre, après avoir revu le légiste pour le prévenir en ayant plus de détails sur sa mort à lui donner.

L'un des officiers a trouvé ce qu'il estime être l'arme du crime, une branche d'arbre très épaisse qui semble tachée de sang. L'officier la tient à la main, ce qui indispose ardemment Murdoch. Le légiste, connaissant bien l'homme, se poste entre lui et son collègue. Murdoch explique à l'officier qu'il aurait dû utiliser un tissu afin d'empaumer la branche et de ne pas la tenir à main nue. L'officier, arrivé depuis peu dans son équipe, ne comprend pas sa remarque. Murdoch, d'un ton ferme, lui affirme que l'on peut utiliser les traces et les empreintes sur la branche et qu'il vient peut-être de les dissiper par mégarde. Le légiste tente de pondérer les propos de l'officier en lui rappelant que sa technique n'est pas très répandue et très peu connue, ce qu'il reconnaît. Il lui expose brièvement ses travaux sur les empreintes digitales, depuis un peu plus d'un an. Il les relève à l'aide d'encre d'imprimerie et les consigne sur ce qu'il nomme un fichier d'empreintes, conservant ainsi un vivier à sa disposition pour des comparaisons. Il demande au légiste de lui donner un tissu et enveloppe la branche.

Il intime aux convives et à toute la famille de rester à sa disposition dans les jours à venir, s'il souhaite leur poser d'autres questions.

Hélène demande si elle peut voir le corps, Murdoch le lui déconseille avec conviction, il vaut mieux pour elle qu'elle ne garde pas à l'esprit cette ultime image de Suzanne. Tout le monde est sous le choc, ils se regardent tous sans oser prononcer un seul mot. Georges brise le silence, en mandant à tout le monde d'aller se coucher.

Après avoir consigné les déclarations de Pierre au poste, Murdoch rentre enfin chez lui et s'écroule sur la chaise de son bureau, épuisé par sa longue journée. Il pose les mains sur ses joues et ses coudes sur la table pour réfléchir tête baissée. Il a pour seul compagnon un chien qu'il a recueilli, car il lui causait de la peine. Il l'a prénommé Octave. Sa garçonnière est en pagaille, mais tout de même bien organisée. Il dispose d'une cave pour entreposer ses aliments au frais avec des blocs de glace. Elle demeure proprement vide. Il n'a pas de temps à perdre à se ravitailler. Il hésite à contacter Louis, le frère de Suzanne, mais se ravise aussitôt en pensant que cette très mauvaise nouvelle pouvait bien attendre le lendemain. Il dissémine ses notes sur son pupitre et commence à réfléchir aux personnes qui auraient eu le temps de tuer Suzanne.

Bien sûr Pierre, le premier suspect. Il a appris d'Alice qu'ils s'étaient disputés violemment ce jour-là justement et que Suzanne lui en tenait rigueur. Il possède un mobile et surtout, étant seul dans le parc, il n'a aucun alibi ; de plus, c'est lui qui a découvert le corps. Il passe ensuite en revue l'emploi du temps du reste des habitants de la propriété.

Joséphine ne s'est jamais retrouvée seule, elle a passé la fin d'après-midi et le début de soirée dans la cuisine avec Alice, donc il peut les écarter toutes les deux. Il reste Henri, Hélène, Auguste, Lucien et Lucie qui ont chacun eu le temps d'aller tuer Suzanne dans le jardin et de revenir à temps pour le dîner, chacun vaquant seul à ses occupations. Il reste le mobile. Quel mobile ont-ils ? Il pense pouvoir écarter également Hélène qui a paru sincèrement anéantie par cette nouvelle et qui, selon tous les autres employés, la considérait comme sa propre fille.

En outre, Georges, Eugénie et Rose avaient également le temps d'accomplir ce méfait. Eugénie se prélassait dans sa chambre. Georges lisait un livre avec Rose dehors sur la terrasse. Mais plus tard il s'est retrouvé seul lorsque sa fille l'a laissé ; elle était donc seule également. Revient la question du mobile… Il prendra le temps demain de les interroger à nouveau sur leur accointance avec Suzanne.

***

Le lendemain matin à l'aube, Murdoch décide somme toute de se rendre directement annoncer la mauvaise nouvelle à

Louis avant qu'il ne se rende à son travail à la tannerie. Il récupère dans la poche de son manteau l'adresse que lui a confiée Hélène la veille. Il se rend chez lui en fiacre. Sur le chemin, Murdoch observe un homme au pied d'un réverbère qui tend sa perche afin d'allumer la lanterne au gaz. La pluie a cessé. Les trottoirs sont humides, de l'eau s'échappe encore des bouches des gouttières. Aux fenêtres, on secoue les volets en bois de leurs gouttes ; les commerces et les cafés font tomber l'eau amassée sur les stores en tapotant sous la toile à l'aide de manches à balai. Il arrive enfin et toque à la porte.

— Bonjour, monsieur, êtes-vous Louis Delcourt ? s'enquiert Murdoch en retirant son chapeau.

— En effet, que puis-je pour vous ? s'étonne Louis pas encore vêtu pour le travail.

— Je suis l'officier Murdoch et je souhaiterais vous parler s'il vous plaît.

— Je dois me rendre à mon travail à la tannerie, je n'ai pas beaucoup de temps. Cela ne peut-il pas patienter jusqu'à la fin de la journée ?

— Je suis contrit, je dois m'entretenir avec vous toute affaire cessante, ne vous inquiétez pas pour votre travail, M. Delattre est prévenu.

Louis ne saisit pas encore l'importance de la situation, il laisse pourtant entrer l'officier. Le jeune homme lui tend une chaise, lui propose de s'asseoir et fait de même. Il boit une gorgée de son café et lui en propose une tasse, que Murdoch refuse poliment. Après quelques minutes, l'officier brise finalement le silence.

— Je viens vous entretenir de votre sœur Suzanne…

26. « Tel court au danger qui n'oserait l'attendre. »

Duc de Lévis

Lise se réveille grâce à l'alarme qu'elle programme chaque soir. Elle se fait violence pour se mettre debout. Nuit horrible. Une de plus. Encore une insomnie. Le court laps de temps durant lequel elle a réussi à dormir, des cauchemars s'y sont mêlés. Elle file sous la douche et laisse couler longuement le jet sur son visage, elle n'en peut plus de cette histoire. De retour dans sa chambre, elle tire les rideaux pour constater que le soleil règne sur cette journée. Elle avale rapidement son petit déjeuner et savoure quelques secondes, depuis la fenêtre de la cuisine, ce petit vent frais qui souffle calmement, puis elle prend le chemin du travail. Elle remercie intérieurement Madeleine qui s'occupera de Patrick jusqu'à ce qu'il aille à l'école.

La jeune femme termine sa tournée, comme souvent, par Yvonne et Jean-Pierre qui vont décidément beaucoup mieux.

Le traitement pour son diabète ainsi que son régime alimentaire ont bien aidé Jean-Pierre. Sa femme se déplace de mieux en mieux grâce à sa prothèse de hanche. Lise leur relate sa discussion avec sa mère et leur explique qu'elles sont dorénavant à la recherche de son oncle Émile. Peut-être aura-t-il des réponses à leurs nombreuses interrogations. Comment innocenter Pierre ? Comment trouver des preuves après toutes ces années ? Tant de questions sans réponses. Elle n'en peut plus, elle est fatiguée et décide de ne pas monter à l'étage, elle reviendra une autre fois… si elle trouve la force.

Exténuée et perdue dans ses pensées, elle relève la tête lorsqu'elle entend une accélération, mais il est trop tard. Elle est renversée par une voiture et projetée de l'autre côté de la chaussée. Le conducteur du véhicule prend aussitôt la fuite. Deux personnes, témoins de la scène, courent vers Lise et tentent de lui porter secours. Les cris des passants alertent aussitôt Yvonne et Jean-Pierre. L'une des témoins demande à ce dernier de contacter les secours depuis leur maison.

Yvonne, impuissante, prie pour que sa Lise s'en sorte. Des larmes coulent le long de ses joues. Elle aimerait se pencher au-dessus d'elle, lui dire que tout ira bien, de tenir bon, que les secours seront bientôt là, mais sa condition physique ne lui permet pas de le faire. Elle déroule son foulard et le place sur Lise, comme pour la couvrir.

— Est-ce qu'elle est vivante ? s'écrie Jean-Pierre lui aussi en larmes.

— Je ne sais pas, je crois qu'elle respire, mais je n'en suis pas sûre, affirme l'un des témoins.

Jean-Pierre s'assied près d'elle, ils entendent les sirènes au loin. Les secours arrivent enfin, quinze longues minutes plus tard, suivis par la police. Ils tentent de réanimer la jeune femme. Ils la transportent dans l'ambulance, il n'y a pas une minute à perdre.

Yvonne les supplie pour savoir si elle va s'en sortir. Il le faut, elle doit survivre.

— Les blessures sont profondes, nous ne pouvons à ce stade rien vous affirmer, dit-il en sautant dans l'ambulance.

Elle s'effondre dans les bras de Jean-Pierre, qui n'arrive pas non plus à contenir sa tristesse. Ils se sentent coupables.

Les deux témoins racontent à la police ce qu'ils ont vu, c'est-à-dire une voiture qui a foncé sur la victime et s'est enfuie à vive allure. La police constate qu'il n'y a aucune trace de freinage. Soit il s'agit d'un chauffard imprudent qui a pris peur au point de ne pas s'arrêter, soit il s'agit d'un acte délibéré. Dans tous les cas, c'est un crime.

Yvonne leur précise que Lise a subi une agression il y a quelques jours et que son assaillant l'a menacée à l'aide d'un couteau. Elle ne peut en dire plus, surtout ne pas parler des apparitions. Intrigués, les policiers demandent aux témoins ainsi qu'à Yvonne et Jean-Pierre de les suivre au commissariat afin de prendre leurs dépositions. Ils en profitent pour demander à Yvonne, qui semble proche de la victime, si elle sait comment joindre sa famille. Encore sous le choc, elle parvient tout de même à se souvenir du prénom de sa mère, Madeleine. Ils fouillent son sac par terre, trouvent le numéro de Madeleine dans un carnet et la contactent depuis la maison du couple. Elle les rejoindra à l'hôpital.

Au commissariat, les témoins sont formels : la voiture n'a pas tenté de freiner et a foncé directement sur Lise, ce n'est donc pas un accident. L'absence de traces de freinage sur les lieux le confirme. Un des policiers retrouve la plainte déposée par Lise quelques jours auparavant. Il demande aux deux témoins de décrire le véhicule incriminé. Cela a été très rapide, ils se souviennent seulement d'une petite voiture de couleur foncée, noire ou bleue. C'est assez mince, mais il prend note. Yvonne lui raconte toute l'histoire depuis le début, avec Suzanne et son fantôme, Edmond et Jean qui leur ont rendu visite. Même si ce récit lui paraît saugrenu, il décide tout de même d'interroger ces deux hommes plus tard, puis se rendra à l'hôpital afin de voir si Lise est apte à répondre à des questions ou si son silence se fera à jamais. Yvonne, Jean-Pierre et les deux témoins sont invités à rentrer chez eux, mais à rester joignables s'ils ont d'autres questions ou si l'un d'eux se souvient d'un fait important.

Madeleine, bouleversée, arrive à l'hôpital des Quatre Villes à Sèvres. On ne lui a pas dit grand-chose, simplement qu'un terrible accident a eu lieu et qu'elle devait au plus vite se présenter aux soins intensifs, car sa fille s'y trouve. Elle tremble de tous ses membres, se prépare au pire. Comment cela peut-il être possible ? Un enfant ne devrait jamais partir avant ses parents… et Patrick… Non, elle refuse de penser au pire. Il faut qu'elle se reprenne. Elle essuie ses larmes, mais celles-ci continuent à couler dans un flot ininterrompu. Elle se dirige vers l'accueil et demande dans quelle chambre a été transportée sa fille. La secrétaire médicale, après avoir vérifié, lui indique l'ascenseur ainsi que l'étage des soins intensifs. Madeleine a l'impression de se diriger vers un abattoir. Visiblement prévenu de son arrivée, un médecin l'attend à sa sortie de l'ascenseur. Il lui indique calmement un canapé dans un coin et l'invite à s'asseoir.

— Comment va ma fille ? s'enquiert-elle terriblement inquiète et les larmes aux yeux.

— Asseyons-nous, vous voulez bien.

— Je vous en prie, dites-moi comment va ma fille ! supplie Madeleine.

— Votre fille a subi un gros traumatisme et demeure toujours inconsciente.

Madeleine laisse échapper un bruit sourd et place ses mains sur son visage plein de larmes.

— Nous lui faisons passer plusieurs examens. Elle a une hémorragie cérébrale. Si celle-ci ne s'estompe pas, nous devrons la monter au bloc opératoire.

— Oh mon Dieu ! crie-t-elle.

— Je suis navré, madame, nous ferons tout ce qui est en notre pouvoir pour sauver votre fille.

— Est-ce qu'il y a des chances qu'elle s'en sorte ? murmure-t-elle.

Elle ne lui laisse pas le temps de répondre.

— Il faut qu'elle s'en sorte, elle a un petit garçon, vous savez…

— Il est trop tôt pour donner un pronostic, cette nuit sera décisive.

Madeleine fait un malaise. Il lui sert un verre d'eau et elle est aussitôt prise en charge par deux infirmières. Elle ne veut rien d'autre que voir sa fille. Elle est conduite dans la chambre. Toutes ces machines, tous ces appareils. Elle reconnaît à peine sa fille dont le visage est tuméfié. Elle tient à peine sur ses jambes. *Aucune mère ne devrait vivre ça, pense-t-elle.* La froideur de la chambre ne fait qu'ajouter à l'atmosphère triste de cette pièce. Pas de rideaux, des murs blancs dont la couleur est passée, tous ces tuyaux autour de sa fille… Tout cela perturbe encore plus Madeleine qui s'approche d'elle en lui prenant délicatement la main. Une infirmière est postée près de Lise et contrôle les appareils.

— Est-ce qu'elle peut m'entendre ? demande-t-elle la voix tremblante.

— Nous pensons que les personnes dans le coma ont une perception certaine de leur environnement. Parlez-lui, elle vous entendra, j'en suis persuadée.

Elle s'en veut de ne pas avoir insisté pour que sa fille arrête son enquête, elle est persuadée que c'est lié, c'est forcément le cas, sinon qui lui voudrait du mal ? Elle se sent tellement impuissante de ne rien pouvoir faire pour sa fille, rester là à attendre lui est insoutenable.

Elle décide d'appeler son ami Armand afin de savoir s'il a pu retrouver son frère Émile. Elle sort de la chambre et se dirige vers l'accueil. Elle demande si elle peut passer un appel urgent, la standardiste accepte.

Une tonalité, deux tonalités… Cette attente lui paraît une éternité. Armand répond enfin. La voix tremblante, elle lui raconte tout et lui demande s'il a trouvé de nouvelles informations.

Apparemment, il est sur la trace de son frère. Il vivrait dans la région à quelques kilomètres seulement de chez eux. Madeleine n'en revient pas. Armand lui donne son adresse, son appartement se trouve justement à Sèvres.

Selon le médecin, personne ne sait si Lise va se réveiller. À son retour aux soins intensifs, elle découvre Yvonne et Jean-Pierre au chevet de sa fille.

— Bonjour, madame, je suppose que vous êtes la mère de Lise. Nous sommes Yvonne et Jean-Pierre, elle partait de chez nous lorsque ce terrible accident est arrivé, confie Yvonne dévastée par le chagrin.

— Désolé de vous rencontrer dans d'aussi tristes circonstances, ajoute Jean-Pierre.

— Vous savez ce qui s'est passé ? La police ne m'a rien dit, affirme Madeleine.

— Tout ce que nous savons, c'est que les deux personnes qui ont assisté à ce drame certifient qu'un chauffard a délibérément foncé sur Lise.

— Je le savais, je lui avais dit de tout arrêter !

— Nous le lui avions conseillé également, affirme Jean-Pierre la tête baissée.

Madeleine décide de continuer ce que sa fille avait entrepris. Elle les laisse et se rend chez son frère, avec l'adresse que lui a donnée Armand.

Elle n'a pas bien loin à aller, elle se trouve déjà à Sèvres. Son petit trajet lui laisse tout de même le temps de se demander ce qu'elle va bien pouvoir lui dire, après toutes ces années sans se voir ni se parler. A-t-il beaucoup changé ? Va-t-il la reconnaître ? Elle se gare devant l'immeuble d'Émile, elle reste dans la voiture un petit moment avant de sortir. Par où commencer ? Que lui dire depuis tout ce temps ? Est-ce qu'il va l'écouter ? Ne pas lui ouvrir ? Elle est partie si jeune, il y a si longtemps, elle les a abandonnés, lui a-t-il pardonné ? Elle se pose tellement de questions, mais si Émile peut l'aider à trouver ce qu'elle cherche, elle tentera de le contacter.

Elle s'avance vers l'interphone et cherche son nom : Émile Delcourt. Elle le trouve et après quelques minutes se décide enfin à sonner. Une voix rauque lui répond.

— Oui ?

Elle met un instant à réaliser que c'est son frère qui lui parle, elle respire un grand coup puis se lance.

— C'est Madeleine, souffle-t-elle enfin.

— Qui, vous dites ? questionne Émile.

— Madeleine… ta sœur.

Un silence assourdissant. Sans aucune réponse, elle entend finalement la porte qui s'ouvre. Elle regarde sur la boîte à lettres afin de trouver l'étage et le numéro de l'appartement, puis prend l'ascenseur. Elle parcourt le long couloir à la recherche de l'appartement numéro quatre cent douze.

Un homme l'accueille, ses cheveux grisonnants sont ramenés en arrière et il est vêtu d'un pantalon en velours marron surmonté d'un pull noir. Ils restent tous les deux plusieurs minutes à se regarder sans rien dire, lorsqu'Émile l'invite finalement à entrer en se décalant de l'entrée. Il lui propose de s'asseoir et de boire quelque chose. Elle accepte un thé. Il se dirige vers la cuisine pour le lui préparer et laisse Madeleine assise sur le canapé du salon. Tout est impeccable, pas une miette sur le sol, rien ne traîne sur la table ni même sur le canapé. Elle se dit qu'Émile est toujours le même, aussi obsédé par le rangement et la propreté, il y a des choses qui ne changent jamais. Il la rejoint.

— Tiens, fais attention, la tasse est très chaude. Si je m'attendais à te voir ! lance Émile visiblement ému par sa visite.

— Je sais, ce matin encore je ne savais même pas que tu habitais près de chez nous, répond-elle en tenant sa tasse de thé des deux mains pour se réchauffer.

— Chez vous ?

— J'habite avec ma fille Lise et mon petit-fils Patrick à Saint-Cloud.

— Qu'est-ce qui me vaut l'honneur de ta visite ? Cela fait si longtemps…

Madeleine inspire un grand coup et prend le temps de lui raconter toute l'histoire depuis le début. Les apparitions de Suzanne, l'agression et l'accident de voiture. Émile est stupéfait.

— Incroyable ce qui est arrivé à ta fille ! Comment va-t-elle ? demande-t-il inquiet.

— Malheureusement, les médecins sont pessimistes quant à sa sortie du coma, reconnaît-elle en larmes.

Émile ne sait pas trop comment réagir, lui qui n'a pas vu sa sœur depuis tant d'années. La voici dans son salon en pleurs. Il finit par la prendre dans ses bras.

— Je suis désolé, murmure sincèrement Émile.

Madeleine se détache de lui, sèche ses larmes et continue.

— Je ne suis pas venue pour ça, j'aurais besoin de ton aide s'il te plaît. Je sais que tu dois m'en vouloir d'être partie, mais j'ai vraiment besoin de toi, je ne sais plus quoi faire pour aider ma fille.

— Le passé est le passé, de l'eau a coulé sous les ponts depuis notre adolescence. Je suis content que tu sois venue me voir.

En le regardant dans les yeux, elle revoit son père, son passé, les repas de famille. Toute son enfance lui revient de plein fouet en quelques secondes.

— Excuse-moi, avec tout ça je ne t'ai même pas demandé, es-tu marié ? Des enfants ? Des petits-enfants ? balbutie-t-elle.

— J'ai deux enfants : Joseph qui a trente-six ans et Sylvie trente-trois. Ils ont tous les deux quitté la maison jeunes pour leurs études à Paris. Leur mère, Eva, est décédée il y a quelques années d'un cancer, raconte-t-il en baissant la tête.

— Je suis navrée de l'apprendre. Malgré tout ce qui s'est passé, je suis contente de te revoir, lâche-t-elle en posant sa main sur le genou de son frère.

— Moi aussi. Il faut que je te dise quelque chose.

— Je t'écoute.

Émile lui raconte ce qui s'est passé après son départ de la maison. Henri, leur père, n'a pas cessé de tenter de prouver l'innocence de Pierre, sans aucun résultat. À la mort de leur père, il a pris la suite.

— Il faut que je te montre un endroit. Père ne me l'a montré qu'après ton départ de la maison.

— Quel endroit ?

— Viens avec moi, prenons ma voiture.

Émile la conduit dans le cimetière communal de Ville-d'Avray, plus précisément dans celui où ont été enterrés leurs grands-parents, leurs parents, ainsi que Suzanne. Madeleine, déjà très perturbée par ce qui vient d'arriver à Lise, a subi trop d'émotions pour une seule journée et s'assoit sur un banc, ne tenant plus sur ses jambes.

— Tout va bien ? s'inquiète Émile en s'asseyant près d'elle.

— Cela fait beaucoup d'émotions à gérer pour une seule et même journée, je ne tiens plus debout, je suis désolée.

— Nous avons le temps, restons un peu sur ce banc.

Ils discutent du bon vieux temps, lorsqu'ils étaient petits et qu'ils jouaient ensemble. À peine deux ans les séparent ; ils adoraient se taquiner, se bagarrer, inventer des histoires pour se faire peur.

— Allons-y, dit Madeleine.

Ils se dirigent vers la tombe de leur père, Henri. Elle est envahie par l'émotion et tombe à genoux devant la sépulture. Émile s'assoit près d'elle et la prend dans ses bras.

— Je regrette tellement de ne pas être venue à son enterrement, révèle Madeleine anéantie.

— Il le sait, j'en suis sûr, il nous regarde d'où il est.

— Où est la tombe de Suzanne ?

— Viens avec moi, elle est un peu plus loin, répond-il en se relevant et en la prenant par le bras.

Ils se postent devant la tombe. Madeleine paraît surprise. Elle se demande pourquoi il n'est pas inscrit Suzanne Delcourt, mais Vernet. Émile lui explique que leur grand-père a souhaité rendre hommage à Pierre en lui donnant le nom de son bien-aimé.

— Quel magnifique acte d'amour pour Pierre ! Comment grand-père était-il aussi sûr qu'il ne l'avait pas tuée ? ne peut s'empêcher de demander Madeleine.

— Il l'aimait profondément, il l'a connu très jeune, c'était son meilleur ami. C'est à lui que Pierre s'est confié en premier sur ses sentiments pour Suzanne. Grand-père savait à quel point Pierre aurait tout fait pour la rendre heureuse et qu'il ne lui aurait jamais fait aucun mal.

— Comme je te l'ai dit, Suzanne a confirmé à ma fille qu'il ne l'avait pas tuée.

— Même si j'en étais persuadé, ça fait toujours du bien de l'entendre, même venant d'un fantôme. Si j'ai bien compris, elle est coincée ici jusqu'à ce que l'on prouve l'innocence de Pierre. Rentrons chez moi, je vais te montrer ce que j'ai pu glaner toutes ces années sur cette affaire.

— Si tu le veux bien, je vais retourner à l'hôpital. Le plus dur sera de prévenir Patrick ce soir à mon retour, souffle-t-elle angoissée à cette idée.

— Puis-je venir avec toi ? tente Émile.

— Évidemment, prenons les papiers chez toi et rendons-nous à l'hôpital.

Elle n'aurait jamais cru que sa visite à son frère lui aurait fait tant de bien. Ils passent rapidement chez lui récupérer ses dossiers et prennent la voiture de Madeleine. Durant tout le trajet, Émile ne l'a pas quittée des yeux, comme s'il avait peur de la perdre à nouveau. Madeleine a bien senti son regard sur elle, mais sa priorité aujourd'hui reste d'aider Lise, en espérant que son état ne soit pas permanent.

27. « L'amour devient famille; le feu devient foyer. »

Gaston Bachelard

Agnès se dirige vers son studio, afin de rejoindre Joséphine et Victoire pour finaliser les dernières confections ainsi que les décors. Elle décide de s'y rendre en transport en commun, le soleil est radieux, elle a envie d'en profiter pour marcher et sentir la chaleur sur son visage. Elle se sent épiée dans le métro, mais n'y fait pas trop attention, malheureusement cela lui arrive très souvent. Une si jolie jeune femme, elle a l'habitude qu'on l'observe. Pourtant, cette fois, ça lui paraît différent, elle se sent non seulement épiée, mais suivie, enfin elle en a l'impression en tout cas. Son pouls s'accélère à mesure qu'elle avance dans la rue, elle décide d'appeler Lou et de lui en parler.

— Salut, désolée de t'ennuyer avec ça, je ne me sens pas très bien, lance Agnès essoufflée par son trajet.

— Que se passe-t-il, ma belle ? Tu as l'air paniquée, s'inquiète Lou.

— Tu vas me prendre une folle ou une paranoïaque, j'ai la curieuse impression d'être suivie, répond-elle tout en regardant autour d'elle.

— J'ai eu cette même sensation tu sais, alors je ne suis pas étonnée. Où es-tu ?

— Je me dirige vers mon studio et je vais y passer la journée.

— Très bien, reste sur place, avec Jonathan et Franck nous sommes sur ton affaire, nous te rejoindrons là-bas tout à l'heure, OK ?

— Parfait, je ne bouge pas, j'ai beaucoup de boulot de toutes les façons.

Agnès se met au travail et oublie cette histoire. Joséphine apparaît avec son tablier préféré paré d'une multitude de poches à accessoires. Agnès et elle travaillent sur la pièce maîtresse de la collection : la robe de mariée bien sûr. Tenue indispensable et très importante qui clôture chaque défilé. Il ne faut pas se rater, Karl attend beaucoup de cette robe, il la souhaite très originale afin de se démarquer de ses principaux concurrents. Quant à Victoire, elle passe des heures au téléphone à s'assurer que tout sera prêt à temps pour la décoration. Agnès demande à Joséphine de reprendre la robe au niveau de l'épaule comme sur son croquis. Cette dernière acquiesce et se remet à l'ouvrage. Agnès est ravie de la tournure que prend cette robe, des cristaux scintillent au creux de ses iris. Elle sera ensuite parée de pierres précieuses et de broderies délicates afin de coller parfaitement au thème. Pour plus d'originalité, elle ne sera pas blanche, mais rose pâle.

Étant donné l'immense quantité de travail qu'il lui reste à fournir aujourd'hui, elle décide de se faire livrer un déjeuner, elle n'a pas le temps d'aller au restaurant. De plus, suivant les conseils de Lou, elle ne souhaite pas bouger d'ici. Elle appelle un restaurant japonais et commande pour toutes les trois. Pour elle, qui fait attention à sa ligne, ce seront des ravioles de légumes avec un riz nature.

Lou et Jonathan arrivent en fin d'après-midi. Agnès et Joséphine ont terminé la première ébauche de la robe de mariée qu'elles montreront demain à Karl. Elles sont plutôt satisfaites de leur œuvre. D'ailleurs, tout le monde a bien travaillé aujourd'hui, Agnès décide de les laisser partir tôt afin de commencer aux aurores demain matin.

Elle s'installe à une table avec Lou et Jonathan. Agnès retire les nombreux tissus disposés dessus et les range dans les armoires. Lou a l'air subjugué par tout ce qu'elle voit, c'est la première fois qu'elle entre dans le studio de création d'une grande maison de couture. Elle n'est pas habituée à ce monde de strass et de paillettes. Même si ce n'est pas *sa came*, comme elle aime à le dire, elle apprécie tout de même le moment.

Jonathan, déjà venu et connaissant donc bien l'endroit, fait comme chez lui, se rend dans la petite kitchenette attenante à la salle de travail et récupère une bouteille de vin blanc au frigo. Il se sert ensuite dans le placard et sort trois verres à vin. Il dépose son butin sur la table, au grand étonnement des deux filles qui ne se font pas prier et se servent un verre.

— Alors, vous avez trouvé des informations sur les autres affaires liées à ma maison ? s'empresse de demander Agnès en dégustant une gorgée de son verre de vin.

— Oui deux affaires pour être précis, qui concernent la même personne, répond Jonathan énigmatique.

— Ah oui ? interroge Agnès.

— Une certaine Lise Morel, l'informe-t-il.

— Qui est-elle ? Est-elle liée à la demeure ? interroge Agnès en s'avançant vers lui.

— Plus ou moins. En fait, elle était infirmière libérale et soignait les anciens propriétaires Yvonne et Jean-Pierre Lebrun.

— Quelles sont ces deux affaires ? questionne Agnès qui sent la suspicion.

— C'est là que ça devient intéressant, ajoute Lou. Nous avons retrouvé une plainte de Lise, datant des années quatre-vingt, pour une agression à deux pas de la maison. De plus, quelque temps plus tard, un accident est survenu juste devant encore, toujours avec Lise, mais cette fois, il est question d'un acte criminel. Elle a été renversée par une voiture.

— C'est horrible ! s'écrie-t-elle en posant les mains sur sa bouche.

Agnès se demande dans quoi elle s'est embarquée avec son achat et commence à le regretter. Elle s'affale au fond de sa chaise en se massant les tempes.

— Attends, ce n'est pas tout. Dans le rapport de police, il est indiqué que sa mère Madeleine leur a expliqué que Lise avait eu des visions lorsqu'elle venait travailler et qu'elle pensait que son agression était liée à cela.

— Des visions tu dis ? Quel genre ? Comme moi ?

— Tout à fait, elle leur a expliqué que Lise voyait une jeune femme appelée Suzanne ! lâche Lou tout excitée.

Agnès est surprise par cette révélation, elle réfléchit à une chose très importante pour elle.

— Tu sais ce que ça veut dire ! s'exclame Agnès en s'adressant à Lou avec un air malicieux.

— Je sais, cela signifie peut-être que cette Lise est également de la famille de Suzanne et donc très certainement de la tienne ! répond Lou du tac au tac.

— Bravo *commissaire Lescaut*, brillante déduction, plaisante Jonathan en éclatant de rire.

Lou le regarde avec son regard qui tue, Jonathan n'en mène pas large et arrête immédiatement de rire. Elle lui rappelle que c'est elle qui a le monopole des blagues pourries.

— Est-elle encore en vie ? murmure Agnès toute tremblante.

— Nous n'avons pas plus d'informations pour le moment, Franck est dessus pour la retrouver.

Agnès reste complètement chamboulée par cette nouvelle. Elle décide d'appeler Mathieu afin de savoir s'il a pu avancer sur la demande pour retrouver ses parents biologiques. Il a lancé toutes les démarches, cela devrait prendre un peu de temps. Il tente de faire accélérer les choses grâce à un ami qui travaille dans le service en charge de ce type de demandes.

Lou et Jonathan décident de retourner au commissariat afin d'aider Franck dans ses recherches. Agnès reste au studio, elle souhaiterait jeter un œil sur tous ses croquis et réaliser quelques finitions sur la robe de mariée pour demain matin pour Karl. Ils décident tous de se rejoindre ce soir pour dîner au *Café des Délices*.

Agnès adore cette ambiance, elle aime se retrouver seule dans un lieu si plein de vie habituellement, ce calme, cette lumière. La jeune styliste admire la robe de mariée, tourne autour, note les modifications envisagées. Les autres tenues ont été rapatriées à la maison de couture. Vraiment très satisfaite de cette nouvelle collection, elle est persuadée qu'elle va plaire. S'installant sur le canapé et réfléchissant à la musique et aux décors durant le défilé, elle commence à s'assoupir, la journée a été longue.

Une bonne heure passe avant qu'Agnès ouvre les yeux à nouveau. Elle regarde sa montre, il est déjà dix-neuf heures trente. Incroyable de s'être assoupie si longtemps pour elle qui ne se permet, habituellement, jamais de faire une sieste. La jeune femme s'étire et se lève, lorsque soudain une odeur étrange qu'elle ne reconnaît pas la perturbe et qu'une sonnerie retentit. Elle ne réalise pas tout de suite que c'est le détecteur de fumée qui sonne l'alerte. Agnès commence à tousser et aperçoit des flammes dans la pièce : le feu ! D'énormes flammes sont très proches, elle décide de courir vers la sortie, mais celle-ci est coincée. Que se passe-t-il ? La porte devrait pourtant être ouverte. La poignée devient très chaude et la brûle, elle retire rapidement sa main. Une seule solution :

courir vers l'autre sortie de l'autre côté du studio, mais elle est fermée également.

Agnès commence à paniquer et à avoir du mal à respirer, elle pense tout à coup à casser l'une des fenêtres pour sortir. Elle prend une chaise et la lance contre la fenêtre, mais rien n'y fait, elle ne se brise pas. La styliste cherche un extincteur et tente de briser la vitre, sans y parvenir, c'est du triple vitrage.

— Rappelle-toi tes cours de premiers secours, tu sais comment te servir d'un extincteur ! s'assène-t-elle paniquée.

Rien n'y fait, aucun souvenir ne lui revient. Elle tente de l'ouvrir, sans succès, puis parvient à le lancer contre la vitre qui se fêle, mais ne se brise toujours pas. Sa respiration se fait de plus en plus difficile, ses jambes ne maintiennent plus son corps debout. Elle s'évanouit, ne se doutant pas qu'à l'extérieur, des personnes ont observé le début du feu et ont contacté les pompiers. La dégradation des matériaux a produit non seulement de la chaleur, mais également de la fumée ainsi que des gaz toxiques qui appauvrissent la pièce en oxygène. Agnès est allongée sur le sol sans connaissance.

Pendant ce temps-là, Lou, Jonathan et Mathieu l'attendent au restaurant et commencent à s'impatienter, plus d'une demi-heure de retard et elle reste injoignable sur son portable.

— Cela lui arrive souvent d'être en retard et pas joignable ? demande Lou à Mathieu.

— En retard oui, mais elle prévient toujours… C'est assez étonnant de sa part en effet, réfléchit Mathieu.

— Ça m'inquiète un peu, allons voir à son studio ! lance-t-elle en se levant.

Compte tenu de sa conversation avec Agnès plus tôt dans la journée, elle n'est pas du tout rassurée.

Les pompiers arrivent sur les lieux après quelques minutes seulement. Ils pénètrent dans le studio en abattant la porte d'entrée et se dirigent vers la salle où la fenêtre a été abîmée, se doutant qu'une personne à l'intérieur a tenté de sortir. Ils trouvent Agnès sur le sol et la transportent rapidement à l'extérieur. Ils tentent de la réanimer. Ils y parviennent. Ils l'oxygènent et la transportent dans l'ambulance.

Lou, Jonathan et Mathieu arrivent à ce moment-là et courent vers l'ambulance.

— Comment ça va, Agnès ? demande Mathieu terriblement inquiet en montant à l'intérieur et en lui prenant la main.

Agnès s'empare de son masque et tente de l'enlever, lorsque l'un des ambulanciers présents pose la main dessus.

— Ne répondez pas, madame, respirez dans le masque, lui ordonne l'homme.

— Pardon, je ne voulais pas… murmure Mathieu.

— Ne vous inquiétez pas, monsieur, elle a inhalé beaucoup de fumées, il faut absolument que nous l'emmenions à l'hôpital faire des examens, afin de voir si ses poumons ne sont pas touchés.

— Bien sûr, je vous suis. Dans quel hôpital l'amenez-vous ?

— Gombault Darnaud dans le 17e.

Mathieu explique tout cela à Lou et Jonathan. La jeune femme souhaite rester sur place pour poser des questions aux pompiers, Jonathan ne la quitte pas, ils rejoindront Mathieu à l'hôpital plus tard. Elle se présente auprès du responsable des pompiers et lui montre sa plaque. Elle lui explique que, selon elle, le feu pourrait être criminel. Il lui fait comprendre qu'ils ne peuvent rien faire tant que le feu n'est pas maîtrisé, priorité aux secours.

Après avoir vérifié qu'il ne reste plus personne à l'intérieur, les pompiers parviennent enfin à venir à bout du feu. Le chef se dirige vers Lou.

— Il faudra que ce soit confirmé par nos experts, mais je peux d'ores et déjà vous dire que cela me paraît criminel en effet, affirme-t-il d'un ton ferme.

— Qu'est-ce qui vous fait dire ça ? s'enquiert Lou en lui prêtant toute son attention.

— La porte de derrière était bloquée de l'extérieur avec un cale-porte, il y en avait un également devant la porte d'entrée que nous avons abattue.

— Par conséquent, une personne a bloqué les deux portes de sortie afin qu'Agnès reste coincée à l'intérieur, en déduit Jonathan.

— C'est ce que je pense. Ne nous hasardons pas en conclusions trop hâtives, laissons les experts faire leur travail, ils ne vont plus tarder, insiste le chef.

— Merci de votre aide, pourriez-vous m'envoyer leurs conclusions ? Je vous laisse mon e-mail, ajoute Lou.

Jonathan est en pleine réflexion et se dit qu'Agnès et Lou avaient raison de se sentir épiées, une personne veut du mal à Agnès, c'est forcément lié à ce qu'elle a vu et entendu. Ce n'est pas un hasard, ce n'est pas un simple pyromane, il voulait la tuer et la faire taire. De quoi pourrait-elle être au courant qui pourrait inciter une personne à vouloir sa mort ? Elle-même ne le sait pas… Peut-être que cette personne pense qu'Agnès sait quelque chose, mais quoi bon sang ! Cette histoire commence à le rendre dingue, il a failli perdre sa meilleure amie. Jonathan ne lâchera rien et fera tout pour retrouver cet assassin.

Lou le sort de ses pensées, les deux amis ont l'autorisation d'entrer dans le studio. Adam les a rejoints sur place. Ce dernier a réussi à récupérer la supervision de cette affaire auprès de son collègue du secteur, qui lui devait un service, afin d'enquêter. Adam entre avec une combinaison en même temps que l'équipe scientifique tout juste arrivée. Lou et Jonathan font le tour du pâté de maisons à la recherche de témoins potentiels.

Jonathan semble ailleurs et Lou le lui fait remarquer. Le jeune criminologue est persuadé que l'assassin est forcément resté sur place après avoir déclenché le feu, tout au moins pour vérifier que son plan avait marché. Lou acquiesce. Tous les deux regardent les caméras disposées dans ce secteur, certaines sont installées sur la façade d'un magasin face au studio. Jonathan et Lou se dirigent vers l'établissement, se présentent et interrogent le caissier. L'homme était dans son local et n'a rien remarqué ni entendu avant l'arrivée des pompiers, mais leur confirme que sa caméra est en service et leur rapporte les enregistrements. Il les confie à Jonathan.

— Ça te dit une soirée visionnage ? propose-t-il en montrant les CD qu'il tient à la main.

— Pas ce soir *darling*, tu oublies qu'on est en planque toute la nuit pour notre affaire de meurtre dans le Quartier latin.

— Mince, j'avais complètement zappé. Après la planque on dort un peu et tu me rejoins chez moi, OK ?

— OK *inspecteur Colombo*, répond-elle en souriant.

Adam reste avec l'équipe scientifique. Lou et Jonathan rejoignent Mathieu à l'hôpital. Ils attendent des nouvelles du médecin. Céline arrive également, avec Séverine la sœur d'Agnès, ainsi que ses trois filles, Léna, Loane et Chloé qu'elle n'a pu confier à personne dans la précipitation. Elles ont été prévenues par téléphone par Mathieu lorsqu'il suivait l'ambulance. Lou raconte à Céline et Séverine ce qui s'est passé et leur déclare qu'elle pense que cet incendie est criminel. Sa sœur reste abasourdie et s'affale dans un siège, visiblement affectée par cette révélation.

— Comment ça criminel ? Elle travaille dans la mode, elle n'est pas agent secret. Qui voudrait la tuer ? Un concurrent ? Non, mais n'importe quoi ! s'écrie-t-elle énervée et inquiète pour sa sœur.

Ses filles s'approchent d'elle et la serrent fort. Séverine les rassure et leur donne quelques pièces pour se rendre au distributeur acheter quelques bonbons. Cela lui laissera quelques minutes de répit.

— Calme-toi Séverine, insiste Jonathan, nous pensons que tout cela est lié à ce qu'elle a vu. Es-tu au courant ?

— Oui Céline m'en a vaguement parlé, souffle-t-elle.

Le médecin vient à leur rencontre. Agnès va bien, heureusement pour elle, elle n'a pas été exposée trop longtemps à la fumée. Ils vont la garder tout de même en observation cette nuit, ils n'excluent pas une aggravation secondaire, en particulier respiratoire. Il y a pléiade de risques lors de l'inhalation de fumées toxiques qui vont des brûlures respiratoires à des lésions pulmonaires. Elle est oxygénée et doit se reposer. Il leur conseille de la laisser dormir quelques heures et de repasser la voir plus tard.

Lou et Jonathan en profitent pour expliquer la situation plus en détail à Séverine. Céline lui a déjà raconté pour les visions et surtout le fait que Suzanne est de leur famille. Séverine ne comprend pas tout, cela fait beaucoup d'informations à avaler d'un seul coup, sans parler de son inquiétude pour sa sœur.

28. « L'esprit oublie toutes les souffrances quand le chagrin a des compagnons et que l'amitié le console. »

William Shakespeare

Louis a le souffle coupé, il ne parvient plus à reprendre haleine et tombe assis, précipitant à terre un vase se trouvant sur la table basse. L'officier tente de rattraper le jeune homme, en vain. Il le relève pour l'installer sur le canapé. Murdoch s'empare du vase, qui n'est pas brisé et le pose à sa place. Il s'assoit près de Louis sur le canapé.

— Je suis sincèrement contrit de vous apporter une si terrible nouvelle, toutes mes condoléances.

Louis reste prostré, le visage enfoui dans ses mains. L'officier lui écarte les mains et tente de s'adresser à lui.

— Mon garçon, je sais que vous êtes confronté à un moment difficile, mais il est de mon devoir de vous interroger.

Louis tente de reprendre ses esprits, il se lève et se saisit d'un verre d'eau dans la cuisine. Il revient sur le canapé.

— Je ne saisis pas ce qui a pu se produire. Vous suggérez qu'une personne lui a fait du mal, mais pour quelle raison ? Tout le monde aimait Suzanne, lâche Louis profondément triste.

— Je suis conscient qu'il est douloureux de l'accepter, c'est pourtant la stricte vérité. Une personne lui en voulait et mon rôle est d'élucider cette affaire. Vous dites que tout le monde l'aimait, en êtes-vous persuadé ? Il peut y avoir des convoitises, des querelles. Pierre, vous le connaissez bien ?

Le visage de Louis passe de la tristesse à la colère en une fraction de seconde. Il reste intimement persuadé que son ami n'a absolument rien à voir avec ce drame. Le jeune homme aimait profondément Suzanne et aurait frôlé la mort pour sauver sa vie. Murdoch paraît étonné d'une telle conviction envers Pierre et lui affirme que c'est l'ultime personne à l'avoir aperçue en vie. Louis n'en démord pas, son ami n'a rien à voir avec ce meurtre. Il enjoint à l'officier de l'emmener voir sa sœur séance tenante. Murdoch le conduit en fiacre à la morgue où le légiste examine le corps en ce moment même.
Ils s'arrêtent devant un immeuble dans lequel trônent un grand amphithéâtre, une glacière et une salle d'exposition. Louis en reste médusé. Dans cette vitrine sont exposés maints corps à la vue de tous, il se tourne vers Murdoch horrifié. L'officier lui explique que les corps des personnes non identifiées sont exposés ainsi durant trois jours, au cas où quelqu'un les reconnaîtrait. Il termine son explication en lui indiquant que d'innombrables gens viennent tous les jours observer les défunts ainsi présentés, faisant de la morgue un

lieu de spectacle que les touristes étrangers intègrent à leur circuit de visite.

Ils pénètrent somme toute dans la glacière et rejoignent le médecin légiste. Murdoch somme Louis d'attendre un moment avant de les rejoindre, afin de vérifier où en est le légiste et de rendre sa sœur plus *présentable.* Une dizaine de minutes plus tard, l'officier ouvre la porte et d'un signe de tête intime à Louis de venir le retrouver. Le légiste a posé un drap sur le corps de Suzanne, il tend la main à son frère pour lui signifier d'avancer vers lui. Le médecin soulève précautionneusement le drap et découvre son visage.

Louis s'avachit et enfouit sa tête dans le cou de sa sœur en la serrant de toutes ses forces. Il lui baise le front et lui adresse la promesse de découvrir son assassin, même si cette quête doit lui prendre la vie entière. Ce dessein est devenu en un instant son unique raison de vivre. Murdoch et le légiste se regardent d'un air entendu, l'officier attire le jeune homme vers lui et lui offre de le ramener chez lui. Il préfère marcher pour s'éclaircir les idées.

Murdoch prend congé du légiste afin qu'il puisse achever son inspection du corps et s'achemine vers la préfecture de police afin de rendre compte à son supérieur, le responsable de la police municipale. Son chef, Léopol, est une figure emblématique de la ville, un homme respecté. Le seul reproche que se permet souvent de lui faire Murdoch reste de trop politiser ses décisions et ses choix concernant les enquêtes qu'il supervise.

Il lui expose ce qui s'est déroulé la veille. Léopol paraît déjà bien au fait des événements. Pour lui, l'affaire est déjà classée. Pierre est coupable et Murdoch doit l'appréhender. Une telle hâte dans les ordres de son chef fait sonner une sirène d'alarme dans la tête de l'officier qui reste stupéfait. Il exprime son étonnement et lui fait remarquer qu'il n'a même pas encore reçu les conclusions du légiste qui œuvre en ce moment même sur le corps de la défunte. Comment peut-il se montrer si catégorique ?

— Chef, je ne saisis pas, nous n'en sommes qu'aux prémices de nos investigations, insiste Murdoch visiblement troublé par les conclusions hâtives de Léopol.

— Je ne crois pas m'être enquis de ton avis. Murdoch, ce garçon est coupable, il bénéficie d'une occasion et d'un mobile, que te faut-il de plus ?

— Je ne sais guère, plausiblement des preuves, ne songes-tu pas ? réplique-t-il d'un ton ironique en le défiant du regard et en levant les bras.

Léopol lui intime l'ordre de régler cette affaire séance tenante, néanmoins il lui concède quarante-huit heures pour assouvir son désir d'enquête ; s'il ne débusque rien, il devra incriminer Pierre. Murdoch a bien saisi que son chef a une pression sur ses épaules, il sait pertinemment qu'il est très ami avec M. Delattre, ce qu'il lui fait remarquer. Léopol s'approche de la fenêtre de son bureau et l'entrebâille. Il s'allume un cigare et lui en offre un qu'il refuse. Il lui rabâche son couplet sur la politique, qu'il est de bon ton de ne pas bouleverser la vie d'honnêtes gens — *Surtout lorsqu'ils détiennent la plus grande entreprise de la ville, pense Murdoch* — et que cette affaire doit être bouclée rapidement, sans l'ébruiter.

Murdoch, qui estime avoir assez perdu de temps, opine à la demande de son chef et prend congé. Il retourne voir le légiste pour achever l'examen du corps avec lui. Le médecin lui confirme qu'il n'y a pas eu d'agression sexuelle et qu'elle est bien morte des suites d'un coup porté à l'arrière du crâne, à l'aide de la branche trouvée sur place qui porte le sang de

Suzanne.

Murdoch virevolte dans ses pensées, ce que remarque le légiste. Il lui délivre une bonne tape sur l'épaule pour le sortir de sa léthargie. Il est conscient que lorsque l'officier se retrouve dans cet état, il en ressort très souvent de bonnes allégories ou des conclusions sur ses investigations. Il lui confie que selon lui Pierre est innocent. Si c'était vraiment lui, le crime serait passionnel et dans ce cas, beaucoup plus personnel, il pense plus à une strangulation ou à un meurtre à l'arme blanche.

En effet, un coup derrière la tête ne fait pas penser à un crime passionnel qui est lui plus spontané, moins prémédité. Il décide de retourner sur le lieu du crime pour interroger à nouveau Pierre, assigné à résidence.

29. « Nul ne peut atteindre l'aube sans passer par le chemin de la nuit. »

Khalil Gibran

Madeleine et Émile sont au chevet Lise dont l'état reste stable, mais inquiétant. Elle prend une chaise et la propose à son frère, pendant qu'elle-même s'assoit près de Lise sur le lit. Émile s'approche de Madeleine et dépose ses dossiers sur la tablette. Pendant ce temps, l'homme expose à sa sœur ce qu'il a pu glaner ces dernières années.

— Louis n'avait pas cessé son enquête, même après l'arrestation de Pierre. Il le savait innocent, il l'a toujours su et l'a soutenu. Selon lui, l'assassin était M. Delattre, tous les indices convergeaient vers lui. D'après ce qu'il avait découvert, lui et Mme Delattre faisaient chambre à part depuis plusieurs années, il ne se passait plus rien entre eux. Il l'a appris d'Hélène l'intendante. Elle lui a également confié la colère de M. Delattre lorsqu'il a appris le départ de Suzanne pour son école de danse. Apparemment, il l'aimait beaucoup, plus que de raison, jusqu'à lui payer des cours de danse classique plusieurs fois par semaine. De ce que je sais, il aurait parlé de sa théorie à un officier.

Émile vérifie le nom dans ses dossiers, puis continue.

— Un certain Murdoch. Il était convaincu également de l'innocence de Pierre, d'après ce qu'il précise dans ses notes. Ils se sont même associés pour l'enquête, officieusement bien sûr. Le supérieur de Murdoch ne souhaitait qu'une chose : arrêter Pierre afin d'éviter tout scandale. Murdoch, par une technique très avant-gardiste pour l'époque, avait réussi à prélever les empreintes présentes sur l'arme du crime, une branche d'arbre sur laquelle ils ont retrouvé le sang de Suzanne.

Émile relit les notes de Louis et précise à Madeleine que le supérieur de Murdoch lui avait interdit de relever les empreintes de M. Delattre, celui-ci n'ayant aucun mobile. Impossible donc de les comparer et de prouver leur théorie. Et pour faire un exemple, il a même exigé que Murdoch requière la peine de mort, à l'époque par pendaison.
Madeleine écoute très attentivement le monologue de son frère. Elle se demande comment diable ils vont pouvoir trouver des preuves tant d'années plus tard. Si ni Louis ni Henri, leur père, n'ont rien trouvé à l'époque, elle ne voit pas comment ils découvriraient quelque chose aujourd'hui. Émile s'attendait à cette réaction.

— Avec les progrès réalisés depuis toutes ces années, je pense que nous pouvons peut-être trouver des preuves sur le corps, qu'en penses-tu ? tente Émile en se rapprochant d'elle.

— Je ne sais pas. Que penses-tu faire ? Déterrer le corps ? réalise-t-elle horrifiée.

— Exactement ! enchaîne Émile visiblement déterminé. Enfin, le faire exhumer. Je me suis déjà renseigné, il faut des éléments solides.

Madeleine est littéralement chamboulée ; quelle journée interminable ! Elle ne sait même pas si sa fille va s'en sortir et voilà qu'elle se lance dans une enquête, qui selon elle, ne va rien apporter de plus.

— Tu n'es pas sérieux ! s'exclame-t-elle.

— Je suis certain que si nous examinons à nouveau le corps, nous pourrons trouver des traces de sang ou même des empreintes de l'assassin.

— Même si tu as raison, à quelles empreintes va-t-on les comparer ? Je te rappelle que Louis n'avait pas réussi à avoir celles de M. Delattre.

— Je ne sais pas. Ça vaut la peine de tenter le coup, tu ne crois pas ? Je veux pouvoir me dire que j'ai tout tenté !

— Franchement, je crois qu'on se lance dans une cause perdue.

Ce dernier paraît très déçu de l'attitude de sa sœur, cependant il n'est pas étonné puisque c'est pour cette raison qu'elle est partie, pour ne pas être mêlée à toute cette histoire d'enquête. Pendant toute sa vie, il a donné de sa personne pour ces recherches, ce n'est pas maintenant qu'il approche du but, grâce aux révélations de Lise et sa rencontre avec Suzanne, qu'il va abandonner.

— Fais comme tu veux, je continue. Il faut que je trouve des preuves pour faire une demande d'exhumation du corps de Suzanne, ce qui permettra une expertise médicale plus approfondie qu'en 1890 ! lâche Émile convaincu en se levant pour partir.

Madeleine, lui prend la main et insiste pour qu'il s'asseye une minute. Elle n'est pas convaincue par ses arguments, pourtant que peut-elle faire d'autre ? Attendre que Lise se réveille peut-être un jour ? Elle lui propose de retourner chez Jean-Pierre et Yvonne, les patients de Lise afin de tenter de parler à Suzanne. Eux aussi sont de sa famille, ils devraient pouvoir la voir et l'entendre également, tout comme Lise.

Ils fouillent dans le sac à main de Lise à la recherche de son répertoire téléphonique. Ils trouvent le numéro d'Yvonne et le notent, puis se dirigent vers la personne à l'accueil qui leur tend gentiment le téléphone à cadran. Madeleine prend le combiné, tandis qu'Émile écoute avec le plus petit placé derrière l'appareil. Madeleine demande s'ils peuvent venir chez eux en leur expliquant la raison, ce qu'ils acceptent aussitôt. Yvonne souhaite faire ce qu'il faut pour aider Lise et sa famille à démêler toute cette histoire, même si tout cela lui paraît bien farfelu.

Madeleine embrasse sa fille sur le front avant de quitter la chambre avec Émile. Durant le trajet, même le climat est de mauvaise humeur, une pluie diluvienne s'abat sur le pare-brise de la voiture, même les essuie-glaces lancés à plein régime ne font pas le poids face à ce déluge. Madeleine ne voit pas grand-chose et progresse lentement, un peu plus de trente minutes de route au lieu de moins de dix normalement, elle préfère rester prudente. Ils arrivent enfin et se garent devant la maison.

Yvonne, qui regarde par la fenêtre en les attendant, se précipite pour leur ouvrir la porte afin qu'ils ne soient pas trop mouillés, c'est peine perdue. Seulement quelques minutes séparent leur voiture de la porte, cela suffit pour qu'ils soient trempés jusqu'aux os. Jean-Pierre leur apporte des serviettes afin de se sécher et leur propose un café bien chaud, qu'ils acceptent avec grand plaisir. Ils discutent autour de la table de la salle à manger.

— Votre propriété est magnifique, reconnaît Madeleine en soufflant sur son café avant d'en déguster une gorgée.

— Merci beaucoup, si elle n'était pas si grande, il est vrai que nous la conserverions. Nous ne pouvons plus nous en occuper, cela devient difficile de gravir toutes ces marches au quotidien, répond Yvonne tournant la tête vers l'immense escalier en marbre.

Émile regarde avec impatience sa sœur, elle s'excuse auprès d'Yvonne et lui demande s'ils peuvent se rendre dans la chambre. Jean-Pierre se propose de les y conduire et les laisse devant la porte.

Madeleine ne saurait dire pourquoi, elle se sent bien et détendue, elle n'a pas peur du tout contrairement à ce qu'elle pensait. Émile, quant à lui, est curieux de voir de ses propres yeux cette Suzanne. Ils entrent en même temps tous les deux et restent quelques minutes dans la pièce sans que rien ne se passe. Déçus, ils se préparent à sortir lorsque tout à coup, ils ressentent une fraîcheur au niveau de leurs bras, au point de devoir les frotter pour se réchauffer. Ils se retournent et aperçoivent Suzanne flottant face à eux. Madeleine la trouve magnifique avec ses longs cheveux qui s'agitent dans les airs comme bercés par le vent. Et cet effluve, un vrai délice tel le parfum d'une fleur.

« Délivrez-moi. »

— Comment pouvons-nous t'aider Suzanne ? s'écrie Madeleine en s'approchant doucement d'elle.

« Je suis contrite, Lise se trouve près de moi, elle ne peut plus vous prêter main-forte. »

Cette révélation surprend Madeleine dont les jambes se dérobent sous elle. Émile s'approche, l'aide à se redresser et l'installe sur le lit. Elle a du mal à respirer, mais se relève et s'avance à nouveau vers Suzanne.

— Comment ça elle est avec toi ? Tu veux dire qu'elle est morte ? s'énerve Madeleine en larmes.

« Je ne le sais guère, je ressens sa présence près de moi. »

Elle plonge son visage dans ses mains et hurle. Elle pleure toutes les larmes de son corps. Émile tente de la rassurer, mais rien n'y fait.

« Émile, aide-moi à quitter cet endroit ! »

Émile, totalement ébranlé par ce que vient de dire Suzanne et par le fait qu'elle l'ait appelé par son prénom, lâche sa sœur et s'approche de Suzanne.

— Tu veux dire que je dois t'exhumer ? Que je vais trouver des preuves pour innocenter Pierre ?

Suzanne disparaît à nouveau, à son grand désespoir.

30. « Il n'y a pas de consolation plus réconfortante que celle qui se trouve dans les bras d'une sœur. »

Alice Walker

Jonathan et Lou se rendent au commissariat pour se faire briefer afin de se préparer pour leur planque de cette nuit. Pendant que Céline et Mathieu patientent dans la salle d'attente de l'hôpital, une amie de Séverine, Isabelle, passe prendre ses trois filles, lui proposant même de les garder pour la nuit. Loane, Léa et Chloé sont ravies de cette soirée pyjama improvisée, elles pourront s'amuser avec leurs amies.

Séverine, Céline et Mathieu, après avoir patienté quelques heures, se ruent dans la chambre d'Agnès, après que l'infirmière leur en a donné l'autorisation. Elle est encore un peu dans le gaz, mais son sourire rassure les filles ainsi que Mathieu, terriblement inquiet pour sa dulcinée. Agnès tente de s'asseoir, mais Séverine lui conseille de ne pas trop bouger et de se reposer.

— Ça va, je ne suis pas en porcelaine. N'oublie pas que c'est moi la grande sœur, lance-t-elle en s'installant mieux sur son coussin.

— Tu m'as fait tellement peur, répond Séverine en la serrant dans ses bras.

Les trois compères s'installent des deux côtés du lit, les filles prennent chacune une main d'Agnès. Elle ne se rappelle pas grand-chose, juste l'odeur de la fumée et qu'elle n'a pas pu ouvrir la porte pour sortir. Mathieu lui confirme que selon les pompiers, c'est bien un incendie criminel, ce qui la terrifie.

— Je ne comprends pas. Qui voudrait me tuer ? Je n'ai rien fait à personne ! s'indigne-t-elle visiblement étonnée.

— J'avoue être perdue également, continue Séverine, Jonathan m'a dit que tu te sentais épiée ?

— C'est vrai, j'avais la sensation d'être suivie, je me suis dit que je me faisais des idées.

Agnès pense tout à coup aux nombreuses fois où elle s'est sentie épiée. A-t-elle vu un visage en particulier ? Non… Pourquoi diable quelqu'un voudrait-il la tuer ? La jeune femme ne sait rien de compromettant sur quiconque et n'a fait de mal à personne, enfin pas au point qu'on veuille la tuer en tout cas. À moins que cela n'ait un rapport avec ce qui s'est passé dans la maison. C'est à cet endroit précis qu'elle s'est sentie observée pour la première fois. La styliste se tourne vers Mathieu.

— As-tu pu trouver des renseignements sur notre adoption ?

Séverine le regarde, incrédule. Pourquoi aurait-il fait des recherches sur leur adoption ? Elle n'a jamais vraiment souhaité en savoir plus sur son passé, ses parents biologiques étant décédés. Mathieu fouille dans la poche intérieure de sa veste et en sort quelques feuilles de papier, dans lesquelles il a noté les informations qu'il a reçues du Conseil national pour l'accès aux origines personnelles, plus communément appelé le CNAOP. Il y a quelques jours, il avait fait remplir un questionnaire à Agnès dans lequel le conseil requiert un grand nombre d'informations, comme la date et le lieu de naissance bien sûr, date et nom du tribunal s'il y a eu adoption ou encore si la personne connaît son nom d'avant l'adoption. Agnès avait rempli ce questionnaire consciencieusement, Mathieu l'avait ensuite envoyé par e-mail et a reçu une réponse. Il leur expose le retour du Conseil.

Agnès et Séverine ont été adoptées en 1996, placées quelques semaines seulement auparavant en foyer d'adoption. L'État les a placées dans ce foyer après le décès de leurs parents dans un accident de voiture. Ils s'appelaient Patrick et Catherine Morel.

Agnès réfléchit un instant et a un flash.

— Dis donc, Morel ce n'est pas le nom de cette Lise qui s'est fait renverser devant la demeure dans les années quatre-vingt ? tente Agnès en se relevant sur son coussin.

Mathieu réfléchit un instant, comme pour aller chercher loin dans sa mémoire.

— Mais oui, tu as raison Agnès ! lâche-t-il enthousiaste.

Il existe donc bien un lien entre la famille d'Agnès et celle de Lise, ainsi que celle de Suzanne. Agnès et Séverine se regardent, elles se comprennent, se sourient à la simple idée de connaître déjà le nom de leurs parents. Leur vrai nom est donc Morel. Ils en déduisent que Patrick était le fils de Lise, qui est donc leur grand-mère. Quel choc ! Et si elle était encore en vie ?

Depuis qu'elles sont petites, elles imaginaient leurs parents, parfois ils étaient de fameux cosmonautes, d'éminents juristes, des médecins parcourant le monde, des boulangers… Maintenant que cela devient plus concret, elles sont abasourdies. Elles veulent en savoir plus sur leur famille, et peut-être que toute cette histoire les aidera à percer ce mystère.

Agnès demande à Mathieu s'il peut contacter Jonathan et lui donner toutes ces informations, afin qu'il fasse des investigations plus poussées sur Lise. Même si elle sait qu'il a déjà commencé des recherches sur elle, peut-être que ces nouveaux éléments pourraient l'intéresser et l'aider à avancer plus rapidement.

Tout à coup, Agnès remarque une personne devant la porte de sa chambre. Elle n'y croit pas, ce n'est pas possible, ce ne peut pas être lui. C'est Karl, son boss ! Il entre dans la chambre et s'approche d'elle la prenant dans ses bras. Le regard de Mathieu devient noir, il se rapproche de sa dulcinée.

— Comment vas-tu, ma chérie ? murmure Karl visiblement inquiet.

— Je vais bien, ne t'inquiète pas.

Elle se tourne vers la troupe et continue.

— Laisse-moi te présenter ma sœur Séverine, ma meilleure amie Céline, ainsi que mon ami Mathieu.

Mathieu tique un peu à l'écoute de ce terme *ami*.

— Enchanté, je suis Karl, le patron d'Agnès, déclare-t-il rapidement en se retournant aussitôt vers Agnès. Que s'est-il passé ? Victoire est passée te voir pour t'aider, elle m'a dit avoir aperçu les pompiers et ton studio en feu ! Elle m'a également dit que la plupart des tenues étaient à la maison de couture, mais pas la robe de mariée. Je suis ravi que tu t'en sois sortie et je suis désolé de te demander ça, mais je suis obligé : est-ce que la robe se trouvait dans ton studio ?

Mais bien sûr, il est obligé, pense Mathieu. Et moi je vais me sentir obligé de t'en mettre une !

Mathieu ne le connaît pas, mais le déteste déjà ! Comment ose-t-il venir jusque dans sa chambre pour lui parler boulot ? Pour une putain de robe ! Mathieu est dans tous ses états. Agnès le remarque. Elle répond à Karl pour calmer le jeu.

— Je suis désolée, la robe était en effet dans mon studio. Ne t'inquiète pas, heureusement le reste des tenues n'y était pas et elle n'était pas encore finalisée. Je devrais sortir demain. Je m'en occuperai, compte sur moi, répond Agnès en fixant Mathieu tout en lui faisant un signe de la main pour le calmer.

Mathieu ne comprend pas pourquoi Agnès ne l'envoie pas balader. OK c'est son patron, mais elle a failli mourir dans cet incendie, et lui tout ce qui l'inquiète c'est sa robe de mariée. Il s'approche de Karl et le prend par le bras.

— Il faut qu'elle se repose, puisqu'elle va travailler dès demain pour refaire *votre* robe.

Il le dirige vers la sortie. Karl le prend très mal et dégage son bras violemment. Il souffle et quitte la chambre.

Une infirmière pénètre dans la pièce pour examiner Agnès, tout le monde sort et attend patiemment devant la porte. Mathieu en profite pour appeler Jonathan.

— Merci Mathieu pour ces informations. Je vais les filer à Franck. Ce soir on est en planque avec Lou, nous n'aurons pas le temps de nous en occuper, répond Jonathan.

Jonathan explique à Mathieu que dès demain ils visionneront chez lui avec Lou les vidéos prises depuis la boutique en face du studio d'Agnès. Mathieu retourne dans la chambre avec Séverine et Céline, et les informe de sa conversation avec Jonathan. Agnès ne souhaite pas s'éterniser à l'hôpital, elle se sent déjà mieux, mais les filles la convainquent de rester au moins cette nuit en observation. Elle acquiesce à contrecœur. Se sentant tout de même fatiguée, une bonne nuit de sommeil lui fera le plus grand bien. Séverine viendra la chercher demain matin.

Tout le monde rentre chez soi. Elle reste seule, pensive à l'idée que peut-être, sa grand-mère biologique est vivante quelque part… Elle s'endort sur cette douce pensée.

***

Le lendemain matin, lorsque Séverine se présente dans sa chambre, celle-ci est déjà prête, assise sur son lit et pressée de rentrer chez elle. Séverine n'est pas vraiment surprise, mais lui propose de rester une minute le temps de discuter. La jeune femme s'installe près de sa sœur sur le lit. La soirée d'hier l'a bouleversée, entre son inquiétude pour sa sœur et toutes ses révélations, elle n'a pas pu fermer l'œil de la nuit. Sa tête se pose naturellement sur l'épaule d'Agnès, comme lorsque les filles étaient petites. Agnès a toujours pris soin de sa petite sœur, surtout lorsqu'elles se sont retrouvées seules dans ce foyer ; plus tard encore, lorsque Séverine a eu son cancer du sein. Leur relation est fusionnelle et elles ne se cachent rien. Séverine est vraiment inquiète pour sa sœur et lui demande de laisser tomber cette affaire, c'est trop dangereux.

— Tu plaisantes j'espère, rétorque Agnès, tu ne veux pas en savoir plus sur notre famille ? Si ça se trouve cette Lise, notre grand-mère, est toujours vivante, tu t'en rends compte !

— Bien sûr, je suis comme toi, j'aimerais savoir, mais pas si ça me coûte ma sœur, insiste Séverine visiblement émue.

Agnès lui promet d'être prudente. Rien ne sert d'insister, la jeune styliste n'en fera, comme d'habitude, qu'à sa tête. Séverine la prend par le bras et les deux femmes sortent de la chambre. Séverine propose à sa sœur d'aller prendre un thé, Céline les rejoindra au *Café des Délices*. La jeune femme ne se fait pas prier, le travail peut attendre, que Karl comprenne ou non !

31. « Un seul être vous manque et tout est dépeuplé. »

Lamartine

Murdoch se rend chez les Delattre. Georges et Rose sont absents, ils œuvrent dans la tannerie. Quant à Eugénie, qui pour rien au monde n'aspire à s'éterniser à la maison, elle flâne en compagnie de ses amies.

Hélène ouvre la porte à l'officier et le convie à s'installer dans le petit salon, le temps pour elle de prévenir Pierre dans sa chambre située dans la dépendance. Elle lui offre un café, qu'il accepte avec ravissement. Un soupçon de caféine lui fera le plus grand bien après cette courte nuit.

Pierre se montre quelques minutes plus tard, le visage rembruni. Des cernes sont apparus sous ses yeux, témoins d'une mauvaise nuit, à n'en pas douter, très agitée. Même si Murdoch ressent de l'affliction pour ce garçon, il se doit de rester impartial et professionnel pour l'interroger. Il retire un petit carnet de la poche de sa veste, se racle la gorge et commence son interrogatoire.

— Raconte-moi une nouvelle fois ce qui s'est passé précisément, dans le moindre détail. Prends ton temps, commence l'officier en le regardant fixement dans les yeux.

Pierre respire une grande bouffée d'air, soutient son regard et lui répond.

— Comme je vous l'ai déjà révélé hier, je taillais les arbustes. Une fois ma besogne achevée, j'ai disposé mon outillage dans la remise et me suis dirigé vers l'intérieur, par habitude. En me rapprochant, j'ai aperçu Suzanne au sol, j'ai afflué pour la rejoindre. J'ai tenté de la réveiller, je l'ai même giflée.

Pierre plonge son visage dans ses mains et s'effondre en larmes. Il culpabilise encore d'avoir osé lever la main sur Suzanne, il s'en veut affreusement. Sa bien-aimée est partie et il n'a rien pu accomplir pour l'empêcher. Il ne la reverra jamais, il a passé la nuit à ressasser cette phrase.

— Continue mon garçon, insiste Murdoch.

— J'ai posé mon visage sur son buste pour vérifier si elle respirait, mais rien, et c'est là que j'ai compris. Je me suis égosillé de toutes mes forces en la serrant dans mes bras, enchaîne-t-il les yeux dans le vague.

Murdoch lui demande s'il a touché la branche d'arbre, disposée non loin du corps. Il répond par la négative. L'officier insiste, il confirme à nouveau qu'il ne l'a pas touchée. Murdoch paraît soulagé, il ressent de l'empathie pour ce garçon et il souhaite de tout son cœur qu'il ne soit pas mêlé à ce meurtre. Il lui explique qu'il a ouï dire qu'ils avaient eu une violente querelle avant sa mort. Pierre confirme qu'ils avaient un désaccord, mais pas de « violente querelle » comme il le précise. Murdoch insiste pour en connaître le motif. Il lui révèle qu'il comptait ouvrir sa boutique de fleurs et qu'il espérait que Suzanne y œuvre avec lui. Nonobstant, elle disposait d'une opportunité pour bénéficier de cours à l'Opéra Garnier et devait donc quitter la propriété pour vivre près de l'école de danse.

— J'ai tout gâché, j'aurais dû la soutenir, comme elle m'a soutenu pour ma boutique. J'ai été avare, je m'en veux tant. Elle était faite pour devenir une grande danseuse étoile, j'en avais pleinement conscience. J'aurais dû le lui dire et maintenant il est trop tard, crie-t-il en s'effondrant.

Hélène le serre dans ses bras. Murdoch prend congé, en insistant sur le fait qu'il se doit de rester à leur disposition tout au long de l'enquête. Hélène raccompagne l'officier, elle lui confie qu'elle estime sincèrement que Pierre est innocent ; il n'aurait jamais fait aucun mal à cette petite, il l'aimait profondément, et ce depuis le premier jour où il l'avait rencontrée. Murdoch lui demande si elle côtoyait d'autres personnes, hormis les Delattre et les employés. Elle évoque les cours de danse et lui confie le nom et l'adresse du professeur de Suzanne et de l'école. Elle retourne ensuite auprès de Pierre, et lui propose de se restaurer, son estomac est noué, il ne peut rien avaler. Il retourne dans sa chambre. M. Delattre lui a permis de se reposer quelques jours avant de reprendre le travail dans le parc.

Murdoch, bien qu'éreinté par sa courte nuit, se rend directement à l'école *Poussière d'étoile* afin de rencontrer Mlle Lecuelle et lui annoncer la mauvaise nouvelle. Il l'interrompt durant l'un de ses cours, elle lui précise qu'il touche à sa fin et qu'elle aimerait l'achever. Il observe avec enchantement les petites ballerines tourner et faire des pointes, quelle belle exhibition ! Mlle Lecuelle gratifie ses filles pour leur travail et s'approche de l'officier qui s'est installé sur une chaise en attendant la fin du cours. Il lui propose de s'asseoir, elle l'éconduit. Il s'obstine, ce qu'il a à lui révéler est de la plus haute importance.

Elle est terrassée par la nouvelle de la mort de Suzanne, elle avait prévu de la rencontrer le lendemain pour peaufiner les détails de son départ imminent.

— Quelles étaient les formalités de son départ ? l'interroge Murdoch.

Elle affectionnait Suzanne, selon elle, son talent était prodigieux, elle avait la grâce d'une grande danseuse en devenir. Elle lui confirme qu'elle lui avait proposé de la suivre afin de prendre des cours au grand opéra de Paris. Elle devait quitter la demeure dans les semaines suivantes. Murdoch se dit que cela faisait effectivement un solide mobile pour Pierre, qui ne souhaitait sûrement pas la laisser le quitter. Il demande à Mlle Lecuelle si d'autres danseuses auraient pu lui en vouloir. La jeune femme réfléchit un instant. Elle avait porté son choix sur elle, il est vrai que certaines danseuses étaient envieuses et l'ont mal pris, mais de là à la tuer, elle n'en est pas convaincue. Il est ébahi qu'en tant que femme de chambre Suzanne ait eu la possibilité de régler ses cours. Mlle Lecuelle l'avise que c'est M. Delattre qui les prenait à sa charge, ce qui le surprend.

— Savez-vous pourquoi il réglait ses cours ? s'étonne l'officier.

M. Delattre la lui avait recommandée, elle avait un immense talent et du potentiel, ce qu'elle a remarqué durant le premier cours, c'est tout ce dont elle est sûre. Il enjoint à la professeure de lui communiquer la liste des autres danseuses présentes au même cours qu'elle, ainsi que leurs adresses. Il s'applique à interroger chacune d'elles dès aujourd'hui. Même si la plupart ne la portaient pas dans leur cœur, il estime tout de même qu'elles n'ont pas pu la tuer. Comment de si jeunes filles auraient-elles pu se faufiler jusqu'à la demeure, la tuer et repartir sans que personne ne les remarque ? Pour lui, la solution de cette affaire se trouve sur place, il en reste persuadé.

Après tous ses interrogatoires, il retourne auprès du légiste afin de récupérer l'arme du crime, en la protégeant soigneusement afin de ne pas caviarder les traces. Il souhaite relever les empreintes possiblement mises au jour sur celle-ci, afin de les comparer avec celles qu'il va relever sur Pierre. Même s'il est persuadé de son innocence, il se doit de vérifier. Il se rend dans son bureau : il y a installé un laboratoire au sous-sol, dans lequel il mène toutes ses expériences. Murdoch, en plus de son travail d'investigation, se révèle être également un inventeur de talent. Il conçoit des objets qui sont ensuite utiles à son travail. Il se montre passionné et consacre parfois des heures en pleine nuit à ses créations. Il accède à son laboratoire en descendant un long escalier en bois. Il a disposé quelques tables sur lesquelles de nombreux objets sont en cours de création. Des affiches remplissent les murs de cette pièce, elles sont griffonnées de nombreuses annotations et autres calculs mathématiques. Il installe l'arme du crime sur l'une des tables en poussant quelques objets et commence sa recherche d'empreintes.

32. « Une fille est au mieux sous l'aile de sa mère. »

Casimir Delavigne

Madeleine et Émile, visiblement désarçonnés, rejoignent Yvonne et Jean-Pierre dans le salon et leur racontent leur conversation avec Suzanne. Yvonne prend la main de Madeleine pour la soutenir et la rassurer, elle sait à quel point la perte d'un enfant est insupportable. Même si Lise n'est pas encore partie, elle n'est plus tout à fait parmi eux.

Yvonne les raccompagne et retourne dans le salon. En sortant, ils croisent un homme se dirigeant vers la porte et le saluent machinalement. Il se trouve que c'est Édouard. Il se présente comme étant un ami d'Yvonne et Jean-Pierre et leur indique que cette maison a appartenu à sa famille auparavant. Le sang de Madeleine ne fait qu'un tour, elle fait immédiatement le rapprochement avec l'agression et *l'accident* de sa fille. Lise lui avait confié ses doutes à son égard. Prise d'une folie incontrôlable, elle s'approche d'Édouard en lui assénant des coups sur le torse, de toutes ses forces, tout en pleurant et criant : « Assassin ! » Émile essaie de la raisonner, la tire vers lui et tente de la rassurer en la serrant dans ses bras. Il ne comprend pas du tout sa réaction.

Alertés par les cris, Yvonne et Jean-Pierre ouvrent la porte rapidement et tentent de comprendre ce qui se joue devant chez eux. Édouard s'énerve en traitant Madeleine de folle furieuse. Il explique à Yvonne qu'elle s'est jetée sur lui et l'a agressé. Émile demande à Madeleine ce qui lui a pris de faire une chose pareille.

Elle reprend son souffle. Elle leur confie les doutes de Lise concernant Édouard, elle pense que c'est lui qui est à l'origine de tout ce qui est arrivé. Édouard, de colère, laisse échapper en pointant son doigt vers elle.

— Si elle ne s'était pas mêlée de toute cette histoire, rien ne lui serait arrivé !

Jean-Pierre se place entre Madeleine et Édouard, le regarde droit dans les yeux et le somme de quitter immédiatement sa propriété et de ne plus jamais revenir, s'il ne veut pas qu'il s'occupe personnellement de lui botter le cul. Ce dernier s'en va sans demander son reste.

Madeleine s'assoit un moment sur les marches devant la porte d'entrée, elle n'en peut plus et ne sait pas si elle va réussir à tenir le coup. Émile s'installe à ses côtés et lui prend la main. Elle se dit qu'il est revenu dans sa vie au bon moment, elle n'aurait jamais pu gérer toute cette histoire seule. Il lui recommande de se rendre au commissariat pour porter plainte pour Lise afin qu'il y ait une trace écrite, elle acquiesce. Ils prennent congé d'Yvonne et Jean-Pierre, assez perturbés par toute cette histoire, qui retournent chez eux. Ils se rendent au commissariat le plus proche.

Arrivés sur place, ils sont accueillis par un policier qui les conduit dans une salle pour déposer leur plainte contre Édouard, le soupçonnant d'être responsable de l'agression et de l'accident de Lise. Madeleine leur raconte l'attaque au couteau, puis l'accident qui n'en est en fait pas un. Le policier, qui avait reçu Lise précédemment, fait tout de suite le lien avec l'accusation qu'elle a déposée. Il les fait patienter afin de vérifier dans ses dossiers avant d'en discuter avec eux. Il revient dans la pièce et leur propose un café qu'ils acceptent. Il leur montre la plainte déposée par Lise et leur confirme qu'il s'agit de la même. Il leur explique, calmement, que malheureusement ils ne peuvent pas déposer contre Édouard à la place de Lise. En matière pénale, il n'est pas possible de le faire à la place d'une personne, peu importe le lien qui vous unit à elle ; en principe, seule la victime en tant que personne physique ayant subi l'infraction peut le faire. Si elle ne le fait pas, alors le délit restera impuni, c'est-à-dire qu'il ne sera pas sanctionné. Cependant, lorsqu'une personne est au courant de la réalisation d'une infraction, la loi lui donne la possibilité de porter cela à la connaissance des autorités policières ou judiciaires par la dénonciation, ce que Madeleine accepte de faire pour Lise. Bien qu'elle soit déçue, c'est toujours mieux que rien.

Le policier les raccompagne à la sortie et leur demande de rester prudents et de ne pas jouer aux héros. Il leur laisse sa carte et exige qu'ils l'appellent s'il se passe quoi que ce soit à partir de maintenant, ce qui les rassure.

Ils retournent à l'hôpital. Le médecin se trouve auprès de Lise. Madeleine pense que cela n'augure rien de bon et, très inquiète, se tourne vers Émile. Ils pénètrent dans la chambre, le médecin demande à leur parler à l'extérieur. Émile prend la main de sa sœur et ils sortent dans la salle d'attente.

— Que se passe-t-il docteur ? murmure-t-elle s'attendant visiblement à une mauvaise nouvelle surtout après sa conversation avec Suzanne.

— Asseyons-nous s'il vous plaît, répond-il en prenant place sur un siège.

Il prend une longue inspiration et continue.

— Votre fille Lise est, comme vous le savez, plongée dans le coma. Les prochaines vingt-quatre heures vont être décisives. Dans ce laps de temps, elle doit être capable d'assurer elle-même ses fonctions vitales.

Madeleine pose la main sur sa poitrine.

— Et si ce n'est pas le cas ? insiste-t-elle meurtrie.

— Ne partons pas dans des conjectures, laissons passer la nuit et nous en reparlerons demain, voulez-vous ? tente de la rassurer le médecin.

Madeleine se tourne vers Émile et s'effondre. Elle a bien saisi l'urgence de la situation, elle risque de perdre son unique enfant, sa fille chérie. Que va devenir Patrick ? Supportera-t-il de vivre sans sa mère ? Trop de questions se bousculent dans sa tête. Le médecin pose la main sur la sienne, tentant de la calmer. Madeleine prend quelques minutes pour se ressaisir et se lève pour retourner dans la chambre. Émile la prend dans ses bras et la serre très fort. Il lui promet qu'il fera tout ce qui est en son pouvoir pour faire payer celui qui a fait ça. Il ne va pas rentrer avec elle, mais prendre un taxi pour aller voir un ami inspecteur de police qui l'aidera, en tout cas il l'espère, pour sa demande d'exhumation du corps de Suzanne. Elle retourne seule dans la chambre et tient fort la main de Lise.

— Bats-toi, ma fille ! Je sais que tu en es capable, ne nous abandonne pas ! murmure Madeline à son oreille espérant qu'elle l'entende.

33. « L'amitié est la similitude des âmes. »
Alcuin

Céline a déjà trouvé une table, elle fait signe à Agnès et Séverine qui vont tout d'abord faire un coucou au barman très inquiet pour la jeune styliste. Céline patiente à table en compagnie d'un délicieux roman qu'elle a pris dans la bibliothèque installée près d'elle. Elle est plongée dans une histoire assez glauque, comme elle les aime, de Maxime Chattam. Elle adore cet auteur, même si parfois, elle se fait peur toute seule. Les filles la rejoignent à table.
Le serveur prend leur commande, du thé et quelques macarons à déguster, qu'il leur apporte rapidement. Il n'y a pas foule au restaurant, il est encore tôt. Martial profite de ce temps mort pour s'incruster avec elles à table. Linda les rejoint quelques minutes plus tard. Agnès leur raconte ce qui lui est arrivé ces derniers jours, avec tous les détails y compris l'attitude égoïste de son boss.

Linda ne comprend pas comment on peut accorder autant d'importance au matériel et oser lui demander de travailler dans sa chambre d'hôpital. Elle est très inquiète pour Agnès, tout comme sa sœur qui en remet une couche. Agnès tente de les rassurer : les deux meilleurs flics du monde sont sur le coup !

Pendant ce temps-là, ces derniers ont terminé leur planque et sont rentrés chez eux pour se reposer. Lou n'a pas vraiment réussi à s'endormir, c'est le moins qu'on puisse dire, ne cessant de penser à Agnès. Le flic aussi s'est sentie épiée durant sa visite. Qui peut bien lui vouloir du mal ? Et pourquoi ? Toutes ces questions la hantent. Les vidéos montreront-elles la personne qui a mis le feu au studio d'Agnès ? Prostrée sur son lit à ruminer toute cette histoire, la jeune femme se tourne vers son réveil, il n'est que onze heures trente. D'un bond, elle file sous une bonne douche fraîche, puis s'habille rapidement d'un jean et d'un t-shirt, sur lequel est écrit en bien gros : *Fais pas chier, j'ai pas envie de parler.* S'installant sur un tabouret de bar dans sa cuisine ouverte et avalant juste un café, elle récupère ensuite sa veste dans l'entrée et file rejoindre Jonathan chez lui pour visionner les vidéos ensemble. Sur la route, Lou contacte Damien qui est parti tôt ce matin sans la réveiller. Il se rattrapera ce soir en l'invitant au restaurant.

Elle croise, à l'arrêt de bus, une jeune femme avec une poussette dans laquelle se trouve sa copie en plus petite. La flic l'aide à monter sa poussette dans le bus et se dit qu'elle aimerait bien avoir un *mini elle*, mais chasse immédiatement cette pensée de son esprit, ce n'est vraiment pas le moment. Est-ce que cela le sera un jour ?

Lou arrive devant chez Jonathan, ne manquant pas de passer à la boulangerie située en bas de son immeuble pour lui prendre quelques douceurs.

Il lui ouvre la porte. Lui aussi a une sale tête. Elle le lui fait d'ailleurs remarquer en lui donnant le sachet de croissants ; Lou est la délicatesse incarnée. Ils s'installent sur le canapé en dégustant les croissants et commencent à regarder les vidéos.

Une heure plus tard, toujours rien à signaler de suspect parmi les passants. Tout à coup, on sonne à l'interphone. C'est Mathieu. Jonathan paraît surpris, il ne s'attendait pas à sa visite. Il lui ouvre et laisse la porte entrouverte avant de retourner s'asseoir près de Lou sur le canapé. Mathieu entre en montrant un sachet, lui aussi est passé à la boulangerie. L'air ravi qu'il affiche commence à disparaître lorsqu'il s'approche d'eux et qu'il distingue quelques croissants sur la table basse.

— Je vois qu'on a eu la même idée, s'amuse Lou tout en lui faisant un clin d'œil en dégustant un morceau de son croissant.

Mathieu s'installe sur le tapis et dépose son butin sur la table basse. Il vient leur prêter main-forte. Une autre paire d'yeux sera toujours utile.

Une demi-heure plus tard, toujours rien d'anormal sur les vidéos. Soudain, quelqu'un sonne à l'interphone. Visiblement perplexe, Jonathan regarde Lou et Mathieu. Il n'attend personne et ne voit pas du tout qui cela pourrait être. Il va répondre, c'est Agnès, il est encore surpris, tout le monde s'est passé le mot on dirait. Il laisse à nouveau la porte entrouverte.

Agnès pousse la porte, elle est très étonnée de voir Mathieu qui a visiblement eu la même idée et qui est assis sur le tapis. Elle dépose sur la table basse une boîte remplie de macarons concoctés par Linda.

— Agnès, vainqueur par *KO*, plaisante Jonathan en engloutissant un macaron.

Elle embrasse Mathieu dans le cou et s'installe près de lui sur le tapis.

— Est-ce qu'on attend quelqu'un d'autre peut-être ? s'enquiert Lou en prenant la télécommande.

Tout le monde sourit, ils continuent à visionner les vidéos tous ensemble devant un petit déjeuner finalement très copieux. Les images défilent les unes après les autres, leurs yeux commencent à fatiguer, quand tout à coup, un homme muni d'un sac et affublé d'une casquette s'approche du studio d'Agnès. Dommage, ils ne le voient que de dos, en tout cas pour le moment. Tout le monde s'approche de la télévision, comme s'ils pensaient en voir plus en étant plus près.
Ils l'observent tenter d'entrer par effraction par la porte d'entrée. Il y parvient, reste quelques minutes dans le studio et ressort ensuite. Il se met de profil et sort du champ de la caméra. Jonathan remet la scène, au ralenti cette fois, et met pause au moment où l'homme sort du studio et qu'ils le voient de profil. Ils le distinguent mieux, il faudrait tout de même améliorer l'image. Jonathan et Lou sont tout excités par cette découverte. Lou sort le CD afin de l'apporter à Franck pour une analyse.

— Agnès, tu n'as rien perçu lorsqu'il est entré ? s'étonne Lou en mettant sa veste.

— Je ne risquais pas de l'entendre, pour une fois je me suis assoupie un long moment, répond-elle agacée de ne pas l'avoir remarqué.

Jonathan et Lou partent au commissariat, pendant que Mathieu et Agnès retournent au travail, en espérant qu'ils vont réussir à identifier cet homme.

34. « Face à ma propre adversité, je suis seule sans soutien et sans appui. »
Claude-May Waia Némia

Murdoch s'attelle à la tâche, il récupère précautionneusement les empreintes présentes sur la branche d'arbre. Il dépose de la poudre noire, juste une petite pincée, sur une surface assez grande, là où il espère trouver des traces. Il brosse ensuite délicatement l'excès de poudre au-dessus de l'empreinte trouvée afin de la laisser intacte. Enfin, il place un morceau de ruban adhésif de sa conception personnelle, l'une de ses précieuses inventions à partir d'un morceau de *chatterton*. Transparent et suffisamment grand afin de prévoir un petit espace à l'une des extrémités pour tenir l'adhésif et ainsi recueillir les traces plus facilement. En retirant le ruban, l'empreinte poudrée doit logiquement être collée. Il le place sur du papier blanc afin de récupérer la trace. Fier de sa trouvaille, il se précipite chez les Delattre afin de récupérer les empreintes de Pierre et les comparer. Il devra également effectuer la même opération avec celles de l'officier qui a découvert la branche sur le lieu du crime.

Conduit par son cocher, sur le chemin il se délecte du paysage, l'air pensif, dans son fiacre. Il passe devant un vendeur de journaux à la criée qui répète à qui veut bien l'entendre le gros titre de son journal : *Une jeune femme assassinée.* Murdoch enjoint à son cocher de s'arrêter afin qu'il puisse se procurer cette feuille de chou. Il lance une pièce au jeune garçon qui lui tend un exemplaire. Il en profite pour le feuilleter durant son trajet, puis le dépose sur le siège à côté de lui. Il repense à toute cette histoire. Pierre est innocent, il ne saurait dire pour quelle raison il en a l'intime conviction. Les premiers éléments semblent néanmoins le désigner comme parfait coupable. Il prie pour que les empreintes ne correspondent pas à celles du jeune garçon.

Son cocher traverse les rues pavées pendant que Murdoch admire les enfants jouant dans la rue. La lumière du soleil qui s'endort illumine son regard. L'officier est happé par la beauté du spectacle. Il arrive enfin à destination et se dirige vers la porte avec conviction.

Hélène lui ouvre et lui indique que M. Delattre souhaite lui parler. Elle l'accompagne jusqu'à la bibliothèque. Georges est installé commodément dans son fauteuil préféré et fume son cigare tout en lisant un livre.

Il aperçoit Murdoch se diriger vers lui et referme son roman.

— Mes hommages, monsieur Delattre. Vous souhaitez que nous nous entretenions ? s'enquiert l'officier en retirant son chapeau et en lui tendant la main.

— Prenez place, je vous en prie, répond Georges lui serrant la main en retour et montrant d'un signe de tête le fauteuil face à lui.

Murdoch s'installe et admire la prodigieuse bibliothèque des Delattre où des centaines de livres se côtoient. Des œuvres de Flaubert, Maupassant, Victor Hugo, Stendhal et tant d'autres. L'officier se prête également très souvent à l'exercice de la lecture, sa bibliothèque est assez fournie, essentiellement en ouvrages scientifiques.

Georges lui offre un cigare qu'il ne se permet pas de refuser, il se doute qu'il s'offusquerait de cet affront. Il lui allume.

— Que dites-vous de ce cigare, Murdoch ? demande Georges en tirant une bouffée du sien.

— Savoureux, merci de votre générosité, monsieur. Que puis-je donc faire pour vous ? répond l'officier impatient d'aller retrouver Pierre.

— Où en est votre investigation ?

— Il est prématuré de se prononcer, nous étudions toutes les pistes, s'empresse de répondre Murdoch.

Georges avale une nouvelle bouffée de son cigare, le regard dans le vide. Cette réponse vague ne semble visiblement pas le satisfaire. Il insiste.

— Néanmoins, l'affaire demeure on ne peut plus simple et évidente. Pierre a assassiné Suzanne, insiste-t-il. Il serait de bon ton de ne pas perdre votre temps, ainsi que le mien, en mauvaises conjectures et dans une enquête inutile.

Murdoch enrage intérieurement, comment ose-t-il se mêler ainsi de *son* enquête et lui imposer *sa* façon de procéder ? Il soutient son regard comme pour le défier, écrase son cigare et se lève.

— Je suis contrit, monsieur Delattre. Je me dois d'enquêter afin de trouver des preuves indiscutables et de confondre ensuite le coupable. Comme vous le savez sûrement, le meurtrier risque la potence, aucun doute n'est permis.

Les traits de Georges se durcissent, il écrase également son cigare et se lève à son tour très lentement, comme pour montrer sa prestance à l'officier.

— Je ne vous le dirai qu'une fois : faites votre *petite* enquête, mais ne vous avisez pas d'ébruiter toute cette histoire. Des investisseurs viennent de prendre des parts dans ma société et je ne souhaite en aucun cas que tout ce remue-ménage les fasse fuir.

— Bien monsieur, concède-t-il avant de se retirer.

Il considère qu'il a déjà assez perdu de temps, il ne souhaite pas tergiverser avec lui durant des heures.

Georges observe Murdoch s'éloigner en dégustant un verre de whisky qu'il vient de se servir.

L'officier rejoint Hélène dans le petit salon dans lequel Pierre patiente. Il lui explique la situation et la manière dont il va procéder. Ils s'installent à table, Murdoch relève ses empreintes en lui apposant de la poudre sur les doigts. Il les dépose ensuite sur une feuille blanche, une par une.

Il prend congé rapidement en les remerciant. Il se rend en premier lieu à la rencontre de l'officier pour prendre également ses empreintes. Surtout, ne rien omettre ! Il se hâte ensuite de retourner à son laboratoire pour comparer toutes celles-ci à celles prélevées sur l'arme du crime.

Il arrive enfin devant sa porte, l'ouvre, lance sa veste à la hâte sur une chaise et descend au sous-sol de son bureau. Il sort sa loupe du tiroir afin de comparer les empreintes. Il prend tout son temps, c'est un travail de fourmi, il se doit de comparer trait par trait chaque doigt avec l'empreinte à sa disposition. Il ne doit persister aucun doute, l'empreinte doit correspondre parfaitement pour faire office de preuve concrète.

Après environ une heure de comparaison, qui lui a paru bien longue, Murdoch détient enfin sa réponse…

35. « Nous ne sommes jamais aussi mal protégés contre la souffrance que lorsque nous aimons. »

Sigmund Freud

Émile, bouleversé par tous ces événements, se rend chez son ami Henri, inspecteur de police. Il a abordé plusieurs fois cette affaire avec lui, mais l'homme n'avait pas assez d'éléments en sa possession pour rouvrir ce dossier.

Lorsqu'Émile évoque avec lui l'exhumation, son ami le freine immédiatement. Il lui faut des preuves solides et concrètes pour permettre une telle requête, ce qui n'est pas le cas pour le moment. Émile est très déçu, il n'en peut plus. Toutes ces années perdues à enquêter, à tenter de prouver l'innocence de Pierre, tout ça pour rien !

Il finit par lui parler des apparitions et de ce qui est arrivé depuis l'agression et l'accident qui ont conduit Lise dans le coma.

Henri lui demande s'il possède des preuves que ce n'est pas un accident. Il lui parle du dépôt de plainte, ainsi que des doutes de Lise après sa rencontre avec Édouard et son fils Jean. L'inspecteur le regrette, mais cela ne constitue en aucune façon une preuve formelle, il ne peut rien faire pour lui. Il doit trouver d'autres éléments, plus concrets.

Constatant son désarroi, son ami lui propose de contacter le policier qui a pris la plainte de Lise, c'est tout ce qu'il peut faire pour lui à ce stade. Profondément abattu, Émile n'a pas d'autre choix que d'attendre. Henri, compatissant, lui propose de contacter le policier tout de suite. Émile lui tend la carte qu'il leur a confiée lors de leur entretien au commissariat. Le flic s'empresse de composer le numéro. Après quelques minutes de patience et deux personnes au bout du fil plus tard, le policier répond enfin.

Henri lui explique la situation et tend le petit combiné à son ami afin qu'il puisse tout entendre. Ce policier a pris au sérieux les accusations de Madeleine, ainsi que d'Émile, à la suite de la plainte de Lise. Il a déjà convoqué Édouard et son fils Jean. S'est ensuivi un long entretien au cours duquel le policier a vérifié si leur voiture correspondait à la description faite par les témoins de l'accident. Mais ce n'est pas le cas, ni la couleur ni la vague description du modèle ne concordent avec le véhicule qui a renversé Lise. De plus, ils étaient ensemble le jour du drame, ils ont donc un alibi solide, le policier ne peut rien faire de plus.

— Évidemment qu'ils possèdent un alibi, ils se couvrent ! s'énerve Émile en faisant valser les documents posés sur la table.

— Je comprends que tu sois déçu, mais sans preuve, je ne peux rien faire de plus, répond Henri en posant la main sur l'épaule de son ami pour calmer le jeu.

Émile rentre chez lui, ouvre sa porte et s'affale sur son canapé en soufflant. Il se masse les tempes et tente de réfléchir, pourtant il n'entrevoit aucune issue positive. Il ne pourra jamais rien prouver sans l'exhumation du corps ou l'analyse de l'arme du crime avec les nouvelles méthodes technologiques d'investigation. Il se sent si impuissant. Après avoir enfin retrouvé sa sœur, une nièce et un petit neveu, cela devrait le combler, et pourtant…

Toute sa vie, l'homme s'est consacré à sa quête sans vraiment profiter de sa famille. Cela ne peut plus durer, sachant pertinemment que plus rien ne peut être tenté. Il se lève et ouvre le tiroir du buffet de son salon pour en sortir un album photo. Celui de sa famille, conservé précieusement depuis toutes ces années. Des photos de ses parents, de sa femme, de ses enfants. Il les caresse tendrement tandis que des larmes perlent sur son visage.

— Pardonne-moi papa, j'ai échoué, souffle-t-il en enfouissant son visage dans ses mains.

Il se décide à appeler Madeleine pour tout lui expliquer. Patrick se trouve à la maison en sa compagnie. Après avoir raccroché, triste et déçue, elle se résout à parler à son petit-fils. Elle qui a eu tant de mal à avouer la vérité à sa fille, en est toujours au même point. Elle ne peut se résoudre à lui avouer l'entière vérité et tente de le rassurer au mieux en lui parlant uniquement de sa famille, ainsi que de l'accident de voiture sans rentrer dans le détail de l'état de Lise.

Ce dernier en apprend plus sur ses ancêtres en quelques minutes que durant toute sa courte vie. Ses sentiments sont mitigés, il découvre une nouvelle famille, tout en étant conscient que sa mère se trouve à l'hôpital. Il s'effondre dans les bras de sa grand-mère qui le serre de toutes ses forces. Elle espère que Lise se réveillera, même si elle perd confiance d'heure en heure. *Des miracles arrivent, non ?*

Elle est totalement perdue sans sa fille. D'habitude c'est Lise qui prend toutes les décisions, c'est elle la femme forte qui gère sa vie de main de maître, qui a élevé seule son fils et qui a donné sa vie pour aider ses patients. Elle a toujours fait passer les désirs des autres avant les siens, toujours… Et voilà comment la vie le lui rend…

Lise a toujours laissé entendre à sa mère qu'elle ne souhaitait pas vivre comme un légume, elle a l'impression d'abandonner sa fille. Patrick s'écarte tout à coup de sa grand-mère, essuie ses larmes et la fixe de son regard profondément triste.

— Je veux voir maman ! s'écrie-t-il avec conviction.

Madeleine est tellement fière de lui et le prend dans ses bras. Ils iront à l'hôpital dès le lendemain matin et elle pourra discuter avec le médecin.

Elle prépare le repas préféré de son petit-fils, des lasagnes. Il s'endort un peu plus tard, dans ses bras, sur le canapé devant un film.

36. « Tout obstacle renforce la détermination. Celui qui s'est fixé un but n'en change pas. »

Léonard De Vinci

Lou et Jonathan se rendent au commissariat pour confier la vidéo à Franck afin de tenter d'identifier l'homme dont le visage reste dissimulé par une casquette. Ce dernier fera tout son possible pour s'en acquitter au plus vite.

Ils ne souhaitent pas perdre de temps, Lou propose à Jonathan d'aller voir Damien au journal, elle a une petite idée. Jonathan qui reconnaît l'éclat dans ses yeux émeraude la suit sans discuter.

Mathieu retourne à son travail, il doit régler une affaire importante. Quant à Agnès, avant de se rendre à la maison de couture, elle effectue un petit détour par son studio pour constater de ses yeux les dégâts occasionnés par l'incendie de la veille.

Elle se gare non loin et marche jusqu'à la porte. Des scellés sont visibles tout autour de la baie vitrée ainsi que devant l'entrée. Elle ne peut y pénétrer et pose la main sur son front pour tenter d'apercevoir l'intérieur à travers la vitre. Sans succès, tout semble si sombre.

Une rage intérieure s'empare d'elle. Quoi qu'il arrive, rien ne l'arrêtera, elle prouvera l'innocence de Pierre qui ne fait aucun doute.

Depuis toute petite Séverine, sa petite sœur, a pu compter sur la jeune femme, surtout lorsqu'elles se sont retrouvées en foyer. Prenant soin d'elle, sans jamais lui montrer ses failles afin que Séverine puisse se sentir soutenue et lui confier les siennes. Sa famille est primordiale dans sa vie et Suzanne en fait partie dorénavant.

Regonflée à bloc, la styliste décide de retourner au travail. Dès demain, elle se consacrera à ses recherches et fera payer la personne qui a tenté de la supprimer, c'est une promesse faite à Suzanne !

Agnès arrive à la maison de couture, accueillie par Joséphine sa confectionneuse préférée qui la prend dans ses bras et qui a préparé tout le matériel nécessaire au façonnage de la robe de mariée. Agnès a tout juste le temps de déposer sa veste que Karl se dirige vers elle.

— Ma chérie, je suis ravi que tu sois de retour parmi nous ! Maintenant au boulot, la robe de mariée ne va pas se faire toute seule ! s'écrie-t-il en tapant dans ses mains.

Il lui tapote l'épaule et, sans un regard pour elle, quitte la pièce. Agnès se tourne vers Joséphine, elle a pourtant l'habitude de l'attitude hautaine et égoïste de Karl, mais là, c'est le pompon ! Elle ne lui en tient pourtant pas rigueur, ce n'est pas sa priorité du jour.

Tout d'abord, elle doit dessiner de nombreux croquis pour cette robe de mariée. Heureusement pour elle, l'image de la robe créée demeure intacte dans son esprit. Puis travailler avec l'équipe de couturières, ajouter les finitions, les sequins, c'est un jeu d'enfant.

Agnès y passe toute sa journée, un vrai travail d'orfèvre. Toute l'équipe met la main à la pâte. Tout est maintenant prêt pour le défilé, il ne manque plus que les finitions pour la robe de mariée.

De leur côté, Lou et Jonathan arrivent au journal. Ils repèrent immédiatement Damien en grande discussion dans l'antre de son rédacteur en chef. Ils patientent dans son bureau. Lou, qui ne peut pas s'en empêcher, fouine dans les dossiers étalés sur le poste de Damien. Il arrive quelques minutes plus tard et retire les feuilles des mains de Lou avant même de lui dire bonjour.

— Ce n'est pas parce que je partage ta vie que tu dois fouiller dans mes dossiers, petite curieuse, lâche-t-il en déposant un baiser sur ses lèvres.

Jonathan explique à Damien leur situation, la tentative de meurtre sur Agnès, les vidéos… Lou enchaîne en exposant son idée. Elle pense que tout est lié, que c'est une histoire de famille. Elle demande à Damien s'il peut faire des recherches sur la famille biologique d'Agnès, mais également sur celle de la famille Delattre. Elle lui confie tous les renseignements dont elle dispose comme base de travail. Elle commence à bien connaître Damien, elle sait qu'il ne lâchera rien et qu'il détient, en tant que journaliste, les contacts nécessaires pour une telle recherche.

— On se retrouve ce soir pour dîner au *Café des Délices* ? J'imagine que tu auras déjà trouvé toutes les informations dont j'ai besoin, balance Lou en lui caressant la joue.

Damien sourit et se tourne vers Jonathan qui hausse les épaules.

— Comment fais-tu pour travailler avec elle et la supporter ? plaisante Damien.

— Je dois être immunisé, rétorque Jonathan en lui donnant un coup de coude.

Il en prend un à son tour de la part de Lou. Elle prend une feuille de papier sur le bureau de Damien, la roule en boule et la lui lance au visage.

— À ce soir, chéri ! s'écrie Lou en quittant son bureau.

Jonathan hausse à nouveau les épaules et disparaît à son tour. *Quel caractère !*

Jonathan appelle Linda et lui demande si elle a de la place ce soir pour le dîner, il aimerait bien contacter tous leurs amis. Ça fait une éternité qu'ils ne se sont pas retrouvés autour d'une bonne bouteille de vin. Elle le rassure et s'occupe de contacter tout le monde. Lou appelle Franck et Adam pour les inviter également.

— Je sens qu'on va passer une bonne soirée ! s'exclame Lou.

37. « Il est une tristesse si profonde qu'elle ne peut pas même prendre la forme des larmes. »

Haruki Murakami

Murdoch se dirige vers son fiacre, mais ne l'aperçoit pas. Son cocher a dû s'éclipser pour faire une course. Pas de temps à perdre, il doit absolument discuter avec son chef, il agrippe sa bicyclette et se hâte de le retrouver.

Après une vingtaine de minutes, il arrive enfin, essoufflé et rasséréné à l'idée de sa future discussion. Il pénètre dans l'enceinte sans même un regard pour les officiers présents qui l'observent se diriger promptement vers le bureau du chef. Il toque pour la forme et ouvre instantanément la porte, sans même lui laisser le temps de répondre.

— Que se passe-t-il donc, Murdoch ? Pourquoi tant d'empressement ? s'écrie Léopol visiblement surpris par son attitude désinvolte.

Murdoch reprend son souffle, s'installe sur la chaise en face de son chef et se lance.

— J'ai relevé les empreintes sur l'arme du crime et je les ai comparées à celle de Pierre et de l'officier qui l'a découverte… Elles ne correspondent ni à l'un ni à l'autre, s'enthousiasme Murdoch pas peu fier.

Léopol se lève et se dirige vers la fenêtre de son bureau. Il l'entrouvre et s'allume un cigare. *Tiens, il est de la même marque que ceux de M. Delattre, pense Murdoch.* Il avale quelques bouffées avant de se tourner vers l'officier. Son regard et ses traits se font plus durs. Il dépose une main sur son bureau et de l'autre le montre du doigt en tenant toujours son cigare.

— En aucun cas je ne t'ai enjoint à examiner les empreintes. Nous n'en avons nul besoin, cette affaire est classée. Je viens de réceptionner l'accord du préfet, voici le mandat d'arrêt au nom de Pierre. Je t'ordonne de faire ta besogne et d'aller l'écrouer séance tenante.

Murdoch en reste confondu, son chef est-il devenu imperméable à son discours ? Ce ne sont pas les empreintes de Pierre, il n'est pas coupable ! Il est dans tous ses états, il est hors de question qu'il arrête Pierre, il n'y a aucune preuve et ses empreintes ne sont pas sur l'arme du crime. En revanche, il y a bien des empreintes, il faudrait relever celles de toutes les personnes présentes ce soir-là et surtout celles de M. Delattre qui fait un excellent suspect.

Il tente d'exprimer son courroux et son exaspération à Léopol qui n'en a que faire. D'un revers de la main, il rejette toutes ses preuves. Selon lui, sa méthode n'est pas orthodoxe et non reconnue, il ne peut rien prouver. Pierre n'a pas d'alibi, mais il bénéficie d'un mobile ainsi que d'une opportunité, cela lui suffit amplement. Léopol ne souhaite pas que cette affaire prenne trop de temps et s'ébruite. Murdoch l'a bien saisi, tout ce qui compte pour son chef, c'est son accointance avec M. Delattre et son futur avancement.

— Chef, je ne peux pas écrouer Pierre, il est innocent ! Je ne peux consciemment le conduire à la potence sachant cela, tente Murdoch visiblement perturbé.

— Je ne te demande pas ton avis, le préfet a pris sa décision au vu des éléments qu'il a eus sous les yeux. Si tu t'avises de tenter de le contacter, tu peux dire au revoir à ton poste. Me suis-je bien fait comprendre ? assène Léopol en lui tendant le mandat d'arrêt.

Murdoch extirpe le mandat des mains de son chef et quitte son office. Comment peut-il faire ça à un jeune garçon visiblement innocent ? L'officier a une décision difficile à prendre : se résigner à arrêter Pierre ou tenter de convaincre le préfet. Il tente le tout pour le tout, récupère sa bicyclette et se dirige vers le bureau du préfet, à une demi-heure de là.
Il dépose sa bicyclette devant la porte d'entrée de la préfecture, se dirige vers l'accueil, se présente et demande à s'entretenir avec M. Delambre. L'officier présent se dirige vers le bureau du préfet. Il revient et s'adresse ensuite à Murdoch, lui expliquant qu'il ne pourra pas rencontrer le préfet à brûle-pourpoint. Murdoch s'obstine lui précisant que c'est une question de vie ou de mort. Le préfet accepte finalement de le voir dix minutes plus tard.

Il s'engage dans son office pour la première fois et le juge imposant. Le préfet s'écarte de son pupitre et s'approche de lui en tendant un verre de whisky. Il lui offre de s'installer sur son canapé et dépose son verre sur la table basse. Il lui précise qu'il vient d'avoir une communication avec Léopol, qui était persuadé qu'il viendrait l'importuner. Murdoch se sent un peu gêné, cependant il n'abjure pas, il ne serait pas de bon ton de perdre toute contenance.

— Vous avez dès lors une petite idée de la raison de ma venue ! lâche-t-il sans préambule en buvant son whisky.

Le préfet reprend son verre pour se donner plus de contenance, avale une gorgée et fixe Murdoch dans les yeux avant d'amorcer son laïus.

— Je vous admire vous le savez, je ne saisis pas toujours vos méthodes avec toutes vos petites inventions, mais vous demeurez efficace. Néanmoins dans cette affaire il y a des intérêts en jeu qui vous dépassent, et pour être pleinement équitable, qui nous dépassent tous.

L'officier sait pertinemment où veut en venir le préfet. La politique, c'est toujours une histoire de politique. Il se lève comme pour le défier.

— Vous avez bien conscience que vous allez condamner un innocent à la potence ? lance-t-il.

— C'est vous qui le dites, Murdoch ! Écoutez, tous les éléments réunis démontrent sa culpabilité. Cette enquête a assez duré, faites votre travail ! insiste le préfet en lui tournant le dos pour retourner à son pupitre.

Murdoch ouvre la bouche, tout en sachant que, quoi qu'il ajoute, l'affaire est déjà réglée, il ne peut plus rien faire pour Pierre. Il quitte l'office du préfet, désappointé et très agacé, il claque la porte en partant. Tellement fort, que toutes les personnes présentes à l'accueil le regardent lorsqu'il quitte la pièce.

Il n'a plus d'autre choix, il doit faire sa besogne et écrouer Pierre. Il retourne à son office et trouve son cocher. Il le conduit chez les Delattre. À contrecœur, il toque à la porte. Hélène lui ouvre et comprend à son regard que quelque chose d'horrible se prépare. Il expose le mandat et enjoint à Hélène d'amener Pierre. Hélène s'effondre et manque de choir, Murdoch la rattrape et l'installe sur une chaise. Il lui propose d'aller le chercher, ce qu'elle décline, elle tient à le lui annoncer elle-même. Elle demande à l'officier quelques minutes de répit.

Quelques instants plus tard, elle revient accompagnée par Pierre et Auguste qui sont visiblement très affectés. Auguste prend Pierre dans ses bras, Hélène les rejoint. Murdoch est très ému par cette tendre scène et contient ses larmes, il ne doit pas fléchir devant eux.

Accompagné de Murdoch, Pierre quitte la demeure en direction de la maison d'arrêt, il est bien conscient qu'il encourt la peine de mort. Il va affronter son destin la tête haute, il sait qu'il n'a rien à se reprocher et qu'il aimera toujours Suzanne jusqu'à son dernier souffle.

Durant le trajet en fiacre, un silence pesant s'est installé. Murdoch le rompt sans même un regard pour Pierre.

— Mon garçon, je sais que tu es innocent, je ne peux rien faire, j'ai tout tenté, je suis contrit d'avoir échoué. Je n'en resterai pas là, je ferai tout pour mettre le véritable coupable derrière les barreaux.

Pierre, touché par ces déclarations, pose sa tête sur l'épaule de Murdoch qui, ne sachant pas comment se comporter, ne cille pas.

Ils parviennent à la maison d'arrêt, Murdoch s'acquitte de la paperasse et accompagne lui-même Pierre en cellule. Ce dernier y pénètre doucement, comme pour se souvenir de ce moment. Il observe la petite pièce exiguë. Un autre officier arrive et confie à Pierre sa tenue, constituée d'une chemise, d'un pantalon et d'un bonnet. Il doit se défaire de ses vêtements séance tenante. Il s'exécute.

Ce pénitencier fut construit dans l'enceinte d'une ancienne abbaye, les lieux semblent assez insalubres. Les cellules sont alignées les unes contre les autres. Tout au bout d'un long couloir se situent le corps de garde ainsi que la salle d'interrogatoire. Encore un peu plus loin, en longeant un petit passage, on trouve les latrines. Pierre s'avance dans sa cellule, tourne sur lui-même et s'assoit contre le mur, les genoux recroquevillés dans ses bras.

Murdoch tente de s'adresser à lui sans succès, le jeune garçon demeure tête baissée. Il n'insiste pas. Il quitte la maison d'arrêt et enjoint à son cocher de le conduire chez Louis, le frère de Suzanne. Arrivé devant la maison, il trouve porte close. Il se décide à l'attendre jusqu'à son retour du travail, qui ne devrait plus tarder.

Après plus d'une demi-heure d'attente assis dans son fiacre, Louis arrive à pied.

Il s'avance lentement vers Murdoch, s'attendant encore à une mauvaise nouvelle. Il lui raconte l'arrestation de Pierre et sa mise en cellule. Louis laisse échapper son sac et tombe à genoux devant l'officier. En seulement quelques jours, il a tout perdu, sa sœur et son ami de toujours. Murdoch s'installe près de lui et le serre dans ses bras. Il ne devrait pas se laisser aller à tant de compassion, mais il lui offre tout de même de le conduire à Pierre pour lui parler. Il n'hésite pas une seule seconde à le suivre, c'est peut-être la dernière fois qu'il aura l'occasion de lui parler avant son procès.

Ils montent dans le fiacre, qui se dirige à nouveau vers le pénitencier. Il insiste auprès du corps de garde pour laisser entrer Louis et a finalement gain de cause. Murdoch le conduit jusqu'à Pierre, qui n'a pas quitté sa place.

— Pierre, c'est moi Louis, murmure-t-il ému par la vision de son ami à terre.

En entendant sa voix, Pierre croit rêver et relève la tête. Il reconnaît son meilleur ami, se lève et se jette sur les barreaux. Il passe ses mains que Louis s'empresse de serrer. Ils pleurent tous les deux, l'officier s'écarte et préfère les laisser seuls un instant. Pierre tente de convaincre Louis qu'il n'aurait jamais pu faire de mal à Suzanne et lui dit qu'il l'aimait plus que sa propre vie. Louis n'en doute pas et rassérène Pierre. Louis ne l'abjurera en aucun cas, il dénichera un avocat pour son procès. Pierre tente de lui expliquer que cela ne servira à rien, les dés sont jetés. Il ira à la potence. Il en est conscient. Louis s'entête, il s'en occupe.

Murdoch s'approche de Louis, il est temps de partir. Ils laissent Pierre qui retourne au fond de sa cellule. L'officier donne à Louis le nom d'un avocat qu'il connaît afin qu'il le contacte de sa part.

***

Plusieurs semaines s'écoulent avant le début du procès de Pierre. Murdoch a souhaité transférer lui-même le prisonnier au tribunal. La grande salle est divisée en deux parties par une balustrade. En avant, la partie réservée au public et au-delà, celle réservée aux différents protagonistes. Des lambris de chêne ainsi que des toiles ornementales couvrent les murs où sont accrochées, derrière la Cour, différentes toiles, dont *Le Christ en croix* de Bonnat, ainsi que deux grisailles représentant la Force et la Justice.

Au fond de la salle sont disposés les trois fauteuils de la Cour réservés au magistrat président et à ses deux assesseurs. À gauche l'avocat général, le banc des jurés et devant ce banc, le bureau de l'huissier. À droite, le greffier, deux longs bancs pour l'accusé et son escorte, ainsi que pour la presse judiciaire. Devant le greffier, la partie civile et devant le banc des accusés, celui des avocats. Au milieu, devant les magistrats, la table des pièces à conviction et la barre des témoins. Ces derniers doivent jurer de parler sans haine et sans crainte, de dire toute la vérité, rien que la vérité, en levant la main droite devant le Christ.

Pierre s'installe sur le banc des accusés, Murdoch se place dans la salle. Il prie pour Pierre. Même s'il sait que cela n'aura aucune incidence, il en ressent le besoin. Le préfet, M. Delattre et Léopol sont présents, ainsi que tous les employés de la maison pour soutenir Pierre.

Ce simulacre de procès s'étend sur plusieurs jours durant lesquels l'avocat général assomme les jurés de prétendues preuves confondant Pierre, de son défaut d'alibi, son mobile et surtout de l'opportunité qu'il a eue, étant présent également dans le parc où s'est passé le drame. Les jurés n'ont pas mis longtemps à prendre leur décision. Ils l'ont déclaré coupable et ont préconisé la peine de mort par pendaison.

***

Quelques jours plus tard, à la date de son exécution, Hélène, Henri, Auguste et Louis viennent lui rendre visite dans sa cellule. Murdoch se place à l'écart pour ne pas les importuner, c'est l'ultime fois qu'ils conversent avec Pierre.

Tout le monde pleure, sauf l'intéressé. Pierre fixe tout le monde du regard et paraît déterminé.

— Ne versez plus de larmes, je ne suis pas peiné. Il m'est impossible de continuer à vivre sans Suzanne, mon existence sans elle n'a plus aucune saveur. Je suis une coquille vide, sans son amour et sa présence. Elle était ma raison d'être. Je ne pourrai plus jamais sentir son parfum, toucher sa peau délicate, l'embrasser, ma vie n'a plus aucun sens. Elle était mon étoile, je l'ai déçue, j'espère qu'elle me pardonnera. Ne soyez pas triste, vivez pour moi. Restez sensible, riez, écoutez de la musique, battez-vous pour vos convictions, tombez amoureux…

Il espère la retrouver, où qu'elle soit. Il a besoin d'elle, sans sa bien-aimée il n'est plus rien. Sa vie a réellement commencé le jour où il a trouvé le courage de lui donner un baiser. Il n'est pas triste, non. Il a peur certes, mais il n'est pas peiné. Il reste persuadé qu'il va la retrouver et vivre une autre vie à ses côtés. Elle l'attend. Un officier prépare Pierre pour son exécution. Hélène a du mal à lui lâcher la main. Louis lui promet qu'il blanchira sa mémoire et prouvera son innocence, quitte à y passer le reste de sa vie. Pierre suit l'officier, passe devant Murdoch, qui ne peut s'empêcher de le prendre dans ses bras.

— Je suis contrit mon garçon.

Pierre avance avec l'officier, il se retourne vers eux une ultime fois.

— Je vous aime, murmure Pierre en laissant perler une larme sur sa joue.

Ce furent ses dernières paroles.

38. « La tristesse vient de la solitude du cœur. »

Charles de Montesquieu

Madeleine n'a pas eu le cœur de réveiller Patrick qui s'est endormi sur le canapé près d'elle. Elle a déposé un plaid sur son petit corps et est allée se coucher dans sa chambre. Sa grand-mère lui prépare un bon petit déjeuner lorsqu'il émerge de sa nuit. Elle en profite pour ouvrir les rideaux, qu'elle avait gardés fermés pour que la lumière du jour ne le réveille pas. L'odeur du café, ainsi que des tartines beurrées, attire Patrick dans la cuisine.

Après un petit déjeuner copieux, la sonnerie du téléphone retentit. Émile aimerait retourner à l'hôpital avec eux, Madeleine accepte, il les rejoindra sur place.

Ils se rendent directement à l'hôpital. Patrick pose délicatement son visage sur le buste de sa mère et lui prend la main. Il se sent perdu sans elle. Madeleine sent son cœur se meurtrir à la vision de cette scène. À ce moment précis, le garçon prend conscience que l'état de sa mère est plus grave que ce que sa grand-mère a bien voulu laisser paraître. Il ne lui en veut pas, cette situation est difficile pour elle également. Le médecin pénètre dans la chambre, il souhaite parler à Madeleine. Elle laisse Patrick au chevet de sa mère. Il la conduit dans son bureau. Son visage paraît moins grave que la veille. Madeleine se met un instant à espérer.

L'homme lui montre les résultats des deux électroencéphalogrammes pris à quatre heures d'intervalle qui démontrent une activité cérébrale, certes infime, mais présente.

— Qu'est-ce que cela signifie ? questionne Madeleine pour être sûre de bien comprendre.

Le médecin continue son explication. Il existe une possibilité que Lise puisse sortir du coma. Madeleine ne peut contenir sa joie, se lève, fait le tour du bureau et enlace le médecin. Il se laisse volontiers faire, pourtant il souhaite rester prudent sur ces constatations et ne pas donner trop d'espoir à Madeleine. Il va suivre de très près l'évolution de la patiente et fera un nouveau point dans les prochaines heures. Elle quitte le bureau le cœur plus léger, même si elle ne souhaite pas se réjouir trop rapidement. Elle retourne auprès de sa fille et annonce la bonne nouvelle à Patrick qui semble rassuré.

Émile les rejoint dans la chambre, Madeleine et Patrick sont assis sur le lit près de Lise, lui tenant la main chacun de son côté. Il s'installe sur une chaise près de Patrick tandis que Madeleine lui raconte son entretien avec le médecin. L'homme se réjouit d'apprendre cette nouvelle, même s'il ne souhaite pas trop montrer son enthousiasme, rien n'est jamais certain.

— Je suis vraiment désolé de toutes ces années perdues pour mes recherches, et tout ça pour rien. Si j'avais trouvé des éléments probants, tout ceci ne serait jamais arrivé, souffle Émile.

— Tu n'y es pour rien et je suis ravie de t'avoir à nouveau dans ma vie. J'aurais aimé que tu rencontres ma Lise dans d'autres conditions. Je l'admire tellement, répond Madeleine en caressant la joue de sa fille.

Ils passent tous les trois la matinée dans la chambre. Madeleine commence à avoir faim, ils ont sauté le repas de midi. Elle propose à Patrick d'aller lui chercher quelque chose à manger, Émile l'accompagne afin de le laisser seul avec sa mère.

Un long monologue s'ensuit.

— Tu es la maman la plus courageuse du monde, tu m'as élevé seule, sans jamais rien demander à personne. Je sais que tu ne nous abandonneras pas, tu es forte, je suis là pour toi. Réveille-toi, je t'en supplie !

Patrick s'effondre sur sa mère. Il n'imagine pas sa vie sans elle. Que va-t-il devenir si elle n'est plus là ? Il est tellement fier d'elle et il veut qu'elle soit fière de lui. Il se redresse et lui promet de ne pas se laisser abattre, il a confiance en elle, elle reviendra. Malgré son jeune âge, il se comporte comme l'homme de la maison. *Je t'aime, maman…*

Madeleine et Émile reviennent dans la chambre avec des sandwichs et quelques boissons. Ils mangent tout en discutant ensemble. À part attendre, ils ne peuvent pas faire grand-chose. Madeleine propose à son frère et à Patrick d'appeler Yvonne afin de parler à Suzanne. Patrick a peur, mais souhaite s'y rendre. Il a besoin de la voir de ses propres yeux. Le jeune garçon hésite un instant à rester au chevet de sa mère, mais pense que cela lui occupera l'esprit. Ils la contactent depuis l'accueil. Yvonne accepte.

Pendant le trajet un silence pesant s'installe. Personne n'ose piper mot et surtout personne ne sait quoi dire. Patrick regarde par la fenêtre, l'air complètement perdu. Il ne veut pas s'effondrer devant sa grand-mère, elle doit être tellement triste. Il ne comprend pas comment toute cette histoire a pu dégénérer ainsi. Des souvenirs d'enfance apparaissent, comme son premier jour à l'école lorsqu'il a pleuré toutes les larmes de son petit corps parce qu'il ne voulait pas quitter sa maman. Elle l'avait serré fort dans ses bras, l'avait couvert de baisers et lui avait assuré que bientôt il courrait pour jouer avec ses copains à l'école. Il la revoit panser ses blessures, il ne sait plus combien de fois, mais tellement. Il était très maladroit étant petit et se blessait souvent. Lise était toujours présente pour le soigner, le rassurer et le protéger. Qui va le câliner si elle disparaît ? Qui va le prendre dans ses bras pour le réconforter lorsqu'il aura peur ? Tous ces souvenirs, il ne veut pas les oublier, il veut qu'ils restent gravés dans sa mémoire. Il est ramené à la réalité par la main de sa grand-mère lui caressant l'épaule pour lui signifier leur arrivée.

Yvonne, qui a entendu le bruit de leur voiture, leur ouvre la porte, avant même qu'ils ne sonnent. Ils entrent. Au regard de Madeleine, Yvonne comprend tout de suite la situation et s'installe sur une chaise. Jean-Pierre leur propose un café qu'ils acceptent sans rechigner, cette journée leur paraît durer une éternité. Ils vont avoir besoin de toute la caféine disponible pour tenir le coup. Patrick accepte un verre d'eau. Pendant que Jean-Pierre prépare le café avec Émile, Madeleine prend la main d'Yvonne et l'informe de sa dernière discussion avec le médecin. Yvonne reprend espoir, même s'il est mince. Elle lui confie son amour pour Lise, qu'elle considère comme sa propre fille. Madeleine est touchée par cette confidence.

— Nous souhaitons dire au revoir à Suzanne, ajoute Madeleine déterminée. Nous ne pouvons plus rien faire pour elle.

— Bien sûr, je comprends, répond Yvonne en lui caressant la main.

Après le café, Madeleine, Patrick et Émile montent à l'étage. Ils se dirigent vers la chambre. Jean-Pierre prend sa femme dans ses bras, il espère revoir Lise un jour. Sa seule présence égayait leur maison. Ils ont eu une offre qu'ils comptent bien accepter, trop de mauvais souvenirs pèsent sur eux dorénavant dans cette demeure.

Madeleine et Émile avancent rapidement, Patrick ralentit sa marche. Il a soudain très froid et se frotte les bras pour se réchauffer. Lorsqu'il souffle, de la buée sort de sa bouche comme s'il se trouvait à l'extérieur en hiver. Il ne comprend pas ce qui lui arrive. Madeleine se tourne vers lui, lui frotte également les bras à son tour. Elle lui dit de ne pas s'inquiéter, eux aussi sentent cette fraîcheur, cette sensation est toujours présente lorsque Suzanne se dévoile. Et ce parfum de fleur…
Ils pénètrent dans la chambre. Le froid s'intensifie. Ils marchent dans la pièce et tout à coup, Suzanne apparaît, près de la fenêtre. Patrick n'en revient pas, il croyait sa grand-mère bien sûr, mais la voir est inimaginable pour lui. Il se frotte les yeux pour être sûr qu'il ne rêve pas. Ses cheveux sont magnifiques et très longs ; ils flottent comme si le vent les faisait naviguer. Patrick en reste sans voix. Madeleine s'adresse à elle.

— Je suis désolée Suzanne, nous avons échoué, souffle Madeleine en baissant les yeux.

« Je te remercie, Madeleine. Merci d'avoir essayé. Tu n'as pas échoué, les choses vont changer grâce à vous tous, je ne m'inquiète pas. Cela prendra plus de temps, mais l'avenir sera radieux. Mon cœur était froid avant que je ne vous rencontre, vous m'avez réchauffée. J'ai de l'espoir. Je sais qu'un jour prochain, je partirai d'ici et je rejoindrai enfin Pierre, l'amour de ma vie. Je ne sais pas qui m'a privée de cet amour, mais je sais une chose : justice sera faite. »

Une aura lumineuse se forme autour de Suzanne, comme si sa force vitale grandissait. Ses mots ont profondément ému Madeleine qui ne peut s'empêcher de laisser couler ses larmes. Suzanne s'approche d'elle et de sa main effleure sa joue en s'emparant de l'une de ses larmes. Madeleine ressent une sensation qu'elle ne saurait expliquer elle-même, comme si cette main l'avait touchée et caressée avec toute la douceur de la main d'une mère.

« Vous m'avez redonné de la force grâce à tout votre amour que je ressens au plus profond de moi. »

Patrick s'avance vers Suzanne.

— Tu es de notre famille, je ne t'abandonnerai pas, je continuerai ce que ma mère a commencé, s'écrie-t-il en la fixant dans les yeux.

« J'en suis pleinement consciente, Patrick. Je dois vous laisser. Au revoir, merci de votre dévouement, je vous aime. »

La jeune fille disparaît, Madeleine sait pertinemment que c'était leur dernière conversation. Ils descendent rejoindre le couple au salon pour leur dire au revoir. Madeleine comprend pourquoi ils sont les patients préférés de sa fille.

Ils arrivent à l'hôpital et se dirigent vers la chambre. Le cœur de Madeleine bat la chamade, le lit de sa fille est vide. Mais que se passe-t-il ? Où est Lise ? Ils accourent vers le bureau dans lequel le médecin les a accueillis plus tôt dans la journée. Ce dernier ne s'y trouve pas. Paniqués, ils retournent à l'accueil pour demander à le faire appeler. Il les y rejoint quelques minutes plus tard.

— Où se trouve ma fille ? crie Madeleine en pleurs.

— Calmez-vous, madame, ne vous inquiétez pas. Votre fille est sortie du coma, nous avons dû la transporter dans une autre chambre.

Madeleine se tourne vers Patrick puis Émile. A-t-elle bien compris ? Est-elle en train de rêver ? Le médecin la sort de ses pensées.

— Je dois tout d'abord vous prévenir. En effet, elle est sortie du coma, mais elle conservera quelques séquelles, notamment au niveau de la parole, enfin pour le moment. La très bonne nouvelle étant qu'elle respire seule et qu'elle est stable ! se réjouit-il.

Le médecin les conduit à la nouvelle chambre. Patrick n'en pleut plus, il veut voir sa mère et lui parler. Ils arrivent devant la porte. Son fils se rue sur elle et l'enlace. Madeleine fait de même, Émile se poste discrètement dans un coin de la chambre pour ne pas gâcher leurs retrouvailles. Lise ne peut pas répondre, mais des larmes coulent sur son visage. Elle devrait retrouver l'usage de la parole, enfin les médecins l'espèrent.

Elle regarde sa mère et son fils, et les embrasse sur le visage sans discontinuer. Elle leur caresse les joues, comme pour réaliser qu'ils sont bien auprès d'elle. Le médecin les laisse en famille. Lise se rend compte qu'une autre personne est présente dans la chambre et l'observe. Madeleine se retourne et d'un signe de la main invite son frère à s'approcher.

— Laisse-moi te présenter ton oncle Émile, révèle Madeleine visiblement très émue.

— Ravi de te rencontrer enfin Lise, ajoute-t-il autant émue que sa sœur.

Lise, qui ne peut dire un mot, lui ouvre les bras afin qu'il s'approche et l'enlace tendrement. Patrick ne lâche pas la main de sa mère, il ne la quittera plus. Madeleine les laisse une minute et se rend à nouveau dans le bureau du médecin pour avoir plus d'explications et pour qu'il lui confirme que sa fille est maintenant hors de danger.

L'homme la rassure, Lise va bien compte tenu de ce qu'elle a vécu. Hormis la parole, aucune autre fonction vitale du cerveau n'a été touchée, ce qui rassure immédiatement Madeleine. En termes de traitement, il lui précise que chez une personne dont le langage est affecté, ils préfèrent solliciter le toucher pour tenter de stimuler les zones qui fonctionnent moins bien par le biais de celles qui sont intactes. Le cerveau est donc mis en activité sans que le patient s'en rende compte. Il s'interrompt en passant la main devant son visage.

— Nous discuterons plus tard de tout cela, profitez de votre fille. Je ne veux plus vous voir dans mon bureau, est-ce bien clair ? plaisante le médecin.

Elle obéit sans rechigner et retourne auprès de sa famille, les observant quelques instants depuis la porte. Ils se rendent compte de sa présence, elle s'approche de sa fille et lui prend la main. Elle l'embrasse à nouveau et la câline comme lorsqu'elle était petite. Lise, épuisée, finit par s'endormir. Madeleine et Émile sortent prendre un café et laissent Patrick au chevet de sa mère. Il est si heureux, les prochains mois vont être difficiles pour sa mère, mais il sait qu'elle est forte et qu'elle fera tout ce qu'il faut pour recouvrer la parole. Tout ce qui compte pour lui, c'est qu'elle soit en vie et près de lui. À cet instant, plus rien d'autre n'a d'importance à ses yeux.

Il se rappelle son enfance. Il lui fredonne la chanson qu'elle lui chantonnait tous les soirs pour l'endormir quand il était petit. Il s'en souvient comme si c'était hier. *Bonne nuit, mon trésor, ferme tes yeux et dors. Laisse ta tête s'enfoncer au creux de ton oreiller.* Il pose sa tête sur le lit et, avant de s'endormir auprès d'elle, lui murmure.

— Je t'aime tellement, maman.

Plusieurs mois ont été nécessaires à Lise pour recouvrer la parole, cette période a été longue et éprouvante pour la jeune femme et sa famille. L'infirmière a repris son activité il y a peu, seulement deux jours par semaine pour le moment. Sa reprise doit se faire progressivement, il ne faut pas aller trop vite, elle a vécu un énorme traumatisme.

Sa vie a radicalement changé depuis son accident. Yvonne et Jean-Pierre ne sont plus ses patients, ils vont beaucoup mieux et ont enfin déménagé dans leur nouvelle maison, plus petite et plus facile à entretenir pour eux. Ils se fréquentent régulièrement en compagnie de Madeleine et Patrick. Émile fait également partie intégrante de la famille qui s'est agrandie.

Au grand bonheur de Madeleine, la jeune infirmière a enfin laissé entrer un homme dans sa vie, une belle rencontre qui s'est déroulée durant son séjour à l'hôpital. Un aide-soignant qui s'occupait d'elle durant sa convalescence, ils se sont rapprochés et ont appris à se connaître durant ces longs mois. Il a représenté pour elle et son fils un soutien inconditionnel.

Lise, malgré ses regrets de ne pas avoir pu aider Suzanne, profite maintenant de sa vie en compagnie des personnes qu'elle aime le plus au monde. Lorsqu'elle se rend compte de la complicité qui s'est créée entre son fils et le nouvel homme de sa vie Éric, elle ne peut qu'être heureuse.

39. « L'amour est une rose que l'on abreuve par des larmes de joie et de tristesse. »

Adrien Verschaere

La journée passe à vitesse grand V. Agnès a terminé la création de la robe de mariée. Elle, ainsi que toutes les couturières, sont émerveillées et fières du travail accompli en si peu de temps. Le tissu brille grâce aux sequins disposés de part et d'autre de la robe et ce rose pâle a juste un rendu sublime. Elle est vraiment fière de son travail, surtout lorsque Karl en reste bouche bée. Elle a beau ne pas être fan de son caractère égoïste et égocentrique, elle l'admire, ainsi que son travail. Son aval est primordial pour elle. La jeune styliste passe un coup de fil à Linda pour vérifier que tout sera bien prêt pour le buffet dans quelques jours, ce sera évidemment le cas. Linda comme à son habitude s'est complètement investie depuis sa demande.

Elle est rassurée, le défilé prend une bonne tournure, elle peut dorénavant se consacrer à sa famille et *à son affaire*. Elle confirme avec Victoire que le décor et tous les accessoires seront prêts. Avant de retrouver tous ses amis au *Café des Délices* pour le dîner de ce soir, elle rentre chez elle pour se délasser dans un bon bain chaud comme elle les aime. De nombreuses bougies sont disposées autour d'elle sur la baignoire, une mousse onctueuse parcourt son corps, de la musique douce finit de la détendre. Elle pense à tout ce qui lui est arrivé ces derniers mois et à sa rencontre avec Mathieu après tant de déceptions. Son changement de poste, Karl, le défilé… Tout cela en si peu de temps. Et maintenant sa famille qui revient au premier plan dans sa vie. Elle qui ne les connaît pas se trouve tout à coup en proie à une irrépressible envie de les découvrir. Qui étaient ses parents biologiques ? La question ne s'est jamais vraiment posée, ils sont décédés et personne n'a réclamé les deux sœurs avant leur adoption. Il n'y avait plus personne à qui demander des informations. Quelle histoire ! C'est un fantôme qui lui parle de ses ancêtres. Est-ce qu'elle n'a pas rêvé tout cela ? Est-ce que son inconscient tente de lui montrer qu'il lui manque quelque chose ? Que croire ? Pourtant, tout ce qui lui arrive lui paraît bien réel, surtout depuis l'incendie dans son studio. Pourquoi une personne voudrait-elle la tuer ? Elle n'en sait vraiment rien.

La sonnerie de son téléphone la sort de ses pensées. Mathieu lui demande si elle souhaite qu'il passe la prendre.

— Si tu te dépêches, tu peux me rejoindre dans mon bain, murmure-t-elle avant de raccrocher.

Tout est dans l'effet.

Mathieu ne se fait pas prier. Ni une ni deux, il sort de chez lui et prend sa voiture pour rejoindre sa dulcinée. Heureusement qu'elle lui a enfin donné un double de ses clés.

Même si selon lui cela a mis un peu de temps, il a réussi à la convaincre. Mathieu et Agnès sont allongés sur le lit. La jeune femme a posé la tête sur son épaule et sa jambe sur la sienne. Elle voudrait que ce moment ne s'arrête jamais. Mathieu lui soulève délicatement le menton et l'embrasse tendrement.

— Il est temps d'y aller, ma beauté, chuchote-t-il tout en lui embrassant le cou.

Ils sortent de l'appartement et se dirigent vers le restaurant. Tous leurs amis sont déjà arrivés, ils sont légèrement en retard. Jonathan, les voyant entrer, leur lance un regard complice. Personne ne leur demande pourquoi ils n'arrivent que maintenant. Linda a privatisé le restaurant pour ce soir. Martial court vers le bar pour servir un apéritif à Agnès et Mathieu, qui vont ensuite s'installer à table avec tout le monde.

Nicolas et Marie sont présents, ils ont hâte de retourner au Congo-Brazzaville, avec Tania et Théo pour leur voyage annuel. Cette dernière leur explique à quel point la population a besoin de médecins sur place. Quant à Matéo, comme à son habitude, il est installé non loin de Jonathan qu'il questionne sans cesse sur son travail. Apparemment, il voudrait être policier lui aussi, enquêteur, sans passer par la case *paperasse*, comme il aime à dire. Omar et Sophie sont présents également avec leur tribu de trois enfants, la famille s'est agrandie. Yvan et Céline sont assis près de Mathieu, Agnès et sa sœur, ils ont confié leurs enfants à belle-maman pour la soirée. Ce dîner démarre sous de bons auspices. Damien arrive enfin, Lou lui fait signe depuis sa table pour qu'il la rejoigne. Il a l'air ravi, elle se dit qu'il doit avoir trouvé les informations sur la famille biologique d'Agnès qu'elle lui avait demandées plus tôt dans la journée. Adam et Franck sont présents également, ce dernier est prêt à débriefer de ce qu'il a pu dégoter sur la vidéo.

Franck, toujours aussi bien organisé, profite de la pause entre l'entrée et le plat pour allumer son ordinateur portable et montrer les photos tirées de la vidéo. Le visage de l'incendiaire présumé apparaît, partiellement caché par sa casquette. Agnès confirme qu'elle ne le connaît pas. Le flic a fait des recherches au poste, son visage correspond à un homme arrêté pour vols à main armée et cambriolages. Rien à voir avec des incendies.

Jonathan et Lou demandent à Franck s'il a pu trouver son adresse, il leur tend un morceau de papier sur lequel ses coordonnées sont indiquées. *Pour qui le prennent-ils ?* Impossible d'obtenir un mandat pour l'interroger, car il n'y a pas assez de preuves contre lui. Lou, qui n'abandonnera pas, lui confie qu'ils vont juste avoir une petite discussion avec lui. Adam fronce les sourcils, bien conscient qu'il aura beau dire, Lou n'en fera qu'à sa tête. Cette dernière se tourne vers Damien et lui fait un signe de tête, comprenant que c'est à son tour de partager ses informations. Il sort de sa sacoche deux grandes feuilles A3 qu'il déplie. Toutes deux contiennent des arbres généalogiques, lui aussi est bien organisé. Il pousse quelques assiettes et dépose les feuilles sur la table, à la vue de tout le monde. Le premier arbre généalogique représente la famille des Delattre depuis Georges et Eugénie. La seconde représente la famille d'Agnès, à partir de Suzanne et Louis. Agnès se lève et s'approche de Damien.

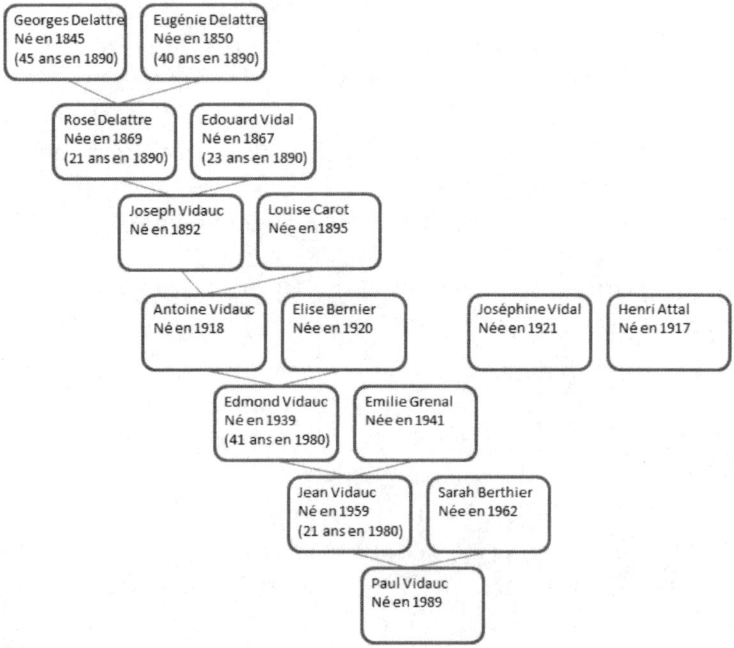
Georges Delattre
Né en 1845
(45 ans en 1890)
Eugénie Delattre
Née en 1850
(40 ans en 1890)
Rose Delattre
Née en 1869
(21 ans en 1890)
Edouard Vidal
Né en 1867
(23 ans en 1890)
Joseph Vidauc
Né en 1892
Louise Carot
Née en 1895
Antoine Vidauc
Né en 1918
Elise Bernier
Née en 1920
Joséphine Vidal
Née en 1921
Henri Attal
Né en 1917
Edmond Vidauc
Né en 1939
(41 ans en 1980)
Emilie Grenal
Née en 1941
Jean Vidauc
Né en 1959
(21 ans en 1980)
Sarah Berthier
Née en 1962
Paul Vidauc
Né en 1989

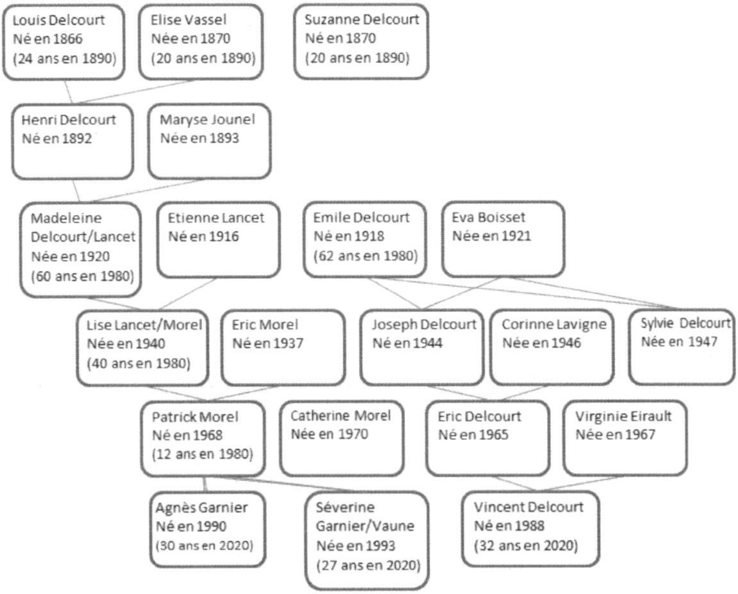

Le visage de Damien s'assombrit tout à coup, il se tourne vers Agnès.

— Tout d'abord, je suis désolé, mais ta grand-mère Lise est décédée. Elle a survécu à son coma, mais a été victime d'un accident vasculaire cérébrale peu avant le décès de tes parents.

La jeune femme s'en doutait, elle se tourne vers Séverine, celle-ci s'approche et la prend dans ses bras. Elle s'installe près d'elle. Damien a cependant une bonne nouvelle, certains descendants de Louis sont vivants et résident non loin d'ici. Madeleine, son arrière-grand-mère selon l'arbre généalogique, avait un frère prénommé Émile qui a eu deux enfants Joseph et Sylvie. Cette dernière est décédée des suites d'une leucémie sans avoir eu d'enfant. Quant à Joseph, il a eu un fils Éric, qui a eu également un fils : Vincent Delcourt. Agnès se penche sur la feuille pour le trouver, il est tout en bas, c'est le dernier nom inscrit. Ce qui ferait donc de lui son cousin éloigné, bon très éloigné… Cette simple idée la transporte, elle est tout excitée, elle souhaite le retrouver au plus vite pour le rencontrer.

— Tu penses que je t'ai attendue, lâche Damien lui faisant un clin d'œil.

Il lui glisse un morceau de papier dans la main, c'est son adresse, il vit à Paris dans le quinzième arrondissement. Agnès tremble en l'ouvrant, le montrant à Séverine. Elles se regardent et décident de s'y rendre dès le lendemain.

Linda et Tom arrivent avec les plats, tout le monde se régale. Elle en profite pour montrer à Agnès la liste de ce qu'elle a prévu pour le buffet de son défilé. Celle-ci est enchantée par son travail. Tout sera parfait. La soirée se termine tranquillement, chacun rentre chez soi.

***

Le lendemain matin, pendant qu'Agnès, Séverine et Damien se rendent chez Vincent Delcourt, Jonathan et Lou se dirigent vers l'appartement du gars sur la vidéo. Ils trouvent porte close. Lou, qui ne souhaite pas en rester là, tambourine sur la porte. Ils entendent des pas qui arrivent vers eux, un homme à moitié endormi leur ouvre la porte. Lou lui montre sa plaque et lui demande s'il s'appelle bien Hector Valquez, il acquiesce.

— Pouvons-nous entrer s'il vous plaît pour vous poser quelques questions ? s'enquiert Lou avec une voix plus douce qu'elle ne l'aurait voulu.

Il s'écarte pour les laisser pénétrer dans la pièce très sombre, son mètre quatre-vingt-quinze le rend très impressionnant. Les volets sont fermés, des cartons vides de pizza jonchent la salle à manger, des bouteilles de bière vides sont disséminées un peu partout dans la pièce. Il ouvre les volets pour faire entrer un peu de lumière. Valquez s'allume une cigarette et leur demande ce qu'ils veulent. Elle cherche la photo de la vidéo dans la poche de son pantalon, mais ne la trouve pas. Sacrée Lou, toujours aussi bordélique. Jonathan la fixe du regard, elle hausse les épaules et regarde en l'air. Elle la trouve enfin dans l'une des poches de sa veste. Elle la montre à Valquez qui paraît surpris.

— C'est bien vous sur cette photo ? interroge Jonathan d'un ton sec.

— Oui… enfin non… peut-être… balbutie l'homme.

— Écoutez, on n'a pas de temps à perdre, on sait que c'est vous ! Maintenant, vous allez nous dire pourquoi vous avez tenté de tuer la personne qui était dans ce studio ! s'agace Lou en lui collant la photo sur son visage.

Valquez se frotte les mains. Jonathan se dit qu'il paraît ne pas avoir la carrure de ce genre de prise de risque, c'est pourtant bien lui sur cette photo. L'homme se passe la main dans les cheveux et essuie la sueur qui perle sur son front. Il s'adresse à Lou.

— Je ne voulais pas lui faire de mal à cette petite, je serai bientôt à la rue si je ne rembourse pas tout l'argent que je dois ! Cet homme m'a proposé une belle somme pour faire ce travail, lâche-t-il soulagé.

— Quel homme ? Un nom ! crie Lou tapant du poing sur la table basse.

— Je ne connais pas son nom, par contre je pourrais le reconnaître si je le voyais.

Eh merde ! Évidemment, trop facile… Jonathan et Lou sont déçus. Ils se mettent d'accord pour emmener Valquez au poste pour faire un portrait-robot du commanditaire de l'incendie.

Agnès, Séverine et Damien parviennent devant l'immeuble de Vincent Delcourt. Les deux sœurs se tiennent la main et avancent ensemble vers l'interphone. Le jeune homme cherche son nom et appuie sur le bouton. Une voix répond, les filles se regardent en souriant. La jeune styliste tente d'expliquer rapidement la situation à son interlocuteur qui ouvre immédiatement la porte. Il leur indique l'étage, au cinquième, et le numéro de l'appartement, cinq cent quarante-trois. Les deux femmes ont du mal à contenir leur joie et même à respirer. Damien tente de les calmer sans succès. *Ah les femmes !*

L'ascenseur s'ouvre sur le cinquième étage. Ils entrevoient un homme au fond du couloir devant une porte ouverte, ce doit être Vincent. Ils s'approchent lentement de lui, il fixe Agnès et Séverine. Sans plus attendre, il les prend toutes les deux dans ses bras et elles se laissent volontiers faire. Il recule et s'adresse à elles.

— Alors comme ça, votre arrière-grand-mère était la sœur de mon arrière-grand-père ? C'est bien ça ? Donc on est quoi nous en fait ? questionne Vincent.

— Si l'on disait que nous étions cousins, ça simplifierait les choses, propose Agnès.

Il s'efface de la porte pour les laisser pénétrer dans son appartement. Agnès le regarde et le trouve très grand, brun aux yeux noisette. Une carrure d'athlète. Il leur propose un café qu'ils acceptent. Il les installe sur le canapé du salon puis revient avec les boissons et quelques petits gâteaux secs. Agnès est étonnée, aucune photo n'orne son appartement. Elle le lui fait remarquer. Il déteste se faire prendre en photo et n'aime pas en conserver. Séverine et elle lui posent mille questions, sur sa famille, auxquelles il tente de répondre. Il n'a pas connu leur arrière-grand-mère, il ne peut leur parler que de son côté de la famille, ce qui leur suffit amplement. Agnès prend une profonde inspiration et tente de lui expliquer ce qu'elle a vu dans la propriété qu'elle vient d'acquérir. Il paraît peu convaincu par son discours, ce qui la déçoit un peu, mais elle comprend. Si une personne lui avait raconté la même histoire, l'aurait-elle crue ?

— Écoutez, je ne crois pas trop à toutes ces choses-là. Cependant, si je peux vous aider en quoi que ce soit, j'en serai plus que ravi. On est de la même famille ! lance Vincent.

Ils échangent leurs numéros et prennent congé. Ils rejoignent Lou et Jonathan au commissariat. Adam n'a pas chômé, il a fait jouer toutes ses relations afin de rouvrir l'enquête sur le meurtre de Suzanne, il va devoir beaucoup de services. Il a fait rapatrier tous les dossiers de l'époque soigneusement conservés aux archives de la police. Ceux-ci ne contiennent pas énormément d'éléments, Adam et Franck y ont trouvé : la branche d'arbre, les empreintes relevées par l'officier de l'époque, un certain Murdoch, ainsi que toutes ses notes.

Le temps que Valquez constitue le portrait-robot, ce qui risque de prendre plusieurs heures, Jonathan et Lou se consacrent à éplucher les notes de Murdoch, ils sont aidés par Agnès, Séverine et Damien qui viennent d'arriver au commissariat. Ils s'installent dans le bureau d'Adam qui les laisse travailler. Il a d'autres chats à fouetter. Il a fait sa part du boulot.

Une heure plus tard, et des centaines de pages de dossier lues, Jonathan propose de récapituler toutes les informations glanées dans ces dossiers.

1. *Pierre a été suspecté dès le premier jour.*
2. *Murdoch a rapidement cru en l'innocence de Pierre.*
3. *Murdoch a trouvé des empreintes sur la branche d'arbre et les a prélevées.*
4. *Murdoch a prélevé les empreintes de Pierre, elles ne correspondent pas à celles trouvées sur l'arme du crime.*
5. *Murdoch, selon ses notes, a subi des pressions de son chef, ainsi que du préfet pour boucler rapidement cette affaire et arrêter Pierre.*
6. *Murdoch a rapidement suspecté M. Delattre.*

Pourquoi ? Pourquoi tant d'empressement à boucler cette affaire ? Jonathan est en pleine réflexion, Lou le remarque et esquisse un léger sourire en le fixant.

— Pourquoi me regardes-tu comme ça ? interroge Jonathan.

— Toi, tu as une idée derrière la tête. Allez, crache le morceau !

Décidément, elle ne le connaît que trop bien ! Est-il si prévisible ?

— Alors voilà… Nous prenons tous le parti de croire en l'innocence de Pierre, donc il nous faut trouver le vrai coupable. Pas pour le punir, nous sommes d'accord, mais si aujourd'hui encore une personne tente de nous empêcher d'accéder à cette enquête, c'est qu'il ou elle essaie de protéger l'assassin. Peut-être un descendant d'ailleurs !

Tout le monde acquiesce et attend la suite avec impatience.

— Très bien. Prochaine étape : trouver un suspect. Selon les notes de Murdoch, il avait jeté son dévolu sur Georges Delattre, suivons cette piste. Il pensait qu'il était amoureux de Suzanne, il lui avait offert des cours de danse et il paraissait très affecté par son départ, selon le témoignage de l'intendante Hélène.

— Comment veux-tu trouver des indices si longtemps après le crime ? interroge Lou pas très convaincue.

Jonathan leur explique sa stratégie.

— On ne peut pas comparer les empreintes de l'arme du crime avec celle de M. Delattre, car Murdoch n'a pas été autorisé à les relever. Cependant, l'ADN ne ment jamais et reste toujours présent. Avec un peu de chance, le meurtrier a touché Suzanne, il a même peut-être été blessé par la branche et a laissé un peu de sang sur elle, tout est possible ! s'enthousiasme Jonathan en faisant les cent pas.

Tout le monde le regarde, pendu à ses lèvres. Il s'adresse à Agnès, lui expliquant qu'il va avoir besoin de l'aide de Mathieu pour la paperasse. En attendant, il va préparer avec Lou un dossier béton avec toutes les preuves qui pourraient les aider à plaider leur cause.

— OK on rouvre le dossier, et après ? s'inquiète Lou.

— On exhume le corps et on le fait à nouveau examiner. Les techniques ont beaucoup évolué, on peut trouver des traces ADN ou du sang, même après tout ce temps, répond Jonathan sûr de lui.

Jonathan et Lou restent dans le bureau d'Adam pour fignoler leur dossier. Agnès appelle Mathieu pour le prévenir qu'ils lui enverront des informations par e-mail afin qu'il fasse la demande de réouverture du dossier auprès des autorités compétentes. Séverine serre Agnès fort dans ses bras avant de retourner à son travail. La jeune styliste fait de même et retourne à la maison de couture pour superviser les finitions des tenues ainsi que les décors du son et de la lumière. Tout doit être parfait, il ne faut pas qu'elle oublie son travail et ce défilé si important. Pourtant sur la route, elle fait un petit détour pour se rendre à la demeure. Elle est bien consciente que Lou lui a interdit de s'y rendre seule, mais elle a une envie irrépressible de revoir Suzanne.

Elle se gare, ouvre la porte d'entrée et la referme rapidement à double tour. Elle monte dans la chambre, elle sent immédiatement une légère fraîcheur sur sa peau. Elle sent que Suzanne arrive. Elle apparaît aussitôt.

« Tu es venue converser Agnès, je suis enchantée de te voir. »

— Suzanne, je suis venue te dire qu'on s'occupe de prouver l'innocence de Pierre et l'on n'abandonnera pas, sois-en sûre ! affirme-t-elle en s'avançant doucement vers Suzanne.

« J'en suis consciente Agnès, je vais d'ici peu pouvoir rejoindre l'amour de ma vie qui m'attend depuis si longtemps. »

Elle est si belle, si jeune, elle est morte à l'aube d'une belle vie qui l'attendait. Elle aimait Pierre et la danse, on lui a retiré les deux. Agnès réfléchit un moment et continue.

— Est-ce que… est-ce que… balbutie-t-elle sans pouvoir lâcher un seul mot.

« Tes parents sont présents, toute ta famille est présente, notre famille, elle m'attend. Je les perçois, mais je ne peux encore les voir, pas tant que je suis captive de cette demeure. »

— Je vais te délivrer Suzanne, promet-elle tout en tentant de la toucher.

Suzanne s'approche d'elle et pose délicatement sa main près de sa joue. Elle ressent une profonde quiétude. Soudain, des flashs apparaissent dans sa tête. Elle se revoit petite fille avec Séverine, avant le foyer d'adoption. Elle revoit le visage de son père et de sa mère. Cette dernière lui caressant les cheveux et lui disant qu'elle l'aime *jusqu'à ce qu'elle touche les étoiles*. Son père la prenant sur ses épaules. Elle se revoit à l'école avec Séverine lorsque la directrice est venue leur annoncer l'accident. Tous ces souvenirs enfouis en elle depuis toutes ces années ressortent dans un flot ininterrompu. Elle est assaillie par tant d'émotions à la fois : amour, bonheur, tristesse, colère, solitude. Suzanne s'écarte d'elle, Agnès tombe à genoux au sol. Elle n'arrive plus à gérer ce trop-plein d'émotions contradictoires. La jeune fille disparaît.

Elle sort de la chambre, dévale les escaliers et court jusqu'à sa voiture. Elle reste un moment la tête posée sur le volant sans pouvoir rien faire, excepté pleurer toutes les larmes de son corps comme une délivrance. Elle finit par reprendre ses esprits et se décide enfin à retourner au travail.

Quelques heures plus tard, Mathieu la contacte sur son portable, il a reçu les informations par e-mail pour la réouverture du dossier de Suzanne et se prépare à tenter de convaincre le juge. Elle le rejoint aussitôt au tribunal. Elle l'attend patiemment à la porte de la salle d'audience dans laquelle elle n'a pas le droit de pénétrer. Les minutes lui paraissent des heures. Jonathan et Lou la rejoignent.

— Toujours pas de nouvelles ? s'enquiert Jonathan en posant la main sur l'épaule d'Agnès.

— Non, rien. J'attends depuis je ne sais combien de temps.

Soudain, la porte de la salle d'audience s'ouvre et Mathieu en sort, avec de nombreux dossiers à la main, accompagné de l'un de ses confères. Ils se dirigent vers eux. Mathieu les présente à son mentor, Yves Chabrol. Agnès est enchantée de rencontrer enfin la personne que son homme admire le plus à son travail, il l'a souvent évoqué lors de discussions. Il les salue et les laisse, il doit retourner plaider une nouvelle affaire dans une autre salle d'audience. Agnès, Jonathan et Lou attendent avec impatience le retour de Mathieu qui les laisse un peu mariner dans leur jus en leur proposant de s'asseoir sur l'un des bancs.

— J'ai une très bonne nouvelle, le juge nous a donné son accord pour rouvrir l'affaire de Suzanne ! s'écrie-t-il pas peu fier.

Agnès lui saute au cou et l'embrasse sur tout le visage. Ce n'est pas que cela lui déplaise, mais il est au tribunal et beaucoup de confrères le connaissent. Il est un peu gêné et repousse doucement Agnès.

— Pardon, c'est vrai, il y a tous tes collègues, lâche-t-elle désolée.

Ce n'est pas tout, ils ont également l'accord pour faire exhumer le corps dès que possible, le juge a admis que l'enquête de l'époque avait été bâclée et qu'aucune chance n'avait été laissée au prévenu de prouver son innocence. De plus, aucune autre piste n'avait été étudiée. Jonathan et Lou, bien que surpris par ce soutien inespéré du juge, sont ravis et s'empressent de téléphoner à Adam pour qu'il demande les autorisations afin de procéder à l'exhumation du corps de Suzanne dès que possible. Lou appelle Franck pour savoir où en est le portrait-robot. Il avance bien, il la tiendra au courant dès qu'il sera finalisé. Ils feront ensuite une recherche dans le système pour voir si le portrait correspond à une personne déjà fichée chez eux.

Agnès est frustrée tout à coup, il va falloir se montrer patiente, et pour l'exhumation, et pour le portrait-robot ; ils ne peuvent rien faire à part attendre. Lou est dans le même état. Mathieu et Jonathan se regardent et se comprennent.

— Si l'on allait déguster une bonne bouteille de vin, les filles ? propose Jonathan en donnant un coup de coude à Mathieu sachant pertinemment qu'il fera mouche auprès de ces deux alcooliques… enfin… amatrices de vin.

Ils se dirigent vers le *Café des Délices* pour boire un verre et en profiter pour tout raconter à Martial. Ils ne restent pas dîner, Mathieu a une réunion d'affaires, Agnès souhaite retourner à la maison de couture pour tout finaliser. Quant à Lou et Jonathan, ils retournent au commissariat pour voir si le visage du commanditaire de l'incendie se dessine. Le portrait a bien avancé, Franck a commencé à lancer les recherches dans le système, mais il n'y a pas de correspondance pour le moment. Ils gardent Valquez bien au chaud pour une confrontation, au cas où.

Agnès, retournée à son travail, reçoit un coup de téléphone de Vincent. Elle est ravie de l'entendre et lui raconte leur folle journée. Il est surpris, mais ravi également que le dossier puisse être de nouveau ouvert. Ils vont enfin peut-être trouver la vérité sur ce qui s'est passé à l'époque. Elle propose de le rappeler dès qu'elle en saura plus.

Il est plus de minuit lorsqu'elle rentre enfin chez elle. Elle lance ses magnifiques *Louboutin* dans l'entrée et s'affale sur son canapé. Elle hésite à appeler Mathieu, elle a envie de le voir et de lui raconter ce qui s'est passé avec Suzanne, mais elle est épuisée. Elle n'a pas le temps de se poser deux fois la question qu'elle s'assoupit sur le canapé.

***

Le lendemain matin, Agnès est réveillée tôt par la lumière du soleil pénétrant dans la salle à manger, où elle est tombée de sommeil.

Merde ! J'aurais dû fermer les volets avant de m'endormir !

Elle décide de profiter de cette heure matinale pour faire, pour une fois, une surprise à Mathieu. Elle prend la douche la plus rapide de l'Ouest, se sèche les cheveux, se maquille puis file à la boulangerie acheter quelques croissants. Elle sonne à sa porte. Il lui ouvre, très étonné de la voir, mais ravi et se jette sur les croissants, il meurt de faim. *Sympa !* Agnès s'installe sur le canapé et y dépose sa veste.

— As-tu déjà pris ta douche ? lance-t-elle avec un regard coquin.

Mathieu laisse tomber son croissant, court vers elle, la porte et l'emmène dans la salle de bains. Après leur douche, pendant qu'ils prennent leur petit déjeuner, le téléphone de Mathieu vibre. Son confrère lui confirme qu'il a eu toutes les autorisations de la part d'Adam, ils peuvent exhumer le corps dès aujourd'hui. Agnès est tout excitée à cette idée, elle n'aurait jamais cru que cela lui ferait autant plaisir de se rendre au cimetière pour découvrir un corps enterré depuis si longtemps. Le téléphone d'Agnès sonne également, c'est Lou. Rendez-vous est pris à onze heures pour l'exhumation. Lou leur donne l'adresse du cimetière où est enterrée Suzanne. Agnès et Mathieu appellent leurs boss pour prendre leur journée.

— Mathieu, je trouve que tu transpires beaucoup, je crois qu'une douche ne t'a pas suffi, murmure-t-elle à son oreille.

Elle se dirige vers la salle de bains, faisant délicatement glisser sa robe le long de ses jambes.

Il ne sait pas ce qui arrive à Agnès, mais il ne pose aucune question et retourne avec elle sous la douche. Elle lui raconte ensuite ce qui s'est passé avec Suzanne. D'abord en colère car elle y est retournée seule, Mathieu finit par se calmer et tente de comprendre sa réaction, il aurait fait de même certainement. Il est l'heure de partir au rendez-vous au cimetière.

Ils retrouvent Adam, Jonathan et Lou près de la tombe de Suzanne. Agnès avance tout doucement. Elle ne sait pas pourquoi, mais elle a peur d'approcher sa tombe, comme si elle la trahissait. Il n'y a pas de photo, juste une inscription. *« À ma sœur adorée, puisses-tu reposer en paix auprès de l'amour de ta vie. Je t'aime tant. »*. Une belle attention de son frère Louis.

Le policier présent leur explique que cela reste une procédure exceptionnelle, qui suppose un cadre précis, extrêmement encadré par la loi et par le Code général des collectivités territoriales. Il se doit de leur préciser. Un marbrier arrive pour ouvrir le caveau et une entreprise funèbre extrait ensuite le cercueil afin de prendre le corps en charge. Cette opération s'effectue en présence du fonctionnaire de police leur ayant expliqué la procédure. Le responsable du cimetière leur explique qu'ils ont eu de la chance que leur demande ait pu aboutir si rapidement, les délais sont beaucoup plus longs habituellement, ils doivent avoir le bras long. Il leur explique également que ce n'est pas la première fois qu'un corps aussi vieux est exhumé, que l'endroit est sec et souvent le corps s'en trouve momifié. Le corps est transféré à la morgue de la police du secteur du cimetière. Adam a rédigé une demande pour le faire transférer chez leur médecin légiste au plus vite, cela devrait être fait dans la journée.

Ils en profitent pour aller déjeuner au *Café des Délices*, le temps que la légiste examine le corps. Le téléphone d'Agnès se met à sonner ; c'est Karl, il est dans tous ses états. Apparemment il y a une urgence concernant la robe de mariée, elle doit absolument venir au travail même si elle a pris sa journée. Elle s'exécute, elle ne souhaite pas risquer de perdre son job et cette robe est la pièce maîtresse de ce défilé, elle doit être parfaite. Elle les rejoindra plus tard au restaurant.

Agnès arrive à la maison de couture, personne ne s'affaire

sur la robe de mariée, ce qui étonne Agnès. Elle ne sent pas d'effervescence. Pourquoi diable l'a-t-il fait venir en urgence ? Tout à coup, elle entend le bruit d'une bouteille de champagne qu'on ouvre et découvre Karl dans l'une des pièces voisines à celle dans laquelle elle se trouvait. Il pavoise en compagnie de toutes les couturières, on dirait qu'ils fêtent quelque chose.

— Ma chérie, tu es là ! s'exclame Karl en lui tendant une flûte à champagne. Je ne voulais pas fêter cela sans toi, notre collection est sublime, nos actionnaires sont passés ce matin et ils ont tout simplement A-D-O-R-É !

Agnès allait ouvrir la bouche pour se plaindre de lui avoir fait peur, finalement elle décide de profiter de ce petit moment de douceur de la part de Karl qui deviendra à nouveau un vrai tyran le jour J. Elle avale sa coupe de champagne et rejoint tout le monde au restaurant. Après un bon déjeuner, qui s'est attardé quelques heures, Lou reçoit un coup de fil d'Adam, ils ont trouvé quelque chose sur le corps, ils doivent absolument les rejoindre à la morgue. Agnès attrape Mathieu par le bras, ne lui laissant même pas le temps de finir son deuxième dessert, il lâche sa petite cuillère. Lou appelle Damien pour qu'il les rejoigne sur place, cette histoire lui vaudra certainement un super article ! Ils se dirigent tous vers le commissariat. Arrivés sur place, ils se rendent à la morgue sans demander leur reste. Damien est arrivé également. La légiste n'a même pas examiné le corps, toujours recouvert d'un drap.

— Je ne comprends pas, je croyais que tu avais trouvé quelque chose, tu n'as même pas touché au corps ! s'agace Lou en lui montrant le drap avec sa main.

— Ne t'énerve pas ma belle, si je vous ai fait venir, c'est parce que j'ai trouvé mieux que ça sur le corps.

Tous restent perplexes devant la réponse de la légiste. D'un signe de la tête, elle leur demande de s'approcher d'un bloc de verre disposé près d'elle. Une lettre manuscrite était disposée sur le corps. Elle est bien sûr jaunie et abîmée par le temps. Elle pense pouvoir récupérer ce qu'il y a écrit dessus, il faut juste être très prudent. Au moindre faux mouvement, le papier se détruira et tout ce qu'il contient sera perdu. Ce papier fabriqué à base de chanvre, bien que très solide, reste fragilisé par le temps qu'il a passé dans le cercueil. Heureusement, cet environnement sec a fortement contribué à sa préservation. Et aujourd'hui, il existe une pléthore de techniques pour faire apparaître le texte de la lettre sans même la toucher. Elle connaît un brillant spécialiste qu'elle a contacté et qui ne va pas tarder à les rejoindre.

Le voici justement muni d'une grande mallette. La légiste le présente comme étant l'un des meilleurs dans son domaine. Il s'approche de la lettre et commence son travail. Jonathan, Lou, Damien et Agnès le laissent faire. En attendant, chacun est scotché à son téléphone portable, soit à jouer à des jeux, soit à flâner sur les réseaux sociaux. Au bout d'une demi-heure de travail, le spécialiste est fier de leur dire qu'il a pu récupérer le texte écrit sur la lettre. Il tente de leur expliquer sa technique, mais Lou, impatiente, l'interrompt afin de lire le texte de la lettre. Sacrée Lou, pas une once de patience ni de diplomatie ! Il leur montre la lettre récupérée en tournant son ordinateur vers eux. Ils la lisent et tous restent bouche bée en se regardant. Nul besoin de trouver des preuves sur le corps, tout est là sous leurs yeux ébahis.

Agnès demeure sous le choc. Elle va de révélation en révélation. Ils vont enfin pouvoir prouver l'innocence de Pierre, il n'est jamais trop tard. Elle regarde le ciel en espérant que Suzanne puisse la voir. Mathieu a également été appelé pour son travail, il y retourne à contrecœur, il serait bien resté avec Agnès. Elle laisse Lou, Jonathan et Damien au commissariat, où ils retrouvent Franck pour vérifier comment avance la recherche du visage de l'incendiaire dans le système.

Arrivée chez elle, la jeune styliste contacte Vincent et lui explique pour la lettre. Il propose de venir la voir chez elle pour la lire, car il ne souhaite pas l'entendre par téléphone. Elle lui donne son adresse, il la rejoint une demi-heure plus tard. Ils s'installent tous les deux sur le canapé, elle lui montre la lettre sur son ordinateur. Elle l'a prise en photo avec son téléphone à la morgue. Il la lit à voix haute.

« Ma chère Suzanne,

Si je t'écris cette missive aujourd'hui, le jour de ton enterrement, c'est que je souhaite qu'elle parte avec toi pour que tu connaisses toute la vérité, je ne peux plus la garder pour moi. Il y a de cela une vingtaine d'années, je venais de me marier et Eugénie était enceinte, j'étais si heureux, mais si malheureux à la fois. J'avais rencontré la femme de ma vie quelques mois avant ma rencontre avec Eugénie. Sa famille n'étant pas de la même condition que la mienne, j'ai dû renoncer malgré moi à cet amour. Elle avait tenté après mon mariage de revenir vers moi, et j'ai failli une nuit, cette fameuse nuit qui restera à jamais gravée dans ma mémoire. La nuit de ta conception. Suzanne, tu es le fruit de mes entrailles. Tu ressemblais tellement à ta mère, une beauté comme je n'en ai jamais connu jusqu'à ce jour. Ce jour où Hélène t'a engagée, j'ai tout de suite su. Tu avais son visage, sa douceur, ses yeux, ses cheveux, tout en elle ressortait par le moindre pore de ta peau. Je t'ai laissé entrer dans ma vie, car je n'ai pas pu y laisser entrer ta mère. J'ai été égoïste, pardonne-moi. Eugénie, qui avait rencontré ta mère, a également reconnu ses traits en toi. Pas aussitôt, cela s'est insinué au fil du temps. Un jour, elle m'a fait une scène, je croyais que personne ne nous avait entendus, mais ma Rose si. Je ne l'ai découvert que plus tard, malheureusement trop tard…

Elle savait pour toi, elle ne l'a jamais accepté et lorsque je lui ai parlé de te reconnaître, son sang n'a fait qu'un tour. Je pensais que tu étais en droit d'avoir tout ce à quoi elle avait droit. Je me suis trompé en me confiant à elle, mes confessions ont nourri sa rage et sa colère. Je pensais qu'elle te mènerait la vie dure, je ne pensais pas qu'elle irait aussi loin. Le soir où tu es morte, je lui ai confié que j'allais tout te dire et que tu ferais partie intégrante de notre famille. Je ne voulais pas que tu partes loin de moi. Comme j'ai été égoïste et aveugle.

Lorsque j'ai appris ta mort, j'ai observé le regard de Rose et j'ai tout de suite su. Pardonne-moi de l'avoir couverte. Malgré tout ce qu'elle a fait, elle reste ma fille, je me devais de la protéger.

Tout ceci est ma faute, je souhaite qu'un jour une personne découvre cette missive et réhabilite ce pauvre Pierre que j'ai laissé se faire pendre à la place de ma fille. Pardonne-moi ma fille, je t'aimais… je t'aime… je t'aimerai… Suzanne.

Ton père, Georges Delattre, le 18 septembre 1890 »

Les yeux de Vincent se remplissent de larmes, il est visiblement ému par cette lecture. Agnès le serre dans ses bras, il s'écarte froidement, ce qui l'étonne. Elle observe son visage se durcir et ses traits s'assombrir. Elle ne comprend pas ce changement, il devrait être content, ils ont réussi à réhabiliter Pierre. Il se tourne vers elle et enchaîne, d'un ton hautain.

— Tu es vraiment trop bête ! s'exclame-t-il. Si tu crois que je vais te laisser faire et t'insinuer dans notre famille comme ça ! Tu n'es rien ! Tu n'as droit à rien de notre patrimoine !

Agnès en reste sans voix, elle ne comprend rien à ce que Vincent raconte.

— De quoi parles-tu ? On est de la même famille ! affirme-t-elle en se levant du canapé.

— Absolument pas, je ne suis pas Vincent. Je m'appelle Paul et je suis un descendant direct de Georges, toi tu n'es rien du tout ! Je te suis depuis des semaines et après l'incendie qui aurait dû te tuer, j'ai compris qu'il fallait que je t'approche autrement. Je me suis rendu chez Vincent et je l'ai neutralisé pour prendre sa place.

Agnès court vers la porte pour s'échapper. Il la rattrape aussitôt et la prend par les cheveux pour la jeter violemment sur le canapé.

— Tu n'iras nulle part. Peut-être que cette lettre innocentera Pierre, je n'en ai plus rien à foutre maintenant ! Mais jamais, au grand jamais, tu ne feras partie officiellement de notre famille ! Tu n'hériteras de rien ! s'écrie Paul en lui assénant une gifle.

Jonathan, Lou et Damien se trouvent en compagnie de Franck. Pas de résultat pour le moment sur le visage du portrait. Damien, qui ne l'avait pas vu, s'en approche. Il reste pétrifié devant ce portrait et Lou s'en rend compte.

— Qu'est-ce qui t'arrive ? On dirait que tu as vu un fantôme, s'étonne Lou en posant la main sur son épaule.

— J'étais avec Agnès lorsqu'elle a rencontré Vincent, vous savez son cousin. Eh bien, c'est lui sur ce portrait, j'en mettrais ma main à couper, lâche-t-il visiblement perturbé.

— Enfin pourquoi voudrait-il la tuer ? Ils veulent la même chose, s'étonne Lou complètement perdue.

Jonathan réfléchit et le puzzle se met à nouveau en place dans son esprit.

— Parce que ce n'est pas Vincent Delcourt, tout simplement, lâche-t-il tout en pianotant sur l'ordinateur de Franck.

Il lance une recherche sur son nom et demande à Damien l'adresse où il s'est rendu avec Agnès pour le voir. Il le trouve dans leur fichier : amendes impayées. Il découvre la photo de son permis. Bingo ! Rien à voir avec le Vincent que Damien a rencontré. Lou, terriblement inquiète, tente de joindre Agnès sur son portable, aucune réponse. Elle appelle ensuite Mathieu. Il est au travail et pas avec Agnès. Elle ne lui confie pas ses inquiétudes.

Ils foncent chez elle tous les trois. Franck et Adam les suivent également. Ils arrivent rapidement, entrent dans l'immeuble et montent à son étage. Ils frappent à sa porte, aucune réponse. Jonathan décide d'enfoncer la porte, ils découvrent Paul et Agnès dans le salon. Lorsqu'ils ont frappé à la porte, il en a profité pour foncer dans la cuisine récupérer un couteau en maintenant Agnès, et menace de la tuer en le positionnant sous sa gorge. Il se poste derrière elle et leur demande de les laisser sortir.

Jonathan tente une approche, il pose son arme à ses pieds et s'avance lentement vers lui, les mains levées devant lui. Il va tenter d'entrer dans son esprit en prenant son parti.

— Je sais ce que tu te dis, elle ne mérite pas de faire partie de ta famille ! s'écrie Jonathan.

Lou comprend ce qu'il tente de faire : créer une brèche pour qu'il lâche un peu son couteau et permettre à l'un d'entre eux d'avoir une fenêtre de tir.

— Ne t'approche pas de moi ! crie Paul.

— Très bien, je reste où je suis. Écoute-moi, je te comprends, elle n'est pas de la même condition que ta famille, tu n'as pas besoin de la tuer, elle ne le mérite même pas, tente-t-il.

L'homme hésite un instant, il paraît réfléchir. Jonathan le remarque et continue à s'immiscer dans sa tête.

— Ne gâche pas ta vie pour elle, ne te salis pas les mains, continue Jonathan en le fixant dans les yeux.

Jonathan a réussi à mettre le doute dans son esprit. Il baisse sa garde. Il relâche une fraction de seconde la pression de sa main sur son couteau, ce qui suffit à Lou pour lui tirer une balle dans l'épaule. Il tombe à terre, Agnès en profite pour courir vers Jonathan qui la prend dans ses bras. Paul n'en reste pas là, il n'a plus rien à perdre. De son bras encore valide, l'homme déterminé attrape le couteau et s'apprête à le lancer sur Agnès. Lou n'hésite pas une seconde, elle lui tire une balle dans la tête, il s'écroule. Agnès se retourne et enfonce son visage dans le torse de Jonathan.

Elle pleure toutes les larmes de son corps. Adam appelle des renforts et l'équipe scientifique. Jonathan a un flash et demande à Agnès s'il lui a parlé du vrai Vincent. Elle lui explique qu'il l'a neutralisé, selon ses dires. Jonathan réfléchit, il n'a pas dit qu'il l'avait tué. Il propose à Agnès de la conduire chez Mathieu, mais celle-ci insiste pour se rendre avec eux chez Vincent. Ils se garent devant chez lui et entrent en même temps qu'une dame dans l'immeuble. Ils montent à l'étage, Agnès les guide jusqu'à l'appartement. Lou regarde Jonathan. Il comprend. C'est à son tour d'enfoncer la porte. Il acquiesce d'un signe de tête. Ils entrent dans l'appartement et se dirigent dans la chambre de Vincent. Lou se tourne vers le dressing et ouvre la porte. Elle découvre un homme inconscient bâillonné et attaché. Elle prend son pouls, il respire encore. Il doit être drogué, mais il est vivant. Jonathan appelle une ambulance qui arrive quelques minutes plus tard. Vincent est amené à l'hôpital, Agnès suit l'ambulance, elle souhaite être présente à son réveil.

Elle patiente en salle d'attente, ce qui lui laisse le temps de prévenir Mathieu et de tout lui raconter. Il quitte aussitôt son travail pour la rejoindre à l'hôpital. Il arrive vingt minutes plus tard, visiblement affolé. Il la serre dans ses bras. Dire qu'il a failli la perdre et qu'il n'était pas présent pour elle ! Le médecin s'approche d'Agnès. Vincent va bien, il a été drogué, mais ne risque plus rien. Il est juste légèrement déshydraté. Elle demande si elle peut le voir, il lui accorde cinq minutes. Accompagnée de Mathieu, elle se dirige vers la chambre et toque à la porte. Le jeune homme semble étonné de la voir, il ne la connaît pas. Elle commence par s'installer sur l'une des chaises près de son lit et lui déballe tout d'un seul bloc. Mathieu reste debout près d'Agnès. Il lui faut quelques minutes pour tout ingurgiter : l'incendie, le fantôme, sa famille, son agression… Des larmes perlent sur son visage et il écarte les bras, Agnès vient s'y blottir. Le couple lui confie leur numéro et le laisse se reposer. Elle souhaite que Vincent fasse partie de sa vie et visiblement lui également.

— J'ai besoin d'un verre, balance Agnès.

— Allons-y, ma belle, répond Mathieu en la prenant dans ses bras.

Ils arrivent au *Café des Délices*, Lou et Jonathan y sont également, ils avaient aussi besoin de décompresser après cette journée de folie. Ils n'ont pas faim, Linda leur apporte quelques gourmandises qu'elle dépose sur le bar ; elle commence à avoir l'habitude avec eux. Agnès raconte ses mésaventures à Martial. Ce dernier, toujours inquiet pour Jonathan, n'est pas très heureux de l'apprendre d'une autre bouche que la sienne.

— Jamais tu ne m'appelles pour me prévenir ? Il n'y a pas assez de tueurs en série en ce moment ? Tu t'ennuies peut-être ? lâche Martial.

Jonathan passe derrière le bar et le prend dans ses bras, il lui dépose un baiser sur les lèvres. Il semble que Martial ait oublié qu'il lui avait posé une question. Damien discute avec Lou des détails de son prochain article, il est tout excité à cette idée. Agnès donne son accord pour publier ce qu'il veut, elle a une entière confiance en lui. La soirée se passe entre sourires et nostalgie. Agnès se décide tout de même à appeler sa sœur, elle lui propose de passer la voir. Elle demande à Mathieu si ça ne le dérange pas qu'elle passe la nuit chez Séverine, ayant besoin de lui parler et de se retrouver seule avec elle, comme lorsqu'elles étaient petites. La jeune femme va également profiter un peu de ses trois nièces, Léna, Chloé et Loane, qu'elle n'a pas vues très souvent ces derniers temps. Avant de passer chez sa sœur, elle leur achète les petites poupées très à la mode en ce moment, les *figurines Funko POP*. Elle prend La *Petite Sirène*, *Raiponce* et *Cendrillon*. Elle pense également à prendre des munitions pour sa sœur et elle : deux bouteilles de vin blanc. Ses nièces se jettent sur elle dès son arrivée, les poupées n'ont pas fait long feu dans ses bras. Elles se précipitent dans leur chambre pour jouer ensemble pendant que Séverine leur prépare un bon repas. Après le dîner, Séverine range la cuisine pendant qu'Agnès couche les filles et leur raconte des histoires. Elles passent ensuite leur soirée et une partie de la nuit à discuter. Elles sont heureuses d'en avoir appris un peu plus sur leur famille et d'avoir enfin rencontré leur cousin. Enfin Agnès, Séverine devrait le voir très bientôt.

Cette dernière lui demande où elle en est avec Mathieu. À sa grande surprise, Agnès lui répond qu'elle se laisse aller et ne se pose plus de questions, elle verra bien où tout cela va les mener. Elle se sent heureuse et épanouie avec lui et espère bien qu'il ressent la même chose. Séverine est ravie pour sa grande sœur, elle voudrait tellement la voir sourire plus souvent et être moins accaparée par son travail. La jeune styliste est épuisée, et décide de rentrer. Sa sœur la raccompagne à la porte.

— Je t'aime ma grande sœur, je veux que tu sois heureuse. Si tu penses que Mathieu peut y contribuer, ne le laisse pas filer !

— Oui chef, répond-elle en la serrant dans ses bras.

Plus que quelques jours avant le défilé, Agnès est au taquet et travaille deux fois plus. À cause de toute cette histoire, elle a été moins présente ces derniers temps. Elle souhaite se rattraper et ne négliger aucun détail. C'est un moment inoubliable et précieux pour une créatrice, c'est là que tout se joue. La présentation à la presse, aux acheteurs et aux clients de sa collection de mode. Elle expose toutes ses nouvelles pièces et lance de nouvelles tendances. Sa première idée était de présenter cette nouvelle collection au Carrousel du Louvre, mais finalement elle a opté pour un endroit plus original, plus incongru : une usine désaffectée. Le décor et la magie du lieu jouent pour beaucoup dans la réussite d'un défilé.

Le jour J arrive enfin. Tout le monde reste sur le pont dans l'usine pour tout préparer. Les décors, la musique, ainsi que le buffet que Linda installe. Un défilé digne de ce nom commence toujours en retard, on ne déroge pas à cette règle. Les invités commencent à arriver, il y a du beau monde : stars, actrices, grands patrons, journalistes... Tous se donnent rendez-vous pour assister au show de l'année, mais aussi pour se montrer. Karl et sa nouvelle collection sont très attendus par les professionnels. Le placement du public se fait selon des règles très précises. Du premier rang, les starlettes en vue, grandes rédactrices de mode... au plus simple curieux, debout au rang le plus éloigné. Sans oublier les photographes qui gravitent autour du podium. Tout le monde est présent. Karl donne le feu vert en coulisse, tout est prêt : que le show commence !

Agnès se positionne en coulisse en compagnie de Victoire pour tout superviser, des changements de tenues aux coiffures, en passant par la musique. Elle laisse Linda gérer le buffet, elle a une confiance aveugle en elle.

Musiques et lumières sont très travaillées, des écrans entourent le podium et illuminent la salle de plus de dix mètres de haut. Les mannequins enchaînent les passages sur le podium. Le défilé se termine par l'arrivée de la magnifique robe de mariée rose. S'ensuit un tonnerre d'applaudissements, tout le monde commence à se lever et à siffler. Un véritable succès ! Tous les mannequins reviennent sur le podium suivis de Karl qui salue la salle en compagnie d'Agnès visiblement aux anges. Tous les amis du *Café des Délices* sont présents au défilé et ils sont fiers de leur amie. Après les journalistes, les photographes et quelques discussions avec les stars du moment, Agnès arrive enfin à s'extirper des griffes de Karl pour rejoindre tous ses amis au buffet.

Après une soirée bien arrosée et remplie de succès, Agnès, qui sent la pression retomber, paraît complètement vannée. Les invités commencent à quitter le défilé, elle a envie de rentrer, mais avant elle souhaiterait retourner à la demeure. Elle a la sensation qu'elle y croisera une dernière fois Suzanne. Tous ses amis rentrent, ravis de cette belle soirée et de son succès.

La styliste attrape Séverine par le bras et lui propose de l'accompagner. Celle-ci acquiesce sans réfléchir. Elle envoie un texto à Mathieu, en grande discussion avec Jonathan, pour le prévenir. Durant tout le trajet, Séverine ne quitte pas Agnès des yeux, elle est tellement fière. Les jeunes femmes quittent le paysage d'immeubles haussmanniens pour admirer de belles plaines illuminées. Elles arrivent enfin à la demeure. Elles se tiennent la main en pénétrant dans la chambre et se regardent. Les sœurs ressentent la fraîcheur sur leurs bras quand Suzanne apparaît.

« Je vous attendais. Grâce à vous, je vais enfin pouvoir rejoindre l'amour de ma vie. Je vous remercie d'avoir prouvé son innocence. J'ai ressenti toutes vos émotions et j'ai su pour mon père. Quel dommage qu'il n'ait osé m'en parler... Je ne lui en veux pas. Tout ce que je souhaite, c'est être aux côtés de Pierre. Merci d'avoir risqué vos vies pour venir à mon secours. »

Suzanne marque une pause, son regard semble attiré vers l'extérieur. Son visage s'éclaircit et elle sourit comme Agnès ne l'a jamais vue sourire.

« Ils sont tous présents, ils m'attendent. Je dois les rejoindre. Je vous aime. Au revoir... »

Ce sont les dernières paroles de Suzanne. Tout à coup, une aura se crée autour d'elle ; celle-ci est si forte que Séverine et Agnès sont éblouies. Leurs cœurs battent à l'unisson, comme s'ils étaient guidés par une puissance supérieure. Leurs regards sont attirés par une lumière, encore plus forte, qui vient de l'extérieur. Les deux sœurs regardent par la fenêtre et n'en croient pas leurs yeux. Une brèche paraît s'être ouverte dans le ciel. Suzanne semble attirée par elle. Elle se dirige vers cette lumière, tout en posant un dernier regard aimant sur les filles, complètement médusées par ce qui se passe. Suzanne disparaît dans le ciel, tel un ange. Agnès et Séverine se regardent et se serrent très fort en pleurant. Des phares de voiture attirent leur attention, Agnès reconnaît la *BMW* de Mathieu. Séverine lui propose de l'attendre en bas, elle rejoint Mathieu et lui conseille de monter dans la chambre.

Il a l'air stressé lorsqu'il pénètre dans la pièce. Il prend une grande inspiration et se lance. Il se met à genoux devant elle. Elle a les yeux qui brillent.

— Agnès, je ne peux plus vivre sans toi. Tu es mon oxygène, ma vie, mon ange. J'aime lorsque ta ride de front se plisse quand tu es en colère, j'aime me réveiller près de toi et te regarder dormir, j'aime lorsque tu m'embrasses dans le cou et que ça me chatouille, j'aime ton parfum, j'aime lorsque tu pleures devant *Holidays* que tu as vu des centaines de fois, j'aime voir tes yeux briller après quelques verres de vin. Je t'aime Agnès, plus que tout au monde. Accepterais-tu de faire de moi l'homme le plus heureux du monde en devenant ma femme ?

Séverine, dissimulée à l'entrée de la chambre, lui fait un grand signe oui de la tête.

— Oui mon amour, je veux être ta femme, répond Agnès en fixant Mathieu du regard.

Il sort de sa poche une petite boîte contenant un magnifique diamant et lui ajuste au doigt. Il se lève. Tous deux s'embrassent sous le regard attendri de Séverine qui a les larmes aux yeux.

FIN

40. « La vie est un songe, merci de l'avoir rêvée. »
Philippe Sollers

Merci à tous, encore une fois, d'être au rendez-vous. Voici déjà mon troisième roman ; grâce à vous, votre fidélité, vos messages, vos retours, je n'ai pas vu le temps passer. Je ne sais comment vous remercier, vous êtes des milliers à avoir ouvert la porte de mon *Café des Délices*. Je n'ai pas de mots. Je suis tellement émue et touchée par les messages que vous m'envoyez après votre lecture, par les nombreuses chroniques que je lis et par vos magnifiques photos ! Je vis un véritable rêve et c'est uniquement grâce à vous, c'est une si belle aventure.

Je suis en pleine écriture de mon quatrième roman, vous m'inspirez tellement. Depuis mon premier livre, je tente d'évoluer dans mon écriture et de vous partager des histoires différentes. *La Rencontre*, mon premier roman, est un pur *feel-good*. J'ai tenté avec *De Respirer j'ai arrêté*, le deuxième, d'y ajouter une dimension polar. D'après tous vos retours, le pari est réussi ! Dans ce troisième livre, *Poussière d'étoile*, j'y ai apposé une touche romantique. Dans le petit dernier, dont je viens de commencer l'écriture, je m'envole vers une nouvelle histoire très différente. Comme vous l'avez certainement remarqué, hormis le premier volet qui raconte les histoires de tous les personnages du *Café des Délices*, les suivants, qui peuvent tout à fait se lire indépendamment, se focalisent sur une histoire plus personnelle de l'un des personnages, tout en conservant la petite famille du *Café des Délices* en toile de fond. Le deuxième s'est focalisé sur Jonathan, notre criminologue, et celui-ci sur Agnès, notre *fashion victim* !

Merci à ma famille, ma force, mon énergie. Mon mari, mes enfants, toujours présents pour moi et qui ne cessent de me soutenir dans cette aventure. À mes amis qui me soutiennent et m'encouragent. À ma maison d'édition Lemart pour sa confiance pour ce roman, pour son travail éditorial et ses précieux conseils. Merci à Linda et Lucy, mes petites fées. Un immense merci à Stéphanie qui a fait un travail incroyable sur mon roman, merci de tes conseils précieux. Merci également à Manon, la fabuleuse graphiste qui a su cerner mon univers pour créer cette sublime couverture ! Merci également à Jessica pour les dernières corrections.

À tous les auteurs que j'ai croisés sur ma route et qui m'enrichissent à chaque instant. De belles rencontres qui parfois deviennent de belles amitiés. À ma deuxième famille, celle du merveilleux groupe *Le Comptoir de la Culture*, j'ai nommé les fabuleux : Hm, Rime, Laurianne, Marine, Zabou & Caroline… qui sont devenus indispensables à ma vie !

À tous ceux qui ont lu mes romans, qui les ont aimés et partagés, quel bonheur de vous lire ! J'espère que cette belle aventure dans ce monde bienveillant va continuer en votre compagnie encore longtemps, car je ne peux plus me passer de vous aujourd'hui.

Si vous me connaissez un peu, vous savez que je mets toute mon énergie à tenter de répondre à tous les messages que vous m'envoyez, et je continuerai ! Je serais ravie que vous me fassiez un petit coucou sur mes réseaux sociaux. Je suis présente sur Facebook, Instagram, Linkedln & Twitter sous Ma Nouvelle Plume. Sur ma page, je vous partage des événements sur mes romans, mais également mes retours de lecture qui j'espère vous donnent l'envie de découvrir de nouveaux auteurs.

Merci d'être présent. Je vous donne rendez-vous bientôt pour mon quatrième roman !

Linda Da Silva

Ma Nouvelle Plume

Facebook : https.//www.facebook.com/LindaDaSilva1975/

Instagram : https.//www.instagram.com/ma_nouvelle_plume/

Linkedln : https.//www.linkedin.com/in/ma-nouvelle-plume-linda-da-silva-5961a719b/

Twitter : https.//twitter.com/NouvellePlu

Ce livre a été imprimé en France

Dépôt légal : Juin 2020

Achevé d'imprimer chez SoBook le 29-05-2020

Linselles - France

N° impression : 629 723